COLLECTION FOLIO

Frédéric Beigbeder

L'Égoïste romantique

Gallimard

Né à Neuilly-sur-Seine en 1965, Frédéric Beigbeder est aussi l'auteur de *L'amour dure trois ans*, *Nouvelles sous ecstasy*, *99 francs* et *Windows on the World* (prix Interallié 2003).

« Quel est celui qu'on prend pour moi ? »

LOUIS ARAGON
Le Roman inachevé, 1956.

« Qu'est-ce qu'un "journal" ? Un roman. »

JACQUES AUDIBERTI
Dimanche m'attend, 1965.

Pour Amélie.

« Je veux vivre toute ma vie
Et mourir en ta compagnie
Ce serait bien qu'on se marie
Vers 16 h 30, aujourd'hui. »

(17 juin 2003)

ÉTÉ

VOYAGE AU BOUT DE LA NIGHT

« Dieu ne fait pas don à l'écrivain d'un talent poétique mais d'un talent de mauvaise vie. »

SERGUEÏ DOVLATOV

Lundi.

Tu crois que j'ai un truc à dire ? Tu crois que j'ai vécu quelque chose d'important ? Peut-être pas, peut-être pas. Je suis juste un homme. J'ai une histoire comme tout le monde. Quand je cours pendant une heure sur mon tapis roulant, j'ai l'impression d'être une métaphore.

Mardi.

J'en ai marre des billets d'humeur. Rien n'est plus épuisant que tous ces chroniqueurs payés pour ronchonner, ces stakhanovistes du grincement de dents. Les magazines regorgent de pigistes plus ou moins célèbres qui s'énervent sur commande. On voit leur photo en haut à gauche de la page. Ils froncent les sourcils pour bien souligner leur agacement. Ils donnent leur avis sur tout, avec un angle pseudo-original (en fait copié sur les confrères) ; ils n'ont pas la langue dans leur poche, ouille ouille ouille, on va voir ce qu'on va voir.

Or voici que vient mon tour. Il va falloir que je déteste hebdomadairement, que je me lamente tous les vendredis-samedis-dimanches. Chacune de mes semaines sera employée à glaner un prétexte pour bougonner. À 34 ans je vais devenir un vieux râleur rémunéré. Un jeune Jean Dutourd (sans la pipe). Non, c'est décidé : je refuse, je préfère publier mon journal intime, ce carnet nrv.

Mercredi.

Il y a une justice : les femmes jouissent plus fort que nous, mais plus rarement.

Jeudi.

Les riches ont de plus en plus mauvais goût, non ? L'Argent et ses milliers de robes surchargées de caillasses, son yacht immonde, ses baignoires aux robinets en or massif. Les pauvres sont désormais plus élégants que les riches. Les nouvelles marques de fringues comme Zara ou H&M ont rendu les bimbos fauchées mille fois plus sexy que les pétasses friquées. Le sommet de la vulgarité, c'est le fric, puisque tout le monde le veut. Ma concierge est plus chic qu'Ivana Trump. Ce qui me dégoûte le plus au monde ? L'odeur du cuir dans les voitures de luxe anglaises. Quoi de plus écœurant qu'une Rolls, une Bentley ou une Jaguar ? À la fin de ce livre, j'explique pourquoi.

Vendredi.

Ce qui serait bien, à présent, pour l'évolution de l'histoire du cinéma, ce serait de tourner un film porno où les acteurs feraient l'amour en se disant « Je t'aime » au lieu de « Tu la sens, hein, chiennasse ». Il paraît que cela arrive, dans la vie. (L'idéal est d'alterner les deux.)

Samedi.

La crise du quinquagénaire, moi je l'ai vingt ans plus tôt.

Dimanche.

Je suis à Formentera, chez Édouard Baer, le seul véritable génie que je connaisse, qui a loué une villa sur la plage. Le matin bleu, les coups de soleil au menton. Il y a trop d'algues pour se baigner, en plus une méduse m'a piqué le pied. On enchaîne les cuites au gin Kas ou au Marqués de Cáceres. On croise Ellen von Unwerth, Anicée Alvina, Maïwenn Le Besco et sa fille Shana Besson, Bernard Zekri et Christophe Tison de Canal +, des comédiennes qui changent de maison chaque nuit, des producteurs qui nous emmènent en bateau prendre des bains de boue, et puis, lors d'une soirée où Bob Farrell (le chanteur des *Petits boudins*) a mis dix fois son dernier CD : « Je voudrais t'enculer / Comme l'été dernier / Derrière les rochers », une beauté méprisante prénommée Françoise dans une robe mauve, le dos nu comme Mireille Darc, doré comme la plage. Souffle cou coupé. Elle ne m'a pas adressé la parole ; pourtant, c'est grâce à elle si mes vacances sont réussies.

Lundi.

J'aimerais savoir quelle tête elle ferait, Bridget Jones, socratisée par Philippe Sollers. Je dis cela parce que je viens d'arriver à l'île de Ré, où je m'attends d'un instant à l'autre à croiser l'auteur de *Passion fixe.* Il fait beau, je suis seul, je crois que je vais draguer les minettes au Buckingham, la discothèque du coin. Tout le monde dit « le Book » car c'est une île littéraire.

Mardi.

C'est affreux comme les Rétais sont heureux. Tout leur semble facile : il suffit d'un verre de rosé des dunes, d'une douzaine d'huîtres laiteuses, d'un bateau à voiles, d'une villa de huit chambres où tous les enfants sont habillés en Cyrillus, et le bonheur suit. L'île de Ré est un caillou plat couvert de familles nombreuses qui sourient. Pour tous ces gens, il faudrait créer un nouveau jeu télévisé : « Qui veut perdre des millions ? »

Ici tout le monde s'appelle Geoffroy. C'est pratique. Criez « Geoffroy » sur la plage et tout le monde se retourne, sauf Olivier Cohen et Geneviève Brisac, ce qui permet de les saluer au passage. Bonjour à tous ! Je suis Oscar Dufresne, l'écrivain à la mode, l'égoïste romantique, le gentil névrosé. Je regarde les blondes à vélo. J'aime le homard grillé, l'herbe illicite, les beignets au sable, les gros seins à l'abricot, le malheur humain. Hier soir on a joué à celui qui avouerait ses goûts musicaux les plus honteux :

Moi : – Parfois j'adore Fleetwood Mac… (en baissant les yeux)

Ludo : – Euh… j'écoute Cabrel de temps en temps… (regard fuyant)

Sa femme : – Lenny Kravitz a quelques jolies mélodies… c'est pas mal pour écouter en bagnole, non ? (visage penché)

À ce moment la nièce de Ludo est entrée dans la pièce pour mettre tout le monde d'accord :

– Il est où mon disque de Lorie ??

Mercredi.

Après « J'irai cracher sur vos tombes » de Boris Vian, moi j'écrirais plutôt : « J'irai niquer toutes vos filles. »

Jeudi.

Gueule de bois. L'île de Ré, quel nom à la con. Ré est une note qui sonne faux. Ici, les enfants disent tout le temps « génial » pour se convaincre que leur vie n'est pas pourrie. Chez les pauvres, ce n'est pas un hasard si les enfants trouvent tout « mortel » au lieu de « génial » : ils sont plus lucides. Je séjourne chez des amis de la gauche « fougasse aux lardons ». Je n'ai toujours pas tiré mon coup depuis mon arrivée. En fait, la boîte du coin s'appelle « Le Bouc » à cause de son odeur.

Je suis atrocement seul dans cette famille qui me rappelle que j'ai oublié de fonder la mienne.

Vendredi.

La mer, le vent, le soleil : impossible de les départager. J'ai le nez qui pèle et les cheveux qui frisent. Mes vacances me crèvent. Ce sont des vacances qui donnent envie de prendre des vacances. Hier soir, j'ai enfin aperçu Sollers et Kristeva qui dînaient à la Baleine Bleue, le bistrot à la mode. J'ai embrassé Philippe et serré la main de Julia. Deviendrais-je pédé ?

Samedi.

Au lieu de faire l'amour, je lis la correspondance de Flaubert. « La vue d'une grande masse de bourgeois m'écrase. Je ne suis plus assez jeune ni assez sain pour de pareils spectacles » (lettre à Amélie Bosquet, 26 octobre 1863). J'ai choisi un petit village de pêcheurs pour être tranquille : Ars-en-Ré. C'était compter sans Lionel Jospin (le Premier ministre de la France), arrivé il y a deux jours avec sa femme Sylviane. Ils font leur marché suivis par les photographes de *Paris Match*, mais mon agacement est vite dissipé : moi, mon journal intime passe dans *VSD*. Même pas jaloux.

Dimanche.

Hier matin, reçu une carte postale de Claire : « Cher Oscar, je ne t'aime pas. Je ne t'aime pas. Je ne t'aime pas. Je ne t'aime pas. Je ne t'aime pas. » C'est la plus belle lettre d'amour que j'aie jamais reçue.

Lundi.

Lionel Jospin dîne en terrasse au Café du Commerce d'Ars-en-Ré. Il porte un pull sur les épaules. La presqu'île de Ré (je rappelle qu'un pont la relie à La Rochelle depuis la chute du mur de Berlin) est l'empire du pull sur les épaules. Son étrange peuplade craint les courants d'air. Les mecs ont les cheveux courts et des Docksides by Sebago qui devaient être à la mode l'année où ils ont acheté leur voilier. Les filles ont un gros cul et la marque de leur culotte sous leur pantalon bleu marine. Que vient faire un Premier ministre socialiste sur une île aussi UDF ?

Mardi.

Cela fait des semaines que je tripote une boîte de capotes dans ma poche. Elle est toujours sous Cellophane. Mes capotes portent un préservatif ! Chaque matin je m'endors seul en me retenant d'envoyer des textos à Claire.

Mercredi.

Quelle horreur ! Je croyais en être débarrassé mais il me poursuit : l'atroce mime déguisé en Toutankhamon du boulevard Saint-Germain se tient debout dans le port de Saint-Martin ! Son seul exploit consiste à ne pas bouger de la journée. Il regarde fixement devant lui tel un horse-guard (sorti d'un roman de Christian Jacq). Les passants lui jettent des pièces. Je vis dans un monde si rapide que ses habitants sont prêts à payer pour s'offrir le spectacle de l'immobilité. Au fond, j'admire ce type en costume égyptien, qui accepte de se momifier vivant, en plein soleil, juste pour dire aux touristes : vous bougez trop.

Jeudi.

Hier soir au Bastion, roulé des pelles à des campeuses en panne de déodorant. Elles avaient des poils sous les bras. Elles s'embrassaient entre elles et transpiraient beaucoup. C'était une soirée « tee-shirts mouillés ». Je passais la main sur leurs nichons moites, puis les obligeais à se les caresser mutuellement en sortant la langue. Je bandais tellement fort que j'avais l'impression d'avoir une grosse bite (en fait c'est mon jean qui a rétréci au lavage). J'aurais dû les raccompagner mais j'avais honte de ma voiture trop chère. Dommage, je suis sûr que sous la tente elles font des trucs en groupe que les bècebèges renâclent à pratiquer. La drague est une continuation de la lutte des classes par d'autres moyens. Comme Houellebecq, je suis un marxiste sexuel. Il existe donc un brassage social à Neuilly-sur-Atlantique, à condition de porter un tee-shirt du Queen et de gigoter sur *Lucky Star* de Superfunk. (Tous ces efforts que je déploie pour ne pas faire mon âge.)

Vendredi.

Sur la plage de la Conche, je mate longuement les gros seins blancs de Sandrine Kiberlain pendant que Vincent Lindon joue au foot avec des enfants de 5 ans (et perd). Elle a une peau très pâle, un teint d'Anglaise. Et s'ils avaient raison ? Ils semblent harmonieux. Familles, je ne vous hais point, aurait pu répondre Chimène à André Gide. Sur cette plage, les maris regardent tout le monde, sauf leur femme. Et merde, voilà que je repense à Claire, la mère de famille dont je n'ai pas voulu. Une célibataire malheureuse avec deux enfants et des cheveux roux, des gros seins blancs (d'où l'association d'idées), des sacs à main bariolés, des chaussures grotesques, une voix de crécelle. Mon Erin Brokovich à moi. Les femmes qui ont eu deux enfants et se sont fait larguer sont de plus en plus jeunes. J'ai l'impression que je ne suis pas encore guéri. Famille, je ne vous ai point.

Samedi.

Alerte : invasion de méduses à Trousse-Chemise (plage au nom évocateur mais réalité décevante). Il y en avait aussi à Formentera. Cet été, c'est l'année des méduses sans Kaprisky. C'est décidé, je rentre à Paris. Adieu, l'île des Triplés. Avant de partir, je regarde les étoiles filantes pieds nus dans le sable. Je me sens atone, fourbu, cosmique.

La vie comme un long week-end à boire des bourbons-Coca en écoutant Barry White.

Dimanche.

Tenir son journal intime, c'est décréter que sa vie est passionnante. Tout ce qui m'arrive concerne le monde entier. Et la mode ? C'est là où je suis.

Lundi.

Paris est vide comme la tête de Jean-Claude Narcy quand son prompteur est éteint.

Mardi.

Coup de fil d'Ardisson. Il revient de Grèce où il a passé les dix derniers jours avec sa femme et ses enfants. Je lui dis que je hais la Grèce : il y fait 50 ºC, et la bouffe est immonde avec des guêpes dedans. Il me rétorque : « Oui, mais là-bas, personne ne me connaît ! » Et soudain, ça fait tilt dans ma tête : c'est cela, la force de Thierry, il passe ses vacances à l'étranger pour redevenir un homme normal. Chaque été, il fait un stage d'anonymat. Il fait la queue au restau, perd ses bagages à l'aéroport : redécouvre ce que c'est que d'avoir une vie de merde. Une vie de téléspectateur.

Mercredi.

J'entends parler d'un endroit où il y a 1,5 million de jeunes du monde entier, dont 80 000 Français de 16 à 35 ans, et 130 lieux de rencontres en 32 langues. Cela s'appelle les JMJ, c'est à Rome, un rallye versaillais géant ! Je décide d'y aller. J'enfile mon short en loden et ma tenue de Baden-Powell. Je suis beau comme un pape ; autant lui rendre visite.

Jeudi.

Rome, ville déserte. Ses habitants ont fui pour laisser la place aux pèlerins. La dolce vita est remplacée par la vacance romaine. Les rues orange sont encombrées d'affiches où Berlusconi montre les dents. Dans le bus 714, tout semblait normal jusqu'au moment où les passagers se sont mis à chanter des cantiques en tapant dans les mains, comme Patrick Bouchitey dans *La vie est un long fleuve tranquille.* Les Journées Mondiales de la Jeunesse : une ambiance de fanatisme bon enfant, avec drapeaux et sacs à dos sur les bords du Tibre. En suivant la foule, je me retrouve à un concert gratuit d'Angelo Branduardi sur la place San Giovannì in Laterano. Il s'agit sans doute d'une épreuve que le Seigneur m'envoie. J'aborde quelques jeannettes qui gambadent :

– Voulez-vous me pacser ?

Oups. La gaffe.

– Enfin, je veux dire, voulez-vous m'épouser et me faire huit enfants sans préservatif ?

Pas de réponse. J'insiste :

– Je peux même vous montrer ma collection de jupes écossaises qui grattent et vous avoir des prix sur les foulards Hermès, 30 % de réduc' garantis.

Échec. Je termine la soirée en regardant l'inspecteur Derrick doublé en italien dans ma chambre d'hôtel. Suis-je une brebis égarée ?

Vendredi.

Je suis déçu : aux JMJ, je vois très peu de boutonneux myopes chaussés de sandalettes. Le look est plutôt chapeau de paille et bandana jaune. Certes, j'ai surpris un moine en tongs qui jouait un rock endiablé (si l'on peut dire), mais c'était l'exception. Plus surprenants sont les sosies de Monica Belluci qui chantent : « Tu es pleine de grâce et d'aaa-mour », créatures probablement envoyées ici par Satan pour semer le trouble vespéral. (Heureusement, 300 confessionnaux ambulants ont été prévus pour les éventuels pécheurs.) Elles se prénomment Sophia et Martina. Je leur ai donné rendez-vous au chemin de croix pour une séance de flagellation eucharistique :

– Soyez bénies entre toutes les femmes. Ceci est mon corps livré pour vous et pour la multitude. En vérité, je vous le dis, prenez mon panini et mangez-en toutes.

Il s'est alors passé une chose étrange. Ce pitoyable blasphème m'a fait tourner la tête. Ma vue s'est brouillée, j'entendais les cloches sonner, et je me suis posé la question : était-ce la révélation tant attendue ou étais-je complètement bourré ?

Samedi.

Pour l'instant je n'entends pas de voix divine mais la sonnerie d'un téléphone portable. Je me réveille pâteux. Je vais inspecter les propriétés françaises : le palais Farnèse entièrement restauré, la villa Médicis couleur d'ivoire. C'est moi qui aurais besoin d'un ravalement de façade. Et si Blaise Pascal avait gagné son pari ? J'aimerais tellement croire en quelque chose. J'ai snobé la grande veillée des JMJ pour écumer les clubs romains : le Wave (via Labicana), le Radio Londra (à Monte Testaccio) et, surtout, l'Alibi (même adresse) une boîte pleine de mécréants homosexuels que j'ai eu beaucoup de mal à remettre dans le droit chemin. À une drag queen qui me lançait des œillades, j'ai même crié :

– Vade retro Satanas ! créature impie ! prosterne-toi devant ton Dieu !

Mais elle voulait défaire ma braguette, alors je suis rentré me coucher.

Dimanche.

Dieu est amour. Il pardonnera mes offenses. Ces quelques jours dans Rome m'ont permis de comprendre le sens véritable de l'expression « errer comme une âme en peine ». J'admire les ruines, mes semblables.

Lundi.

Je me promène avec un pantalon violet en velours côtelé. Un jour, tout le monde portera un pantalon violet en velours côtelé. C'est Ludo qui me l'a dit. Ludo est mon ami raisonnable (marié, une fille, une Renault Espace). Nous nous saoulons souvent ensemble : moi pour oublier que je n'ai pas d'enfant, lui pour oublier qu'il en a un. (Et tous les deux pour oublier que nous portons du velours en plein été.)

Mardi.

Il paraît qu'Emmanuel de Brantes s'est fait gifler par Régine à Saint-Tropez. Bel adoubement. Une gifle de Régine, c'est comme une médaille, un diplôme, la garantie qu'on a de l'humour. Au Café de Flore, fin août, les habitués sont de retour : Chiara Mastroianni sourit au miroir, Raphaël Enthoven caresse le menton de Carla Bruni, Jeremy Irons serre sa femme, André Téchiné se tait, Caroline Cellier me regarde. Bientôt, moi aussi je serai célèbre, et j'espère que Régine me giflera à mon tour.

Mercredi.

Dîner avec ma mère. Je lui raconte l'île de Ré.

– Figure-toi que sur la plage au lieu de dire « c'est l'heure du goûter », les mamans appellent leurs gosses en criant : « Lancelot ! Éloi ! It's miam-miam's time ! »

Nous rions ensemble. Puis elle aborde le sujet que je voulais éviter.

– Alors, tu vois toujours cette Claire ?

– Non. On s'engueulait tout le temps. On n'arrêtait pas de se quitter. Parlons d'autre chose. C'est une dingo. Elle n'a aucun intérêt. Je m'en fous complètement. C'est totalement fini entre nous.

– Ah… Tu l'aimes à ce point-là…

Jeudi.

Pénélope est à Cannes. Elle m'appelle pour me dire qu'elle se languit de moi sur une plage bariolée. Elle est allongée entre deux corps gras avec chaîne en or autour du cou, qui mangent des chichis. Elle m'explique qu'à Cannes les enfants ne s'appellent pas Geoffroy ou Lancelot mais Shanon ou Madison, et boivent de la bière très tôt. (Comme son prénom l'indique, Pénélope est mannequin donc elle boit du Coca Light.) Je lui annonce que je tiens mon journal intime. Elle me dit que je devrais lire *Bridget Jones*, je lui réponds qu'elle ferait mieux d'étudier *Le Journal du séducteur.* Dès qu'elle rentre, je lui promets un RSNP (rapport sexuel non protégé).

Vendredi.

Je traîne dans Paris abandonné. La femme de Ludo est rentrée, donc il ne peut plus me suivre dans la nuit scintillante. Sa vie n'est qu'une longue frustration nommée bonheur. Son existence est trop simple, la mienne trop compliquée. J'ai beau épuiser mon carnet d'adresses, envoyer des e-mails aux quatre coins de la ville, m'abaisser à rappeler tous les boudins dont seul mon Nokia avait gardé la mémoire, rien n'y fait. J'erre seul parmi les touristes avant d'échouer lamentablement dans un peep-show désinfecté à l'eau de Javel, afin de faire l'amour à un Kleenex. Et dire que Ludo est jaloux de ma liberté ! Tous mes amis se plaignent, qu'ils soient seuls ou en couple. Ludo et moi on se rejoint sur un point. Moi je dis :

– Toute femme nouvelle est préférable à la solitude.

Et lui déclare :

– Toute femme nouvelle est préférable à la mienne.

C'est la faute à Rousseau : « On n'est heureux qu'avant d'être heureux. » J'ai piqué cette phrase dans *La Nouvelle Héloïse* : j'aime bien les phrases que je ne comprends pas.

Samedi.

On croit qu'en vieillissant on s'endurcit mais c'est faux : on tombe amoureux tous les jours, au détour d'un regard, au son d'un rire cristallin dont le cœur se souvient. Simplement on se retient parce qu'on sait où cela mène. Finalement je comprends la phrase de Rousseau : imaginez qu'à la fin du *Patient anglais*, Kristin Scott-Thomas ne soit pas morte de faim dans sa grotte quand le bellâtre Ralph Fiennes arrive pour la sauver. Qu'auraient-ils fait ensuite ? Un pique-nique dans le désert ? Une séance de trekking sur les dunes ? Un pâté au Sahara ? On n'est heureux qu'avant d'être heureux ; après cascade d'emmerdements.

Dimanche.

J'ai beaucoup trop de RSNP avec moi-même.

Lundi.

Longtemps je me suis couché débonnaire. Maintenant je n'ai même plus le temps d'être dépressif. Qui suis-je ? Certains affirment que je m'appelle Oscar Dufresne ; d'autres pensent que mon vrai nom est Frédéric Beigbeder. Parfois, j'ai du mal à m'y retrouver. En fait, je crois que Frédéric Beigbeder aimerait bien être Oscar Dufresne mais n'en a pas le cran. Oscar Dufresne, c'est lui en pire ; sinon pourquoi l'aurait-il inventé ?

Mardi.

J'ai décommandé Pénélope. Le RSNP n'aura pas lieu. J'ai préféré errer dans les soirées du jour : le lancement de *Zurban*, nouveau city-magazine en ligne et sur papier, à l'Institut du Monde arabe, et celui d'*Amazon.fr*, sur des péniches amarrées au pied de la bibliothèque François-Mitterrand. Deux cybersoirées où même l'ambiance était virtuelle. J'y ai croisé des internautes comme moi, tellement habitués à être seuls chez eux, devant leur écran, qu'ils demeurent isolés dans la foule, le regard fixe, un verre vide à la main, ne cherchant plus personne. Trop habitués à être des zombies modernes dans des immeubles transparents. Incapables de s'intéresser à quiconque. La solitude est la conséquence logique de l'individualisme. Notre égoïsme économique est devenu un mode de vie. Comment briller dans une conversation humaine face à quelqu'un quand on est habitué à prendre un quart d'heure pour répondre par écrit ? Le virtuel est notre refuge contre le vrai.

Mercredi.

Je passe mes jours et mes nuits à tenter d'oublier Claire. C'est un travail à plein temps. Le matin, en me réveillant, je sais que telle sera ma seule occupation jusqu'au soir. J'ai un nouveau métier : oublieur de Claire. L'autre jour, à déjeuner, Jean-Marie Périer m'a assené :

– Quand tu sais pourquoi tu aimes quelqu'un, c'est que tu ne l'aimes pas.

Je recopie cette phrase les yeux fermés pour contenir mes larmes.

Jeudi.

Nuit de folie au café Latina sur les Champs-Élysées, où des bandes de secrétaires déguisées en Jennifer Lopez s'aspergent les seins de mojitos, tandis que les cailleras à gourmettes dorées comparent leurs Adidas sur fond de Tito Puente. Ce n'est pas un bar mais un sauna dansant. Une fille à l'air vierge me prend la main et me suce deux doigts en me parlant en espagnol dans le creux de l'oreille. Mon durcissement est immédiat. Cette soirée ressemble à un Bounty : elle a un goût de paradis. Qu'est-ce que je trouve de plus sexy chez une femme ? Son âge, quand c'est 18 ans. Ensuite, il se passe plein d'orgies à base de dos cambrés, que je ne peux pas relater ici car je vise un public familial.

Vendredi.

Je connais environ trois cents personnes qui reviennent de Bali (Élisabeth Quin, Jean-Luc Delarue, Hubert Boukobza, Étienne Mougeotte, Jean-Luc Delarue, Élisabeth Quin, Hubert Boukobza...). Qu'y a-t-il là-bas de si extraordinaire ? Des champignons hallucinogènes, de grandes maisons avec piscine, des raves sur des plages, Jean-Luc Delarue, Élisabeth Quin, Hubert Boukobza... « Tu ne peux même pas t'imaginer comme c'est beau, les gambas qui grillent vivantes sur le barbecue, le sable brûlant, les boys qui font le ménage pendant que tu te pochetronnes sur ton transat... » Je m'interroge. Si c'était si parfait là-bas, pourquoi sont-ils revenus ?

Samedi.

J'aime bien les phrases qui commencent par « j'aime bien ». (Et je le prouve.)

Dimanche.

Pour être subversif, il faut être subjectif.

Lundi.

Je m'entraîne devant ma glace à prendre un air médiatiquement humble (le truc, c'est de baisser les yeux et de hausser les sourcils simultanément).

Mardi.

Coup de téléphone crépusculaire. Ludo déprime avec sa femme et sa fille :

– Déjà que c'est dur de se taper toujours la même femme, si en plus il y a un enfant qui braille dans la pièce d'à côté, comment veux-tu que je m'en sorte ?

– Tu ne peux pas reprocher à ta fille de chialer. La première chose que fait un être humain en arrivant sur Terre, c'est pleurer.

– Dieu a mal fait les choses. Les bébés devraient éclater de rire en venant au monde.

– Mais non, ils sont comme toi et moi : ils aimeraient mieux retourner dans le ventre de leur mère.

Il soupire. On n'imagine pas comme il est difficile pour un père dépressif d'entendre sans cesse son enfant pleurer. Je tente tout de même de le consoler :

– En même temps, si on était mort, on ne pourrait pas se plaindre de la vie.

Mercredi.

Au sous-sol du Tanjia, plus l'heure tourne et moins la barre est haute. Autrefois, les relations hommes-femmes, c'était : « Bonsoir Mademoiselle, comment allez-vous, je vous trouve absolument resplendissante, puis-je vous offrir quelque chose de pétillant ? » Maintenant c'est : « Lève-toi salope que je voie ton string, soulève ton tee-shirt que je te tète les seins pétasse. »

Jeudi.

Festival de Deauville = championnat de solitude dans la foule. Sur la terrasse de l'hôtel Normandy, les langoustines se noient dans la mayonnaise et personne ne vient à leur secours. Je suis assis entre Christine Orban et Philippe

Bouvard. Je regrette de ne pas être à la table d'à côté, pour m'interposer entre Brian De Palma et Elli Medeiros. Ce matin, j'ai vu *The Hollow Man*, de Paul Verhoeven, un remake de *L'Homme invisible*, dont le scénario ne l'est pas moins.

Je me drogue avec application. Ma santé en souffre peut-être, en attendant je connais peu de produits susceptibles de me fournir l'impression que ma mort est un événement secondaire.

Vendredi.

Hier soir, croisé Clint Eastwood à la Ferme Saint-Siméon. Il a piqué le titre de son dernier film sur ma chanson préféré de Jamiroquai : *The Return of the Space Cowboy*. Il y a des stars américaines partout : Donald Sutherland, Morgan Freeman, Tommy Lee Jones, André Halimi. Sur la plage de Deauville, j'ai même croisé Régine, qui ne m'a toujours pas giflé. Tout le monde filme tout le monde avec des Sony DV. Qui va avoir le temps de visionner ces cassettes ? À un moment, j'ai cru voir Al Pacino, puis j'ai remis mes lunettes : c'était Laurent Gerra en costume noir. Je dois vraiment être très myope.

Samedi.

Le problème de Deauville, c'est qu'on y attrape froid même quand il fait beau. Il y a toujours du vent, des mouettes et des propriétaires de 4 × 4 pour vous donner envie d'éternuer. Certaines personnes ont le rhume des foins ;

moi, j'ai le rhume des Planches. Trop de blondasses confondent leurs lunettes de soleil avec un serre-tête. Selon Élisabeth Quin, il y a overdose de PEM (Pouffes En Mules). Moi je ne crache pas dessus : elles me changent les idées, font semblant de comprendre mes blagues, en attendant de trouver un mec plus célèbre. Les Américains appellent les mules des « Fuck Me Shoes » ; moi je cultive la « Suck My Dick » attitude. Ici je connais tout le monde sauf les personnes connues. Clotilde Courau au regard fragile, Monica Belluci hiératique en veste de jean et Sandrine Kiberlain, échancrée, qui me poursuit : après l'île de Ré, la voici qui sort du Normandy avec sa poussette contenant Suzanne, accompagnée d'une baby-sitter canon prénommée, paraît-il, Marie-Douce. Quand je serai célèbre, elles me diront bonjour mais je ne leur répondrai pas ; c'est le jeu.

Dimanche.

Au déjeuner d'Anne d'Ornano, maire de Deauville, on servait du melon aux mouches. J'ai pensé à Claire, mon ex, et à Pénélope, ma future. Les hommes sont toujours entre une ex et une future, car le présent ne les intéresse pas. Ils préfèrent naviguer entre la nostalgie et l'espoir, entre la perte et le fantasme, entre la mémoire et l'attente. Nous sommes toujours coincés entre deux absentes.

quoi j'ai le charme des Plantes. Trop de bleu-
[illegible] de soleil avec
un art rude. Selon Elisabeth [illegible], les anciens
[illegible] Ponti [illegible]. Non, je ne
crache pas dessus : elles m'échappent les [illegible],
pour [illegible] de commander mes images, en
attendant de trouver un [illegible] plus [illegible]. Le
[illegible] appelle [illegible] M.
[illegible] et quelle culture [illegible] pour
[illegible]. Je [illegible] tous les petits
soins connus. [illegible] un regard [illegible]
gile. Monica Bellucci [illegible] de [illegible]
et Sandrine Kiberlain, [illegible] quelle [illegible]
sur [illegible] l'île de Ré [illegible] son [illegible]
mandy, avec sa [illegible] comtesse [illegible]
accompagnée d'une [illegible] qui
[illegible] Marie [illegible] seul
[illegible] me disent toujours [illegible] ne leur
réponds pas, je ne le peux.

Dimanche

Au déjeuner d'Aimé [illegible] de
[illegible] aux [illegible]. J'ai
[illegible] Claude [illegible] mal [illegible]
[illegible] sont toujours [illegible] de ce
[illegible] présent [illegible]. Ils
[illegible] entre la [illegible] et l'esprit
entre la [illegible], entre [illegible]
et [illegible]. [illegible] relations [illegible]
entre deux [illegible].

AUTOMNE

HISTOIRE DE LA PLUIE À TRAVERS LES SIÈCLES

« L'écrivain est un être qui ne parvient jamais à devenir adulte. »

MARTIN AMIS
Expérience, 2000.

Lundi.

Les femmes veulent transformer leurs amants en maris, ce qui revient à les castrer. Les hommes ne sont pas meilleurs : ils métamorphosent leurs maîtresses en femmes de ménage, et les vamps en mères de famille. Par peur de la souffrance amoureuse, hommes et femmes cherchent inconsciemment à la muer en ennui. Mais l'ennui est aussi une forme de souffrance. On dit que, dans un couple, il y en a toujours un qui souffre et un qui s'ennuie : je crois qu'il vaut mieux être celui qui souffre, car il ne s'ennuie pas, alors que celui qui s'ennuie souffre aussi.

Mardi.

Claire m'a appelé ! Claire m'a appelé ! Claire m'a appelé ! Je touche le fond, une vraie gonzesse. J'ai eu du mal à simuler l'indifférence. Mon émotion était palpable sur le réseau SFR. Cette année, mon été a commencé le 19 septembre. À 10 heures du soir, la température dépassait encore les 20 ºC. J'ai dîné avec elle dans une venelle éclairée. Au menu : soupe à la langue, doigts dans la bouche, bâton dans le froc. Quelqu'un peut-il me dire pourquoi, dans les restaurants, le serveur arrive toujours dans les moments où j'ai des choses très personnelles à faire avec la fille assise en face de moi ? Après le dîner, nous avons marché sur les pavés parisiens, la brise était tiède, j'étais un peu cramoisi et je l'ai demandée en mariage pour meubler la conversation. Quel con !

Mercredi.

Je n'ai pas rappelé Claire. Je n'ai pas rappelé Claire. Je n'ai pas rappelé Claire. Merde, comment fait-on pour aimer une femme, déjà ?

Jeudi.

C'est mon anniversaire au Cabaret. Quand on n'a pas d'amis, on fête son anniversaire dans une boîte de nuit. Thème : Bali, évidemment. Des mannequins russes, partout, dont, comme dirait Didier Porte, « la garde-robe a plus à voir avec la philatélie qu'avec le prêt-à-porter ». Évidemment, je ne les connais pas, elles sont à la table d'un dealer hébété. On se croirait à Miami avec Octave Parango, ce frimeur. Je rame depuis trente-cinq ans pour que ces connasses me voient, mais comme je ne suis ni patron d'une agence de models ni disc-jockey, et que je ne mesure pas 1 m 90 avec des tablettes de chocolat sous mon tee-shirt noir moulant col V, je traverse leur champ de vision tel *The Hollow Man*. Les mecs ont des looks invraisemblables : blonds avec des boucles d'oreilles partout (sauf dans les oreilles), cheveux longs avec foulards noués style « people from Ibiza », tronches de gangsters overpigmentés façon film d'Abel Ferrara. J'ai l'impression de ne pas être à Paris. Élisabeth Quin résume, hautaine : « Le Cabaret bénéficie de l'extraterritorialité ; c'est le Liechtenstein de la nuit. » En attendant, l'affluence est telle qu'on se croirait dans une boîte de sardines, collés les uns aux autres, et dans la moiteur les filles indifférentes finissent par pratiquer sur vous, sans le vouloir, un body-body debout. Franck a eu la bonne idée de remplacer la house par du hip-hop qui réduit les distances en réchauffant les êtres. Une alcoolique téméraire m'embrasse et je tourne la tête, dégoûté : horreur des baisers parfumés au champagne. Je préfère rentrer seul. Je vais encore être obligé de me masturber douze fois avant de trouver le sommeil. La prochaine fois, penser à vérifier, avant de rouler des palots, que la fille n'a bu que de la vodka.

Vendredi.

J'ai vécu des trucs terribles, souffert, trimé, mordu la poussière, j'ai été vaincu et humilié, roulé dans la boue, largué, laissé pour compte, mais jamais, non, jamais rien ne m'a demandé autant d'efforts que de ne pas t'appeler. Claire, personne ne saura jamais comment il me fut difficile de simplement NE PAS TE TÉLÉPHONER. Arrêter d'aimer, c'est encore pire que d'arrêter de boire.

Samedi.

Pourtant je ne cherche pas le bonheur, tout juste une harmonie entrecoupée d'extases.

Ludo débarque à la maison. Tous les dimanches soir il s'engueule avec sa femme car il se fait chier depuis quarante-huit heures. Ensemble, nous nous lamentons, en écoutant le dernier album d'Étienne Daho, qui répète inlassablement, sur une belle musique de Carly Simon : « Apprendre à ne plus vivre seul ». Une femme a-t-elle le droit de séquestrer un homme sous prétexte qu'ils ont fait un enfant ? L'homme contemporain est-il complètement foutu ? Comment voulez-vous qu'il contrôle le devenir du monde, alors qu'il est déjà incapable de contrôler son propre corps ?

Lundi.

Au moment où j'ai commencé d'écrire cette phrase, je pensais sincèrement avoir quelque chose d'intéressant à dire, et puis voilà où ça nous a menés.

Mardi.

Le Ciel est sale. Pénélope s'ennuie entre deux orgasmes. Elle ne le dit pas pour me rendre jaloux, pourtant cela m'énerve beaucoup. Elle affirme qu'elle en a marre des types non circoncis (« Ils jouissent trop vite et puis c'est hideux, toute cette peau inutile comme un ballon de baudruche dégonflé »). Elle me raconte en détail sa première nuit d'amour avec un homme marié, avant-hier soir. « La première nuit, c'est toujours embarrassant mais là, il avait suffisamment de vice pour m'exciter et en même temps suffisamment de timidité pour que ce soit moi la plus vicieuse. D'habitude, les premières nuits sont toujours nulles, mais là, là, je t'assure que là... pourtant il avait un prépuce ! » Je l'ai traitée de salope (cela rime avec son prénom).

Peut-être que je vais mourir. Et peut-être que je pourrais enlever le « peut-être » dans l'affirmation qui précède.

Jeudi.

Déjeuner avec un Ludo en pleine forme. Il semble avoir trouvé la solution à tous ses problèmes.

– Ce qu'il me faudrait, c'est un majordome. J'en suis sûr.

– Un majordome ?

– Oui : un type en uniforme, qui vit chez toi et, le matin, il t'apporte le petit déjeuner au lit en te donnant les nouvelles, le temps qu'il fait, ton agenda de la journée, tout ça. Le soir, quand tu rentres du bureau, tu lui dis : « Au fait, j'ai oublié de vous dire que nous attendons seize personnes à dîner ce soir », et il ne moufte pas, il s'occupe de tout. Un majordome, voilà ce qu'il nous faut, je t'assure !

– Tu voudrais un majordome en plus de ta femme ?

– Non : à sa place !

– Excuse-moi de changer de sujet, mais Pénélope se tape un mec marié, ce ne serait pas toi tout de même ?

– C'est qui Pénélope ? Elle connaît un majordome ?

– Ah ! T'as rougi ! Salaud !

Vendredi.

Plus je gagne d'argent, moins ma vie est enrichissante.

Samedi.

Fête de *L'Huma* à La Courneuve. Il n'y a plus de boue par terre comme autrefois, mais toujours l'odeur de graillon, les jolies prolétaires et les groupes de folklore chilien (la seule concession au système capitaliste est qu'ils interprètent la chanson de *Titanic* de Céline Dion à la flûte de Pan). Cela me change du Trophée Lancôme à Saint-Nom-La-Bretèche. Ce week-end, j'avais le choix entre José Bové et Uma Thurman, qui est moins moustachue mais plus mondialiste. J'ai choisi mon camp. Je pense toutefois qu'il serait intéressant, une fois, d'inverser : organiser la Fête de *L'Huma* au golf de Saint-Nom et le Trophée Lancôme à La Courneuve, juste pour voir. Cela provoquerait un décalage du plus bel effet. Inès Sastre en train de bouffer un sandwich merguez-frites et Robert Hue en polo Ralph Lauren : c'est sans doute cela, la prochaine révolution.

Dimanche.

Fête de *L'Huma*, toujours. J'aime les communistes parce qu'ils continuent à refuser d'être des esclaves. Parce qu'ils militent contre la mondialisation en chantant *L'Internationale*. Les pauvresses sont plus sexy que les poules friquées, je l'ai déjà observé : elles sont naturelles car elles n'ont pas les moyens de devenir une PEM (Pouffe En Mules). Elles s'appellent Michèle ou Cécile, portent des baskets, sentent le patchouli, ne s'épilent jamais le pubis, boivent du vin blanc, connaissent l'existence de Nick Drake et couchent le premier soir sans faire de simagrées, à condition qu'on ne leur dise pas trop de mal de Fidel Castro. La Courneuve est constellée d'affiches « Le Neuf Trois, on y croit » mais moi, Oscar Dufresne, je détourne le regard. Il ne faut pas que j'oublie que je suis du Sept-Cinq, comme Alain Minc.

Pénélope m'appelle ce matin pour m'annoncer qu'elle se marie et me demande de ne plus la citer dans ce journal. Je décide donc désormais de l'appeler Jeanne. C'est moins sexy mais elle l'aura voulu : ça lui apprendra à vouloir censurer la liberté sacrée du diariste. Si mes billevesées finissent un jour dans un livre, je pourrai l'intituler « Jeanne et le garçon pas formidable ».

Mardi.

La pupille effrayée des cokés à la sortie des toilettes, cet air gravement préoccupé des gens qui viennent d'inspirer un demi-gramme. Pourquoi claquent-ils leur fric pour se foutre la trouille ? J'ai honte d'appartenir à la confrérie minable des nuitards effarés. Leur langage codé lorsqu'ils sont en quête du produit : « T'as du nasal ? T'as du carburant ? On va aux vécés ensemble ? On se fait une petite relance ? » Pourquoi c'est toujours à moi qu'on en demande ? Je sens que ce livre ne va rien arranger.

Mercredi.

LA CARRIÈRE D'UN ÉCRIVAIN

À 30 ans, on dit que tu es « brillant ».

À 40 ans, on dit que tu as « du talent ».

À 50 ans, on dit que tu as « du génie ».

À 60 ans, on dit que tu es un « has-been ».

À 70 ans, on dit que tu n'es « pas encore mort ? »

Jeudi.

Anniversaire d'Emmanuelle Gaume au Monkey : le deejay hip-hop crie dans le microphone « Lâche pas l'affaire ! » avant d'oser l'enchaînement de ce début de siècle : *Billy Jean* de Michael Jackson suivi de *Celebration* de Kool and the Gang. Nous sommes désormais assez vieux pour être nostalgiques des disques qui nous dégoûtaient il y a dix ans. Respect au deejay comme à Claude M'Barali, dit MC Solaar, qui sait toujours garder les Converse sur terre. S'attendrir sur sa jeunesse, c'est à cela qu'on reconnaît les vieux gâteux, non ?

Vendredi.

Jeanne se collait à moi pour que je sente bien ses seins contre mon torse, tandis qu'elle me présentait son mari. Le vomi peut être très romantique. Exemple : un type qui vomit au mariage de sa maîtresse (surtout quand il se doute bien qu'elle se marie pour énerver Ludo, son copain lui aussi marié).

Et je songe à Claire. Les Américains disent « nice to meet you ». Moi j'aurais dû lui dire « sad to leave you ».

Samedi.

Toutes mes déclarations d'amour arrivent soit trop tôt, soit trop tard. Parce que je ne dis « je t'aime » que pour séduire ou rassurer.

Dimanche.

Je termine avec Jeanne. À son mariage, elle m'a glissé cette charmante perfidie, si belle de cruauté innocente : « Quel dommage que je sois si heureuse… avec toi j'aurais pu être si malheureuse. » Je suis resté coi. Dieu que je suis lâche, veule, carpette. J'en ai marre d'être moi. Je parie que l'amour est impossible. Si je gagne, je ne gagne rien. Si je perds, je perds tout. Un jour, un exégète écrira un livre sur « Le pari de Dufresne ». Ce sera un essai à tirage limité.

Lundi.

Le TGV Thalys traverse la banlieue belge sous un ciel mouillé. Une multitude de jardins identiques et parallèles font face à la voie ferrée. Comment ces gens acceptent-ils cette vie alors qu'ils regardent tous « Célébrités » à la télé ? Je ressens une infinie tendresse pour les Deschiens de Wallonie. Je devrais descendre de ce train, sonner à la porte de ces Belges et leur dire : « je vous méprise financièrement » afin qu'ils me trucident une bonne fois pour toutes.

C'était au temps où Bruxelles ne bruxellait plus. J'avais une écharpe de pluie autour du cou. Je dormais à l'hôtel Amigo, près de la Grand-Place. MTV diffusait *Spinning around*, le nouveau clip de Kylie Minogue, lèvres vernies, pommettes saillantes, short en lamé trop court, fesses rebondies, sandales à talons aiguilles, ongles peints, langue tendue, faux cils qui me rendent marteau. Comment voulez-vous qu'après ça je garde mon calme ? Je vais encore sortir ce soir, boire seul, mater, mentir, rêver, embrasser, peloter, jouir peut-être, regretter sûrement.

Mardi.

Le point sur Bruxelles by night : j'ai commencé tout d'abord par boire de la bière blanche en mangeant une sole d'Ostende. Puis une irrésistible envie m'a pris d'uriner sur le Manneken Pis (qui après tout nous pisse dessus depuis 400 ans). Aussitôt dit, aussitôt fait : un remake belge de *l'arroseur arrosé*. Après quelques problèmes avec la maréchaussée, j'ai atterri dans un bar d'alcooliques nommé l'Archiduc, puis à l'Homo Erectus, au Pablo Discobar, au Living Room... Bruxelles est une ville plus branchée que Paris. Plus tard, avenue Louise, des étudiantes vaguement russes vendaient leurs corps au plus offrant, et, au Moda Moda, quelques fonctionnaires européens recevaient de la cire sur les tétons comme dans un article d'Éric Dahan.

Mercredi.

Les Belges disent « savoir » à la place de « pouvoir ». « Je ne sais pas le faire » signifie « je ne peux pas le faire ». Donc, pour eux, un impuissant est simplement un ignorant.

Jeudi.

J'ai pigé un truc. Pour draguer, il faut résister au « non ». La plupart des grands séducteurs n'ont rien de plus que la moyenne des mecs. Simplement ils acceptent d'être repoussés, et de repartir à la charge. Une femme ne dit jamais « oui » à la première tentative. Quand une femme vous flanque une veste, il faut s'éloigner cinq minutes (pour lui laisser le temps de vous regretter), puis revenir, tenter à nouveau sa chance, encore et encore. Tous les grands play-boys n'ont aucun amour-propre, seulement l'insoutenable légèreté du lourdaud. Pour eux, quand c'est non, ce n'est jamais non. Ils les embrassent à l'usure.

Vendredi.

Personne n'est obligé d'être célèbre. Il ne faut pas se plaindre d'être connu quand on a ramé toute sa vie pour le devenir. J'ai hâte d'être célèbre pour pouvoir me lamenter d'avoir tout fait pour l'être.

Samedi.

Dans le programme du Queen, je relève une question qu'aurait pu se poser Jeanne :

– À partir de combien de mecs par mois est-on une salope ?

Dimanche.

Je me sens parfaitement à mon aise dans le règne animal, embranchement des Chordés, sous-embranchement des Vertébrés, classe des Mammifères, sous-classe des Placentaires, ordre des Primates, sous-ordre des Simiens, infra-ordre des Catarhiniens, super-famille des Hominoïdes, famille des Hominidés, espèce des Humains.

Lundi.

– Je suis complètement open depuis que je suis maquée !

Pénélope, pardon, Jeanne téléphone pour me proposer un pacte. Si je lui trouve un beau Black, elle veut bien faire l'amour avec lui devant moi. Je profite donc de cette page pour passer une petite annonce : si vous êtes un magnifique Noir baraqué et « open », écrivez-moi ; vous risquez d'être sélectionné pour une nuit de sexe avec une jeune mariée à l'hôtel Plaza-Athénée (ne vous inquiétez pas, je ne participerai pas, me contenterai de payer la note, et resterai assis dans mon coin à me demander ce que je fous là).

Mardi.

Lu un triste fait-divers dans *Le Parisien* : on a retrouvé un squelette de femme dans un appartement. D'après le journal qui était posé à côté du corps, cette quadragénaire était morte depuis plus d'un an. Personne ne s'était inquiété : elle n'avait ni famille, ni voisins, ni amis. Les célibataires vivent dangereusement : si je crevais sur place maintenant, qui s'en apercevrait ? On retrouverait dans un an mon cadavre sous une pile de vieux magazines people... La datation de mon décès se ferait non au Carbone 14 mais au numéro de *Voici.*

Être amoureux, c'est être étonné. Quand l'étonnement disparaît, c'est la fin. Dans l'amour il y a 90 % de curiosité contre seulement 10 % de peur de mourir abandonné comme une vieille merde.

Mercredi.

La drague dans les boîtes de nuit est un travail de longue haleine fétide.

L'autre soir, alors que je lui déclarais ma flamme avec lyrisme en tenant mon shot de vodka à la main et la sienne dans l'autre, une ardente Polonaise, Eva, me balance cette remarque perspicace :

– J'aimerais tellement que tu me dises des choses aussi romantiques en buvant de l'eau !

Qu'à cela ne tienne : j'ai vidé mon shot dans le cendrier et commandé une bouteille d'eau minérale. Elle avait la langue râpeuse comme celle des chats. J'aimais l'ossature de son visage, les pommettes saillantes comme sur une tête de mort.

Jeudi.

« Pour qu'une chose soit intéressante, il suffit de la regarder longtemps. » Gustave Flaubert. J'ai souvent remarqué cela : il n'y a pas d'inspiration, il n'y a que de l'attente.

Je m'amuse trop en ce moment pour pouvoir écrire.

Vendredi.

Ce soir *Les Bains* fêtent leurs 20 ans. Heureusement que ça tombe pile pendant la Fashion Week ! Imaginez si leur anniversaire était tombé durant la Boring Week !

Samedi.

Comme tous les week-ends, Ludo m'appelle au secours. (Évidemment, Pénélope n'est plus libre.) (Je raisonne en vieille maîtresse aigrie.) Derrière lui, j'entends les vrombissements d'une voiture de sport.

– Vrooouuum !

– Tu regardes la F1 ?

– Vroooummm ! Non, c'est ma fille qui a allumé la télé et elle était branchée sur la chaîne Moteurs parce que, hier soir, avec Madame nous avons maté « XXL » en fumant des pétards.

– Et vous avez fait la chose ?

– Non, Hélène s'est endormie, je me suis branlé dans les draps, comme tous les vendredis.

– C'est beau le mariage.

Dimanche.

Mon principal fantasme ? Trouver en moi la force d'accepter la monotonie.

Lundi.

Je l'ai aimée parce qu'elle avait des cystites à répétition. Claire disait qu'elle attrapait un rhume de la foufoune sur mon scooter. Je l'ai aimée aussi parce que la première fois que je l'ai rencontrée, elle avait éteint sa clope dans mon verre sans s'excuser. Et aussi parce qu'elle se levait du canapé pour aller discrètement dans la salle de bains rajouter du sérum physiologique sur ses lentilles de contact. Et aussi parce qu'elle portait des bagues sur les dents quand elle était petite, comme moi. Je l'ai aimée parce que ses cheveux changeaient de couleur à chaque fois que je la voyais : elle était tantôt rousse, brune, blonde, violette… Je l'ai aimée pour ses maniaqueries, ses défauts, ses tics. Je n'aime plus les bimbos : je préfère les clumsy.

Mardi.

Chose étrange : je suis politiquement d'accord avec Daniel Cohn-Bendit sur l'Europe fédérale, avec Jacques Attali sur le gouvernement mondial, avec Viviane Forrester sur l'horreur économique, avec Ralph Nader sur la consommation citoyenne, avec Gébé sur l'An 01, avec Michel Houellebecq sur la privatisation du monde. Je suis d'accord avec tous ces gens qui ne sont pas d'accord entre eux.

Jeudi.

Et s'il ne s'était rien passé jeudi, vous voudriez que je le raconte quand même ?

Vendredi.

Bordeaux by night. On m'avait dit que c'était une ville sinistre de négriers embourgeoisés, dont tous les habitants ressemblaient physiquement à Chaban-Delmas. N'importe quoi : Bordeaux c'est « auch city », le lieu de la bouillance ultime. Le quai Paludate, c'est Miami Beach sur la Garonne : des bars techno, des boîtes latinos, des néons qui grésillent comme sur Ocean Drive, des embouteillages de bagnoles sonores et de lumpenpétasses ivres mortes à 4 heures du matin. Lydie Violet crie :

– Mais les mecs sont des bébés, ici ! Ils sont même pas majeurs : on est au jardin d'enfants !

Je lui rétorque que l'homme idéal, c'est un bébé avec une grosse bite. Au Pachanga, la barmaid sévèrement nichonnée – un sosie de Vanessa Demouy – monte sur le comptoir pour se trémousser. Tous les bébés de sexe masculin sont bouche bée, attendant la tétée. Je crois que je suis amoureux d'elle depuis dix minutes, quand soudain un macho bordelais vient m'engueuler :

– Arrête de mater ma femme.

– Les femmes comme ta femme devraient être interdites.

Comme il n'a pas l'air de rigoler, je me ravise :

– Enfin, je veux dire, pas mariées avec toi.

Ses copains le retiennent de me trancher la gorge avec les dents. Ce con a renversé ma caipirinha sur ma chemise. Je m'en fous : j'étais déjà poisseux à cause de la chaleur.

Samedi.

Bordeaux by night (suite). Au cocktail d'Alain Juppé à l'Hôtel de Ville, le foie gras fut englouti par les notables en dix minutes chrono. Rien de plus affligeant qu'une bande de hobereaux provinciaux en train de se rembourser leurs impôts au buffet du maire. Cadres ventripotents, retraités costumés, épouses délaissées, comtesses emperlousées… Tous les membres du Rotary et leurs femmes organisatrices de rallyes dansants se battent comme des chiffonniers pour trois huîtres et une tranche de jambon de Bayonne. Beaucoup plus tard, à la soirée Scream au Nautilius, puis au White Garden, je me suis souvenu du Paris Pékin (rue Merci), un bar dans le vieux Bordeaux où la climatisation laissait à désirer, et du restaurant du père Ouvrard, où j'avais surtout mangé du vin. Ensuite, distribution gratuite d'orgasmes à l'hôtel Majestic avec une brune acidulée à la peau mate (les Américains disent une « brunette » mais moi je dirais plutôt : un brugnon).

Dimanche.

Moralité : une femme, ça va, trois femmes, bonjour les dégâts.

Lundi.

Rencontre imprévue dans les airs. Conversation dans un Airbus avec Yann Moix, le jeune génie (prononcer « Jean Genie » comme dans la chanson de Bowie). Nous sommes tous deux en tournée comme des voyageurs-représentants-placiers de nos petits livres.

Moi : – Oh, dis donc t'as vu l'hôtesse ? C'est un avion…

Moix : – Je n'ai d'yeux que pour elle.

Moi : – J'aimerais bien lui embrasser la bouche.

Moix : – C'est un peu court, vieil homme. Il faudrait lui embrasser la bouche mais aussi lui serrer la main, lui écouter l'oreille, lui sentir le nez, lui mordre les dents, lui marcher sur le pied, lui chier sur le cul, lui regarder les yeux, lui lécher la langue.

Moi : – Tu as oublié le plus important, « lui griffer les ongles ».

(Ce qui est bien avec mon journal, c'est que j'y ai toujours le dernier mot.)

Mardi.

Hier soir, cocktail *Égoïste* en l'honneur de Richard Avedon à l'ambassade des États-Unis. J'arrive à l'heure, c'est-à-dire en avance par rapport aux autres invités de Nicole Wizniak. Truc bizarre : chez l'ambassadeur, il n'y a pas de Ferrero Roche d'Or ! Jean-Jacques Schuhl m'emmène dans l'entrée voir le drapeau américain peint par Jasper Johns. Je fais un baise-main à Ingrid Caven (son dernier roman est aussi sa femme), un poutou à Jacqueline de Ribes, une bise à Justine Lévy et un smack à Inès de la Fressange. Bernard Frank dit du bien de Fitzgerald et Pierre Bénichou du mal de Vialatte. Je dis du mal de Pierre-Jean Rémy à son épouse et du bien de moi à Alain Robbe-Grillet. J'arrête ici pour ne pas trop me transformer en chroniqueuse mondaine. Les seuls convives plus égoïstes que moi (donc les plus francs du collier) étaient les deux chiens de l'ambassadeur vautrés sur le tapis.

Plus tard, au bar du Plaza, Thierry sert des cocktails solides (jelly shots) à la vodka. On dirait des sushis pour alcooliques. Le meilleur, c'est le B52 : à aspirer comme un crocodile Haribo parfumé au Bailey's/Kalhua/Grand Marnier, le tout pour un euro seulement. J'explique à Sandra (surnommée « la Pétasse Inconnue » jusqu'à la fin de ce livre) pourquoi je déteste les broute-minou (c'est parce que j'ai horreur des poils coincés entre les dents après). Avec son franc-parler habituel, elle me répond qu'elle est entièrement épilée de la foufoune :

– Tu peux y aller, j'ai la chatte à Kojak !

Jeudi.

Hier soir, après la fête de *VSD* au VIP Room, nous avons atterri dans un bar des années 40 avec des filles nées dans les années 80 (mieux vaut cela que l'inverse). Nous étions dopés comme Richard Virenque au col du Tourmalet. Je beuglais :

– Chuis au taquet !

À côté de moi, comme nous étions très serrés, une poupée mordorée me faisait du genou sans le faire exprès. Je lui ai fait remarquer très poliment :

– Cessez immédiatement ce contact déloyal avec une faible créature du sexe masculin qui pourrait l'interpréter comme une avance…

Et savez-vous ce que m'a rétorqué la gracieuse effrontée ?

– T'as qu'à sortir avec des culs-de-jatte !

Déjà que les femmes sont plus fortes que nous, si en plus elles ont de l'humour, on est foutus.

Vendredi.

Message à l'adresse des industriels et hommes politiques du monde entier : merci de laisser la planète dans l'état où vous l'avez trouvée en y entrant.

Samedi.

Alléluia. Claire m'a écrit. Une citation de Schopenhauer : « Pourquoi tant de bruit ? Pourquoi ces efforts, ces emportements, ces anxiétés et cette misère ? Il ne s'agit pourtant que d'une chose bien simple, il s'agit seulement que chaque Jeannot trouve sa Jeannette. »

Dimanche.

Seigneur, prends pitié. Je la revois demain. Je crois que je l'ai toujours aimée ; pourquoi suis-je incapable de le lui dire ? Je fuis celle qui me plaît, j'ai peur de celle qui m'attire, j'évite celle qui m'aime, je drague celles qui s'en foutent.

Lundi.

Claire est enceinte. Elle me l'a annoncé de but en blanc, en m'observant attentivement pour voir ma réaction. Je me suis forcé à sourire en répétant « Tu es sûre ? Tu es sûre ? » mais elle a deviné que je pensais « Il est de moi ? Il est de moi ? » ; je tentais d'avoir l'air épanoui, mais c'était comme s'il y avait marqué « AVORTE ! SALOPE » en grosses lettres sur mon front rougissant. Je crois que le dialogue hommes-femmes n'est pas près d'être rétabli. Le principal écueil étant qu'elles lisent dans nos pensées alors que nous ne pensons rien de ce qu'elles veulent. Elle s'est mise à pleurer en me traitant d'enculé alors que c'est faux : tout cela ne serait pas arrivé si précisément j'en étais un.

Mardi.

Quand je m'enrhume, les gens croient que j'ai sniffé de la drogue. On appelle cela avoir une réputation.

Mercredi.

J'hésite entre tuer Claire ou l'épouser. L'avortement est programmé pour dans trois semaines. Quel gâchis. Pile au moment où ses seins ont grossi, elle recommence à me détester : je n'en profiterai même pas. Ses seins et sa haine ont triplé de volume simultanément.

Jeudi.

Il y a des jours avec, et des mois sans.

Vendredi.

Encore un scandale du dopage sportif. Y en a marre de l'hypocrisie ! Je suis pour le dopage. La plupart des écrivains se dopent à l'alcool, à la cocaïne, aux amphétamines ; pourquoi reprocher aux sportifs ce qu'on permet aux artistes ? Vous imaginez les jurés du prix Goncourt faisant passer des analyses d'urine à Jean-Jacques Schuhl pour vérifier qu'il n'a pas écrit *Ingrid Caven* sous influence de substances prohibées ? Assez de puritanisme contre les drogues. Pourquoi l'être humain fabrique-t-il des produits dopants si ce n'est pour s'en servir ? Je suis favorable à la légalisation totale et complète de toutes les drogues y compris les drogues dures, cela dans le but de remplacer la mafia par le ministère de la Santé.

Samedi.

J'ai pas mal de copains gangsters en Corse. Ce qui me fait marrer, c'est qu'ils posent des bombes pour l'indépendance, et que moi, dès que je leur dis « on vous la donne, l'indépendance, on s'en fout, allez hop, vous n'êtes plus Français », à ce moment-là ils me braquent avec des calibres en m'expliquant que je dérape.

Dimanche.

De toute façon, la fin du monde est pour 2050 au plus tard. À ce rythme-là, dans dix ans, il n'y a plus d'essence sur la planète (et dix milliards d'habitants). L'homme va s'éteindre, comme le dinosaure. L'intelligence ne fait pas le bonheur (cela dit sans me vanter).

Lundi.

Dans les night-clubs, on boit pour draguer, et ça marche : on finit par aborder toutes les femmes car l'alcool supprime la timidité. Le problème, c'est qu'ensuite il supprime aussi l'érection. Le gouvernement a tort de dire que « l'abus d'alcool est dangereux pour la santé » : il protège contre le sida !

Mardi.

Il est 4 h 15 du matin ; une fois de plus, la réalité est hors d'atteinte.

Mercredi.

Après une épique soirée au Café de Flore, le prix du même nom est attribué à Nicolas Rey, le Radiguet des années 2000. Il a 26 ans et concilie l'inconciliable : Philippe Djian et Antoine Blondin. Chaque matin, il dit adieu à sa jeunesse, chaque soir, il lui court après. Son roman, intitulé *Mémoire courte*, ressemble à l'homme d'aujourd'hui : à la fois romantique et obsédé. C'est surtout un livre sur l'impossibilité de l'adultère. En gros, quand tu trompes ta femme, il y a deux solutions : soit tu restes et ça ne marche pas, sois tu te casses et ça ne marche pas.

Jeudi.

Alors que nous devisions paisiblement en reluquant quelques beautés tombées d'un ciel malfaisant, Georges Wolinski se tourne vers moi et résume tout :

– Ma femme est la seule que je supporte deux soirs de suite.

Vendredi.

Amélie Nothomb n'est pas si moche. Elle a des yeux gris-vert et de très jolies mains blanches aux longs doigts fins. Je suis littéralement fasciné, muet de stupéfaction devant sa douce mythomanie. Quand je lui dis qu'elle ressemble à Christina Ricci, elle dit : « je sais ». Quand je lui demande comment elle va, elle répond « je sais pas ». Alors elle devient très belle.

Samedi.

Nous sommes à Brive-la-sacrément-gaillarde. Je craque encore sur Amélie Nothomb (je lui parle la bouche pleine de foie gras). Nous envisageons de nous marier, juste pour acheter un château et vivre chacun dans une aile en ne communiquant que par l'intermédiaire de nos valets de chambre extrêmement soumis.

Elle : – Nous pourrions écrire chacun un livre sur l'autre.

Moi : – Le mien sera meilleur.

Elle : – Oui, car le sujet est plus intéressant.

Cette fille est un mystère. Tout ce qui lui arrive est bizarre. Par exemple, un jour elle a sauté en parachute mais celui-ci ne s'est pas ouvert ; elle est tombée de 300 mètres et s'en est sortie sans une égratignure. Elle m'explique qu'elle est en caoutchouc et, pour me le prouver, retourne ses pouces à 180 degrés. (De toute manière, je la croyais sur parole : comment feraitelle pour supporter son succès si elle n'était pas élastique ?)

Dimanche.

Contrairement à Miss Nothomb, je ne me souviens pas de ma petite enfance. Sinon que j'ai volé de l'âge de 1 an à l'âge de 4 ans. Mon père me portait dans ses bras et imitait le moteur d'un avion en courant dans l'appartement. Je survolais les parquets, slalomais entre les commodes, frôlais les murs blancs, fonçais en piqué sur le sol, faisais des loopings dans le salon. C'est seulement quand mon père est parti que j'ai atterri.

Lundi.

Seuls les êtres vraiment prétentieux supportent le succès. Car ils le trouvent naturel. C'était l'anonymat qu'ils estimaient anormal, incompréhensible, obscène. Quand, tout d'un coup ce qu'ils font se met à marcher, ils ne pètent pas les plombs, ils pensent juste « ah ça y est, c'est pas trop tôt ». Bref, le seul moyen de ne pas choper la grosse tête, c'est de l'avoir toujours eue.

Mardi.

Chez Petrossian, Linda me demande :

– Pourrais-tu être mon Game-Boy ?

Je lui réponds :

– Seulement si tu joues avec mon joystick.

Le reste de la conversation est privé. (Ceci est un journal intime, pas un peep-show.)

Mercredi.

Et moi qui croyais que le monde s'offrait à moi ! Le monde ne s'offre pas : il s'achète.

Jeudi.

Le plus difficile n'est pas de savoir pourquoi l'on vit, mais de parvenir à échapper à cette question.

Vendredi.

Dîner avec Ludo à l'Ami Louis, à côté de Vanessa Paradis et Johnny Depp.

En regardant ce joli couple, Ludo, mon ami marié, déprime encore plus :

– Mais comment font-ils ? Ma femme souffre tellement d'être avec moi… Le plus dur c'est de lire la peur dans ses yeux.

– La peur ? Tu es violent ?

– Non, mais j'ai l'impression qu'elle a constamment la trouille que je me barre. C'est très stressant. Je m'en fous qu'on ne baise plus mais sa peur me flanque un cafard noir. J'ai l'impression d'être un monstre. Tu ne peux pas comprendre, toi le célibataire…

– C'est pas parce qu'on est célibataire qu'on ne fait pas peur aux femmes, au contraire : elles ont peur de ma liberté, de ma saleté, de tomber amoureuses de moi, d'attraper des champignons ou pire : de ne rien ressentir du tout. Et je suis sûr que je fais moins souvent l'amour qu'un homme marié.

– Oui, sauf s'il est fidèle !

– Tu sais, je crois que je deviens vraiment malade sexuellement.

– Quoi ? T'es sado-maso, zoophile, pédophile ?

– Non, plus pervers que ça. Je veux qu'on m'aime. Et Pénélope ? Tu la vois toujours ?

– Non, ça ne m'excite plus depuis que ça l'excite trop.

Samedi.

Quand on meurt, si on a été sage, on va au Maï Taï (1370, route de Bandol à Sanary-sur-Mer). Cette discothèque comprend trois niveaux (un bar cubain, une boîte techno et un étage funky-soul). Toutes les filles y sont sapées comme dans vos pires fantasmes. Les verres ne désemplissent pas. Le paradis, c'est un endroit où le deejay passe précisément le disque que vous attendiez et ceci pour les siècles des siècles. Un exemple : même *Ces soirées-là* de Yannick peut s'enchaîner avec *Belsunce Breakdown* sans trop d'encombre. Il n'y a qu'après la mort que ce genre de mix est possible. À l'entrée, le portier black ne vous demande pas de passer par le purgatoire mais par le vestiaire.

On n'a plus qu'à entamer la conversation avec des filles :

– Après ma mort, j'espère être réincarné en toi.

Ou avec les garçons :

– Il y a une énorme déperdition foufounale ici.

Puis profiter de cet instant d'éternité (c'est-à-dire sourire allongé par terre en roulant des patins à des bandes de bouches).

Dimanche.

La phrase de la semaine, comme souvent, est d'Angelo Rinaldi : « Avec un roman fait-on autre chose que de passer de l'anonymat à l'oubli ? »

Lundi.

Récapitulons : j'aime Claire mais elle ne veut plus me voir ; Pénélope me désire mais je ne veux plus la voir. Je voyage beaucoup depuis que mon dernier livre est traduit partout. Je profite des groupies dans les boîtes de nuit. Je cultive une certaine amertume qui me sert de fonds de commerce. Au lieu d'admettre que j'ai de la chance, je passe mon temps à me lamenter. Je déteste toute personne qui me ressemble de près ou de loin. Le monde m'apparaît uniforme, puisque je n'en visite que les aéroports et les discothèques. Il y a partout sur terre la même chanson en arrière-plan. La mondialisation passe d'abord par la musique. La Terre est devenue une piste de danse. Ce journal parle d'un événement nouveau : la discothéquisation du monde. Une étude récente a révélé que la discothèque était devenue le premier divertissement des 18-34 ans en termes de budget (loin devant le cinéma, le théâtre, les concerts… et les livres).

Mardi.

Claire a avorté sans me prévenir. J'ai essayé d'appeler l'hôpital mais l'infirmière de garde n'avait pas le droit de me donner les noms des patientes. Impossible de lui rendre visite : un embryon fut aspiré aujourd'hui à 15 heures vers le néant d'où il n'aurait jamais dû sortir. Comment faire pour me réconcilier avec une femme après lui avoir imposé ça ? Est-il normal de faire autant de peine à quelqu'un sous prétexte qu'on l'aime trop pour lui faire un enfant ?

Mercredi.

Écrire c'est attendre : un écrivain est souvent comme un acteur de cinéma entre deux prises, assis sur sa chaise, attendant de jouer.

Jeudi.

Lille by night. Il y a Capucine qui dit :

– Je suis un futon : un tiers de latex, un tiers de crin, un tiers de coton.

C'est bien la première fois que je rencontre une fille qui se vante d'être un lit. Elle m'explique pourquoi *Fragments d'un discours amoureux* de Roland Barthes n'est pas nunuche :

– Il est dans la diffraction au niveau subjectif.

Heureusement qu'elle porte un débardeur à fort décolleté ! Il y a aussi Samantha, la marchande de roses qui fait la tournée des restaurants. Cette institution lilloise est une fée à jupe fendue. Nous sommes à la Pirogue, un bar à rhum qui sert des caipirinhas ratées mais où tout le monde se touche quand même. Après, nous irons à l'Amnésia, boîte techno aux murs de brique, éclairée à la bougie, où, bien qu'hétérosexuelles, les filles embrassent leurs copines à bouche que veux-tu. Une ambiance très « bretelle de soutif qui dépasse ». Pourquoi ça m'excite autant de regarder les femelles entre elles ? Parce que c'est la seule façon que j'ai trouvée d'être un exclu social. Ensuite descente au Network. Toutes ces villes somptueuses dont je n'aurai visité que des caves assourdissantes. Tout le monde ne parle que de l'élection au Mum's (un bar gay) des « 100 bites qui font bouger Lille ». Et dire qu'il existe des gens qui préfèrent dormir la nuit, visiter des monuments, avoir une vie.

Vendredi.

La blague raffinée de la semaine : connaissez-vous la différence entre une femme qui a ses règles et un terroriste ? Avec le terroriste, on peut négocier.

Samedi.

C'est la journée sans achat : le mouvement RAP (Résistance à l'Agression Publicitaire) convie ses militants à une manif devant les grands magasins. Nous sommes peu nombreux mais déterminés. Il pleut sur notre révolte. Nous distribuons des bons de nonachat aux clients en imperméable. Il y a plus de caméras que de manifestants. Je crie le slogan de Douglas Coupland (dans son roman *Génération X*) : « I am not a target of the market ! » (« Je ne suis pas une cible du marché. ») Tout cela sert-il à quelque chose ? Il me semble qu'il y a un début de prise de conscience chez les consommateurs. Grosso modo, l'alternative est la suivante : ou bien on accepte la fin du monde en 2050 (et rien n'interdit de s'amuser en l'attendant), ou bien on arrête tout pour réfléchir (c'est l'utopie de *L'An 01* de Gébé). Je suis partagé entre les deux : la version « destroy-hédoniste-égoïste » est évidemment plus séduisante (à court terme) que l'option « romantique-moralisatrice-janséniste ». Le vrai problème est là : comment rendre glamour l'écologie ? Car, pour donner raison aux nihilistes, il y aura toujours la devise de Keynes : « À long terme, nous serons tous morts. »

Dimanche.

Je crois qu'il faudrait que j'arrête de réfléchir. J'ai bien réfléchi avant d'en arriver à cette conclusion.

Lundi.

À force d'être sur le fil du rasoir, on finit coupé en deux. Journal de mes deux Moitiés.

Mardi.

Saisissant mon courage – et mon Nokia – à deux mains, j'appelle Claire. Manque de bol, je tombe sur son fils. Impression désagréable d'être Cloclo chantant « Le téléphone pleure ».

– Écoute, maman est près de toi ? Il faut lui dire « maman, c'est quelqu'un pour toi ».

– Ah, c'est toi Oscar ? Je te la passe.

J'allais entonner le refrain :

« Le téeééléééééphooooone pleuuuuuuure » quand soudain Claire s'empare du combiné :

– Qu'est-ce qu'il y a ? T'as oublié quelque chose ?

– Oui : toi.

Mais le téléphone ne pleure pas.

– Écoute, je suis avec mon nouvel amant, adieu.

– Attends. Je ne peux pas vivre sans toi.

– Trop tard. Va te faire foutre ! Bip. Bip.

Elle dit bip bip et je deviens le coyote qui hurle à la lune. Le téléphone feule. Le téléphone geint. Le téléphone couine. Le téléphone raccroche. Le téléphone crie.

Mercredi.

Le maître à penser de notre époque, c'est Ponce Pilate. Le lâche qui fuit ses responsabilités, qui se lave les mains pour éviter de prendre une décision, c'est vous. Nous sommes tous des Ponce Pilate, résignés, débordés, ennuyés à l'idée d'émettre un doute sur ce monde qui nous dépasse et ces mystères que nous ne feignons même plus d'organiser. Roland Barthes disait : « Ponce Pilate n'est pas un monsieur qui ne dit ni oui ni non, c'est un monsieur qui dit oui. » Nous croyons grommeler, mais en vérité nous acquiesçons en silence. Et en plus nous espérons garder les mains propres.

Jeudi.

Au Korova, le restau de Jean-Luc Delastreet, Albert de Monaco soupe avec Claire Nebout et Cécile Simeone avec moi. Nous perdons notre temps : elles sont toutes les deux fidèles à leurs mecs. Ardisson dit qu'il faudrait rebaptiser cet endroit La Redevance. C'est un restau de service public ! Je déguste un poulet au Coca-Cola (plat aussi bon que con). Sandra (la Pétasse Inconnue : au début c'était le surnom que j'avais tapé sur mon portable ; chaque fois qu'elle m'appelait il y avait « pétasse inconnue » qui s'affichait ; puis c'était devenu son titre de noblesse) raconte que, quand elle était serveuse aux Bains, elle refusait tous les pourboires en pièces de monnaie en s'écriant : « Eh oh ! Je suis pas une tirelire ! » Du coup, elle rentrait chez elle la culotte pleine de billets de 500 balles. Sa copine Manu pose ses précieux seins dans son assiette. J'aimerais bien être sa fourchette. Jean-Yves Bouvier refuse de me rouler une pelle mais offre tout de même les gin-tonics. Édouard Baer est rentré de Ouarzazate (où il tourne *Astérix et Cléopâtre*) pour repartir au Mathis Bar (où l'on sert de la potion magique). Il est 23 heures quand Cécile se lève pour rejoindre son mari. Je lèche sa chaise à l'endroit où elle était assise. Je suis jaloux des assiettes, des fourchettes et des chaises ; j'aimerais être un service à thé, un fauteuil de Mini Austin, un peignoir de bain de l'hôtel Lutetia. Je critique la surconsommation mais je rêve d'être réincarné en objet.

Vendredi.

Les cons de mômes s'estourbissent dans les magasins pour la PlayStation2 et le dernier *Harry Potter*. Je crois qu'on peut affirmer que le message de la journée sans achat n'est pas tout à fait passé auprès des ados. Il y a du pain sur la planche pour désenvoûter les 15-24 ans de la religion des produits.

Samedi.

J'ai la flemme de vous narrer les aventures mythiques d'Oscar Dufresne dans le Technitrain qui a emmené sept cents fêtards à Londres le 25 novembre 2000. Il faudra patienter jusqu'à lundi…

Dimanche.

Tout est si merveilleux à cinq centimètres du visage d'une femme que l'on va peut-être embrasser. On ne devrait jamais bouger de là. La suite est forcément moins intacte.

Je n'aurais jamais dû me pencher sur Claire la première fois que je l'ai vue, sa chair blanche et saine dans la nuit printanière. J'aurais dû garder la distance de l'éternité.

Lundi.

J'aimerais bien me souvenir du Night Trip : il paraît que ce fut la soirée de l'année. Il me semble que j'ai voyagé à bord de cet Eurostar réservé par *Technikart* et La Fabrique. Je crois me rappeler que certaines personnes souriaient : Yves Adrien enturbanné de son foulard d'Indien post-atomique, Mazarine Pingeot qui a déclaré forfait très tôt (pour écrire son article dans *Elle* ?), Jacno et son pinard de contrebande, Patrick Eudeline et Ann Scott (les Romain Gary et Jean Seberg d'aujourd'hui). L'orchestre du Don Carlos chantait *La Bamba* entre deux sets de deejays downtempo. Ensuite la nuit londonienne reste floue dans ma mémoire, il y a cette exposition lucidement intitulée *Apocalypse*, puis une boîte de nuit à trois étages qui diffusait quelques bons vieux disques (*When I'm with you* des Sparks et *To cut a long story short* de Spandau Ballet), des coussins sur lesquels je me suis vautré en buvant, et puis Quetsch Le Moult est sortie avec Guillaume Allary, et une rédactrice de mode à *Jalouse* s'est mise à m'embrasser très bien en touchant ma bosse, Monseigneur, puis je m'endors dans un bus et déjà le train du retour, puis plus rien, le trou noir, est-ce cela qu'on appelle un « collapse » ou juste le tunnel sous la Manche ?

Mardi.

J'effeuille des marguerites en pensant à Claire :

– Elle est conne, un peu, beaucoup, passionnément, à la folie, pas du tout.

Ma douleur est entière : je n'arrive pas à l'oublier. Chaque fois que je la vois, elle est moins bien mais chaque fois que je ne la vois pas, elle est beaucoup mieux. Elle est vulgaire, bruyante, folle, rit trop fort, mal fagotée, la Marlène Jobert du pauvre, la sous-sous-Nicole Kidman, elle porte des mules en plein hiver, possède une bagnole ridicule remplie de sièges-bébés, a deux enfants de pères différents, fait l'amour comme une tordue, deux fois, trois fois, quatre fois de suite ne lui suffisent pas, elle pousse des cris et rajoute des doigts, elle est insatiable et cependant blasée, rien ne l'amuse, Claire est triste, Claire me manque, chaque fois que je la quittais j'étais vidé. Quelqu'un est passé dans ma vie. C'est si rare, que quelqu'un m'arrive.

Mercredi.

Le SMS est le nouveau mode de communication à la mode. Tout le monde s'envoie des petits mots par écrit sur les téléphones portables. On revient au télégramme, à la littérature épistolaire, aux liaisons dangereuses. Exemple :

Je m'ennuie de toi.

Tes mains me manquent.

Mes lèvres explorent ton corps.

Ich liebe dich.

Je mouille pour toi.

J'ai l'âge que tu veux, le prénom que tu veux.

Si on allait au Couine ?

Bon, d'accord, c'est pas encore Choderlos de Laclos mais on en prend doucement le chemin. La rapidité et la discrétion de ces petits messages poussent à exagérer ses sentiments, ses désirs. Il y a déjà une copine qui se lamentait hier :

– J'en ai marre des « SMS lovers » !

Jeudi.

Immense révolution en France et personne n'en parle ! La vasectomie est enfin autorisée par l'Assemblée nationale. Cela signifie que bientôt des légions grandissantes d'Oscar Dufresne vont pouvoir se faire stériliser volontairement afin de forniquer sans précautions ni enfants. Ô joie, ô bonheur : les égoïstes romantiques vont enfin cesser de se reproduire. À quand la vasectomie remboursée par la Sécu ?

Vendredi.

Valérie Lemercier dit :

– Je suis jeune, je veux pas passer le restant de mes jours devant « Combien ça coûte » !

C'est tout le problème de ma génération : nous ne voulons pas de la vie que nos parents avaient prévue pour nous. Nous sommes comme eux : nous voudrions aussi désobéir, mais nous sommes trop paresseux pour jeter des pavés.

Samedi.

Je suis assis à côté de Robbie Williams au VIP Room. Il porte un costard cintré à rayures tennis comme un banquier de la City. Bonne nouvelle : si maintenant les rock stars se déguisent en yuppies, cela veut dire que je vais enfin pouvoir déterrer ma vieille garde-robe arrogante des années 80 pour ressembler à une vedette.

Dimanche.

J'ai trouvé un truc pour peloter gratuitement des seins : dire qu'ils sont faux. Les filles se vexent à mort. Soudain elles soulèvent leur tee-shirt et vous demandent de les palper pour vérifier. Ne cédez pas tout de suite ; soyez pro. Dites :

– L'opération s'est bien passée ? Dis donc, on ne sent pas du tout le silicone.

– Pas du tout ! C'est des vrais ! Touche mieux !

Strip-teases gratos et pelotages mammaires garantis. Merci qui ? Merci Oscar !

Lundi.

Ce serait bien qu'il m'arrive quelque chose d'intéressant aujourd'hui. Je crois que tout le monde en sortirait gagnant sur cette page.

Mardi.

J'emmène la petite sœur d'une amie chez Chen (le meilleur restau chinois de Paris). Découvrant la carte, elle s'écrie :

– Mais il y a trop de choix, je suis en plein stress décisionnel !

Les jeunes s'expriment de plus en plus bizarrement. Par exemple, je ne sais pas du tout comment on dit « anticonstitutionnellement » en verlan. Le dîner s'est terminé en râteau, faute de sujets de conversation. Depuis Claire, je me protège trop. C'est à cause de cela que je l'ai perdue. Tant que j'aborderai les femmes avec une peur panique de la douleur, je ne tomberai plus amoureux. Parfois, je me dis que plus personne ne tombera amoureux dans un siècle pareil. À quoi ça sert ? Génération à carapace. Monde d'insectes. Armée d'armures. L'amour : combien de divisions ?

Mercredi.

Strasbourg, c'est Amsterdam sans les joints en vente libre (mais le vin d'Alsace est autorisé). Je grignote des bretzels en pensant à l'Europe. L'ivresse est exquise dans la ville gothique ; l'eau argentée du canal reflète les maisons à colombages et les cuissardes des prostituées estoniennes. Au Living Room (11, rue des Balayeurs), l'ambiance est au strass bourgeois. Je fredonne *You are my high*, le tube de la nuit gelée. Il est dangereux de trop boire assis : on ne s'aperçoit de l'effet qu'en se levant. Il est alors impossible de partir, donc on se rassied, et c'est alors que les vrais ennuis commencent. Une choucroute plus tard, on atterrit aux Aviateurs (dont j'ai perdu l'adresse). Pourquoi faut-il toujours choisir entre les blondes, les brunes ou les rousses ? Je veux sortir avec une blune, une bronde, une blousse ! Déjà 7 heures du matin ; incapable de bander. C'était l'heure où les pauvres vont travailler.

Jeudi.

Une Américaine m'embrassait et nous roulions sur son lit en écoutant l'album d'Avril Lavigne – les deux meilleures chansons sont la 3 et la 10, de nos jours on ne s'intéresse plus aux titres mais aux numéros que l'on peut programmer en boucle sur la télécommande – et elle me racontait ses fausses couches et son mariage avec un connard et je mordais ses épaules ambrées et ses bras sinueux et en la léchant comme une ice-cream je pensais « prends soin de toi », « take care » et je me le répète encore, et je regrette tellement de ne pas lui avoir demandé son numéro de téléphone. « Prends soin de toi. » Les Américains disent « take care » à tout le monde, pourtant moi je trouve ça plus intime qu'« I love you ». Prends soin de toi puisque je ne te reverrai jamais. C'est triste les aventures d'un soir, mais très agréable. On ose des gestes qu'on met d'habitude des mois à essayer. On prononce des mots plus salaces dans une langue étrangère : « Give me your pussy », « Lick my balls », « I want your ass », « swalloooooow ! » La timidité disparaît dans l'éphémère. J'aurais moins joui si j'avais su que je pouvais le refaire tous les jours.

HIVER

LE SILENCE LIMPIDE DES EAUX LUMINEUSES

« Cœurs sensibles, cœurs fidèles,
Qui blâmez l'amour léger,
Cessez vos plaintes cruelles :
Est-ce un crime de changer ?
Si l'amour porte des ailes,
N'est-ce pas pour voltiger ?
N'est-ce pas pour voltiger ?
N'est-ce pas pour voltiger ? »

BEAUMARCHAIS
Le Mariage de Figaro (cité par Jean RENOIR en exergue de *La Règle du jeu*).

Vendredi.

On devient célèbre pour pouvoir draguer les filles plus facilement, or c'est précisément la célébrité qui les intimide, les refoule, crée une espèce de barrière infranchissable entre elles et vous, et n'attire que les pétasses arrivistes, les méchantes intéressées, les jalouses aigries, les boudins agressifs, les folles complexées. Mon dernier roman est premier des ventes. Quand j'étais inconnu, je n'osais aborder personne. Maintenant que je suis connu, personne n'ose m'aborder. Je découvre que la célébrité enferme, contraint, rétrécit la vie : c'est une prison. Il n'y a plus de gestes libres, d'actes gratuits. Il faut se ressembler. On ne peut plus qu'être soi. Beaucoup de célébrités vont vivre à l'étranger parce qu'elles en ont marre de devoir jouer leur propre rôle, marre de se conformer à leur image. Être célèbre, c'est être limité.

Samedi.

Pénélope a un téléphone qui vibre. Je me dis qu'il faudrait lui offrir un vibro qui sonne.

Dimanche.

Pour que les gens tombent amoureux de vous, il n'y a pas trente-six méthodes : il faut faire semblant de s'en foutre complètement. Stratagème infaillible. Les hommes et les femmes sont pareils : ils deviennent fous de ceux qui s'en foutent. J'aime Claire parce qu'elle ne fait même pas semblant : elle se fiche vraiment de moi. Ou plutôt devrais-je dire : elle s'en fout éperdument. L'amour c'est cela : faire croire à la personne qu'on désire le plus au monde qu'elle nous laisse de marbre. L'amour consiste à jouer la comédie de l'indifférence, à cacher ses battements de cœur, à dire l'inverse de ce qu'on ressent. Fondamentalement, l'amour est une escroquerie.

Lundi.

Je suis un vampire : je m'empare de la vie des autres pour la faire croire mienne. Je suce les existences. J'écris ce journal par procuration. Il faut vite m'inscrire dans une clinique de désintoxication sexuelle. Ce n'est pas parce que ma souffrance est ridicule qu'elle n'est pas réelle. Je souffre et je fais souffrir. Rien ne me calme. Cette frénésie ne trouve pas de repos, sauf quand, à l'arrière d'un taxi, je respire l'odeur des banquettes en cuir de ma jeunesse, en fredonnant « Love Is All Around » des Troggs.

Mardi.

Cérémonie de remise des prix The Best au George V. Gunter Sachs discute avec Régine qui a (heureusement pour Brantes) promis de ne gifler personne ce soir. La nouvelle Miss France rayonne trop : il faudrait la prévenir que ça y est, elle est élue, elle n'est plus obligée de sourire comme une tarée. Alexandre Zouari est là aussi : chaque fois que je le vois quelque part, j'ai l'impression d'être dans le film *Jet Set.* Il joue dans ce film depuis que je le connais. Il faut dire que ce dîner est organisé par l'auteur d'un livre éponyme : Massimo Gargia, surnommé « la femme de Greta Garbo » par ses meilleurs amis. Stéphane Bern ricane :

– Il a invité un faux Valentino, une fausse Liz Taylor, mais il y a pire : la vraie Gina Lollobrigida !

Ursula Andress me décerne un diplôme d'élégance. Je fais semblant d'être étonné alors que je trouve cette récompense amplement méritée. Carole Bouquet est rouge de honte de se commettre dans un raout pareil. Quelqu'un me dit :

– Elle est aussi bandante qu'une machine à laver.

C'est idiot. Sur la position essorage, une machine à laver peut procurer beaucoup de plaisir. Jean-Jacques Schuhl et Ingrid Caven soupent à ma table (figurerai-je enfin dans leur prochain roman ?). Massimo Gargia nous présente une ravissante brune :

– Nina. Actrice. Italienne. 22 ans. Nouvelle.

La fille se lève souvent de table. Soit elle prend de la coke, soit elle a une toute petite vessie.

Béatrice Dalle ne cache plus son tatouage. Elle se souvient de moi (je l'ai interviewée pour *VSD*). Je lui demande comment elle va : « mal », dit-elle. J'aime bien les gens qui se servent des formules de politesse pour appeler au secours. Christine Deviers-Joncour me dit qu'elle aimerait faire du théâtre.

– Comme Bernard Tapie ?

Oups, elle n'y avait pas pensé. Elle va y réfléchir. Pour une fois, Frédéric Taddeï ne filme personne. Quel ennui : on peut dire n'importe quoi, faire ce qu'on veut, ça ne sera diffusé nulle part ! Je ne dis plus rien d'intéressant si personne n'enregistre. D'ailleurs je suis persuadé que si l'on éteignait toutes les caméras, le monde serait silencieux.

Mercredi.

Pour que Nina ne s'incruste pas chez moi, je lui dis que mon lit est piégé.

– Je te jure, il explose à 4 heures du matin, TU DOIS PARTIR VITE !

Ça a marché : elle a déguerpi. Dès qu'elle s'en va, je regrette son parfum. Elle avait un sens de la pelle profonde, avec la langue bien tendue sur mes dents. Je regrette sa façon de susurrer en essuyant ses faux seins avec les draps, comme si elle faisait un compliment :

– Oscar, you are so selfish…

Je suis un vrai malade. Ce serait bien que mon lit explose RÉELLEMENT à 4 heures du matin.

Jeudi.

Je suis un batracien. J'ai un QI aquatique. C'est un texto que je viens de recevoir sur mon Nokia. L'autre message était plus sympa :

– Les voies du Seigneur sont impénétrables, contrairement à moi. Linda.

J'aimerais aimer mais cela ne se commande pas. Serais-je déjà trop âgé ?

Vendredi.

Je cherche des raisons de me plaindre mais je n'en trouve pas. Ce qui m'en fournit une.

Samedi.

Je déprime sec pendant les réveillons. Toutes ces familles unies sentent le sapin. Le Père Noël est une ordure ménagère.

Dimanche.

Seul au bar, le célibataire sans famille commande une vodka. Le barman lui répond :

– Prends plutôt un mojito. On va gérer la montée.

Même le petit personnel se méfie de sa déchéance.

– T'inquiète pas : mon verre se termine dans dix minutes.

Lundi.

Pour fuir l'angoisse du célibataire au moment du réveillon, je pars pour le plus bel hôtel du monde : The Datai, situé à Langkawi, une petite île du nord-ouest de la Malaisie, juste en dessous de la Thaïlande. Ce sont quelques ravissantes villas éparpillées sur une plage de sable blanc, flanquée d'une forêt exotique dans laquelle les singes poussent de petits cris pour imiter les films de Tarzan. Tout est d'un goût exquis ici, sauf les clients ; en fait ce n'est pas l'hôtel le plus beau de la planète, mais le plus bobo. Le mois dernier, Jodie Foster y est passée, ainsi que Phil Collins. Même Chirac est venu là (plus discrètement qu'au Royal Palm de l'île Maurice). Or, à peine allongé au bord de la piscine, qui vois-je ? Noel Gallagher, d'Oasis ! Sa nouvelle fiancée ressemble à Meg Ryan. Noel Gallagher en tongs ! C'est tout de même fort de fuir le réveillon pour se retrouver à l'autre bout du monde avec le père Noel.

Mardi.

J'ai dormi seize heures. Quand il fait chaud, le touriste refroidit dans la mer, mais que faire quand celle-ci a la température d'une baignoire ? Ce paradis m'a été conseillé par mon gourou, Élisabeth Quin, à qui je faisais récemment remarquer qu'à force de défendre le cinéma asiatique, elle avait les yeux bridés. Savez-vous quelle réflexion cela lui inspira ?

– Je préfère être bridée que ridée.

Je souris en repensant à sa présence d'esprit, tout en dégustant mon déjeuner indonésien sur la plage. Deux semaines trop tard me vient la repartie idéale :

– Eh bien moi, je ne suis pas nazi, je suis nasi goreng.

Des oiseaux mous et jaunes picorent dans mon assiette. Ils sont très bon public.

Mercredi.

Blanc quand je m'allonge, rouge au réveil. Je passe beaucoup de temps à lire au soleil en tuant les insectes qui me marchent dessus (fourmis rouges, petits crabes de sable, araignées minuscules, feuilles mortes qui sont en réalité des papillons vivants, et autres objets volants non identifiés). Noel Gallagher est parti. Dommage, je n'ai pas eu le temps de lui demander ce qu'il voulait dire par : « Babyyy/You're gonna be the one that saves meee/and after aaaall/You're my wonderwaaaall ». Que peut signifier « Tu es le mur des rêves qui me sauvera ? » Une heure après, par une de ces coïncidences qui rendent la vie magique, je trouve la réponse dans le roman de Patrick Besson, *Accessible à certaine mélancolie* : « Il n'aimait pas les femmes, il croyait en elles. Il était sûr que l'une d'entre elles – une parmi des milliards – le sauverait. Il voulait la trouver avant de mourir. »

Jeudi.

J'apprends en lisant les journaux français que le nom de code pour recevoir des valises de billets de banque de la part d'Alfred Sirven était Oscar. Il suffisait de téléphoner à Elf et de dire « j'ai besoin des services d'Oscar » pour toucher un pactole en provenance de Genève. Je suis flatté d'avoir servi de mot de passe. Mais sachez que, si vous me téléphonez en réclamant Oscar, je ne vous enverrai pas un centime ! Quoique... À la réflexion, si vous êtes une jeune femme sublime, n'hésitez pas à m'écrire et vous aurez peut-être droit aux « services d'Oscar » .... (Je n'ai pas compris pourquoi il fallait toujours se limiter à trois points de suspension quand on peut en mettre douze pour être encore plus lourd de sous-entendus graveleux.)

Vendredi.

Toujours pas pris en otage dans ce pays musulman. Cela va finir par devenir vexant.

Samedi.

J'adore le nom du chef de l'État malais : Salahuddin Abdul Aziz Shah Alhaj Ibni Ahmarhum Sultan Hishamuddin Alam Shah Alhaj. « Salut comment tu t'appelles ? » Il ne doit pas draguer souvent en boîte, celui-là.

Dimanche.

La semaine prochaine, je vous raconterai Kuala Lumpur by night..

Lundi.

Si New York est une ville debout, Kuala Lumpur est une ville fluorescente. Avec, en vitrine, un diamant gros comme les Petronas Twin Towers (les plus hauts gratte-ciel du monde). De gigantesques centres commerciaux déversent Prada, Gucci, Chanel, Hermès sur tout l'Extrême-Orient : l'avenue Montaigne fait désormais le tour de la planète. Au Wind comme au Ra City Bar, on chante faux du vrai Céline Dion. Ici, le karaoké n'est pas encore démodé. Je bois une Singha en souvenir de Phuket. Dehors une affiche L'Oréal géante recouvre un immeuble : Virginie Ledoyen mesure 30 mètres de haut. Savez-vous comment on dit « parce-ce que je le vaux bien » en malais ? « Kerana diriku begitu berharga ». Qui vais-je ramener au Regent Hotel ? La serveuse du Back Room ou la pute du Liquid Club ? Ni l'une ni l'autre : ce soir, je rentre avec une Française pas mal du tout qui s'appelle Delphine Vallette. Je me sens comme Guillaume Canet dans *The Beach*, sans Leonardo DiCaprio pour me piquer ma jolie compatriote.

Mardi.

Rentrer à Paris après Kuala Lumpur, c'est revenir quelques siècles en arrière au moment où le reste du monde change de millénaire. Je souffre de « décalquage » horaire. Je ne sais même plus s'il faut dire bonjour ou bonsoir. Pour me simplifier la vie, je dis « bonne année ». Les gens ont l'air content ; après je peux m'endormir à table, et revoir le silence limpide des eaux lumineuses.

Mercredi.

Je ne la sens pas, cette nouvelle année. Kubrick nous l'a déjà racontée en long, en large et en Technicolor : il va y avoir des singes, un caillou noir sur la Lune, des stations orbitales qui danseront la valse, un ordinateur mégalomane et une fin incompréhensible. Je me sentirais mieux si on passait directement à l'an 4001 (si personne ne se DÉPÊCHE de modifier le calendrier, il est à peu près certain qu'AUCUN D'ENTRE NOUS ne verra l'an 4001).

Jeudi.

Je suis encore invité à un dîner chic à l'Hôtel, rue des Beaux-Arts, pour la soirée d'un autre Oscar (Wilde) qui est décédé sur place. Je me déshabille dans la chambre où il est mort, et redescends en peignoir pour le souper. Je fournis aux photographes un visuel à vendre. C'est chouette les dîners offerts. Dès que quelqu'un devient riche, il ne paie plus rien. Il erre de buffets gratuits en soirées sponsorisées. On ne veut surtout pas que l'argent des riches soit dépensé parce que ce serait trop simple. On reconnaît un riche au restaurant parce que c'est le seul qui ne paie pas l'addition (soit parce qu'il est invité par l'attachée de presse pour passer sa photo dans *Gala*, soit parce qu'il possède l'établissement).

Vendredi.

Je suis le Don Juan de la presse people, le Casanova du groupe Prisma. Mon problème, c'est que je tombe amoureux dès que je suis bourré. Liste des filles dont je suis épris en ce moment : Louise, Caroline, Alexandra, Laetitia, Léa, Nicole, Éva, Sabine, Nina, Élena. « Pourquoi faudrait-il aimer rarement pour aimer beaucoup ? » demandait Albert Camus dans *Le Mythe de Sisyphe.*

Samedi.

L'Over Side, 92, rue du Cherche-Midi, est le nouveau club échangiste trendy. Une sorte de Castel du IIIe millénaire. Les filles sont jeunes et mignonnes, les mecs sur leur trente et un (pourtant on est le 13). C'est comme une boîte BCBG, à une différence près : au lieu d'aller danser, les gens vont baiser. C'est encore plus dur d'être élégant sans vêtements. Thierry Ardisson trouve le mot juste :

– Au XXIe siècle, les dance floors seront remplacés par des fuck floors.

Dimanche.

Des lecteurs me demandent pourquoi Oscar Dufresne est célèbre. Que fait-il dans la vie ? Seulement ses bouquins ? D'où tire-t-il son NB (nouveau blé) ? Pourquoi les passants lui demandent-ils des autographes ? Je réponds que dans ce nouveau monde les gens sont riches du jour au lendemain et célèbres pour leur célébrité. Je n'ai pas à me justifier, puisque j'incarne l'injustice.

Lundi.

L'amour modifie la météorologie. Il pleut, vous avez le cafard, sur votre portable vous faites défiler des prénoms. Soudain, vous vous arrêtez sur celui de la femme à qui vous pensiez, et hop ! vous appuyez sur la touche verte, et le lui dites sur sa messagerie : « j'étais en train de penser à toi », et tout d'un coup le soleil brille derrière les nuages, les oiseaux chantent sous la pluie et vous devenez intégralement nunuche, vous esquissez un pas de danse en souriant tel Gene Kelly (en mieux), autour de vous les passants sont consternés... Il peut faire – 12 ºC mais vous crevez de chaud car vous avez entendu sa voix sur le répondeur.

Mardi.

Un type m'arrête dans la rue pour me dire que j'écris des choses jolies. Je le remercie et quelques pas plus loin, je réfléchis et me dis que tout mon problème est là : j'écris des choses jolies, quand donc écrirai-je des choses belles ?

Mercredi.

Tout le monde s'excite sur l'illisible Thomas Pynchon. Phony ! Je repense aux trois sortes de gens que rencontre Holden Caulfield dans *L'Attrape-Cœur* de J.D. Salinger (autre Américain reclus) : il y a les « bastards », les « jerks » et les « phonies ». L'humanité se divise en ces trois catégories : les salauds, les cons et les bidons. On peut aussi cumuler. Je suis sûr que Salinger nous surveille, et qu'il se marre souvent dans sa cabane de Cornish, Massachusetts. Salinger est ma Statue du Commandeur.

Jeudi.

À court d'arguments pour fourguer ses exemplaires du *Monde*, Ali, le vendeur de la rue de Buci hurle :

– Henri IV assassiné par Ravaillac !

Soudain les gens se précipitent sur lui et sa pile de journaux est rapidement épuisée.

Vendredi.

Dans le programme des festivités du Queen, quelques nouvelles abréviations à la mode :

DVD = Décolletés Vertigineux Dior

RP = Rasé de Près

RATP = Regard Aussi Transparent que Profond

DA = Demain After

BDB = Bar Du Bas.

Samedi.

Anniversaire de Thierry Ardisson aux Chandelles (club échangiste surchauffé pour que *toutes* les clientes se désapent rapidement). J'avise une blonde horriblement diaprée.

– Comment t'appelles-tu ?

– Elsa. Ça s'écrit comme Zelda en enlevant le « z » au début et en remplaçant le « d » par un « s ».

– Just call me Scott. Tu es au courant que je vais te manger ?

– J'espère bien…

– Les Chandelles, c'est comme la Rome antique mais c'est pas romantique.

– Je suis venue en jupe parce que ça facilite l'accès, dit Elsa. Quelqu'un aurait un « chewing gum » (nom de code pour « préservatif ») ?

Elle prend ma main et m'emmène au fond du couloir. Quelques instants (gênants) plus tard :

– Qu'est-ce qu'il y a ? Tu es impuissant ?

– Non : amoureux.

Dimanche.

« En ce moment, toutes les filles qui m'allument sont éteintes. » Je suis furieux que la phrase de la semaine ne soit pas de moi mais de Moix.

Lundi.

Je décide d'inventer une antibranchitude qui jettera les bases de la nouvelle branchitude. J'inaugure une semaine spéciale « France profonde ». Aujourd'hui, par exemple, je suis allé prendre un verre au Balto, un troquet enfumé de la Porte de Clignancourt. J'ai même gratté un Morpion mais je n'ai rien gagné. Penser à créer un nouveau prix littéraire pour l'an prochain : le Prix Balto. Quand je marche, je laisse soigneusement dépasser *Le Parisien* de ma poche. Au kiosque, j'ai acheté *Djihad*, le dernier SAS.

Mardi.

La femme de Ludo, qui l'avait quitté suite à une engueulade, est finalement rentrée. Ludo est très emmerdé : elle lui avait fait redécouvrir les joies du célibat. C'est bien connu : une de retrouvée, dix de perdues. Sinon, avec Ann Scott, fascinée par mon concept d'antichic très chic, nous sommes allés déguster un délicieux kebab Gare du Nord. Moi sauce blanche, elle harissa. J'aime les femmes qui prennent de l'harissa. Elles m'émeuvent. Ann Scott en a repris trois fois et ce sont mes yeux à moi qui se sont mis à pleurer.

Mercredi.

Le SAS est vraiment exquis. De Villiers mériterait le Prix Balto. Sinon, soirée des Catherinettes au Centre Espagnol de Belleville. J'ai mis un pantalon blanc et des santiags blanches. Le deejay opte pour *Il tape sur des bambous* de Philippe Lavil. Slow avec une esthéticienne de Garches sur *L'Été indien.* Klaxonné au Malibu, je quitte la salle au moment de *Confidence pour confidence* de Jean Schulteiss (1981).

Jeudi.

Dîner au Kamukera, un super restau africain tenu par Ketty, une ancienne Clodette. Nous évoquons la mémoire de Claude. Nous sortons de là électrisés. Néo-chic oblige, nous faisons l'amour sur la BO de *Midnight Express*, de Giorgio Moroder.

Vendredi.

Je prendrais bien salement mon pied avec Tanis. En attendant, je prends timidement sa main.

Samedi.

Croisé une BNP (Belle Nympho Plantureuse), une ANPE (Adolescente Niçoise Plutôt Excitée), une VISA (Vicieuse Indonésienne Sans A priori), une AXA (Actrice X Accro), une BIC (Belle Idiote Chaude), une RDRG (Routarde Dévergondée Rapidement Gobeuse) et une SNCF (Sainte Nitouche Cherchant la Fesse). Je les drague à toute vitesse, j'abrège. Nous vivons dans un monde d'abréviations. Puis soirée pharma à la salle des Fêtes de Nogent-le-Rotrou. Une certaine Manuela sert de pansement à mon spleen. Une fois chez elle, il n'y a que dans elle que je me suis senti chez moi. Au réveil, je me suis aperçu qu'elle était laide : on appelle l'orgasme la petite mort parce qu'il ne faudrait jamais se réveiller une fois qu'on a joui. C'est ainsi : il y a les jours où nous faisons l'amour et les jours où l'amour nous défait.

Dimanche.

Ce n'est pas Claire qui me manque, mais le manque de Claire que je ressentais du temps qu'elle ne me manquait pas. Le manque n'est rien d'autre qu'une overdose de vide. Ce que je reproche à la vie en général, c'est mon existence en particulier. J'ai voulu frimer avec ma semaine chic antichic et je m'aperçois que l'anti-néant, c'est encore du néant.

Lundi.

Montréal, c'est New York qui parle français. Une fourmilière ultramoderne, hyperfashion, total hype et underground au sens littéral du terme (il fait – 20 ºC, donc on vit sous la terre). Le Québec, c'est la France dans dix ans. Même l'accent comique des autochtones s'oublie très vite, et le paternalisme du Parisien arrogant se mue en complexe d'infériorité. Il est clair que les Canadiens francophones sont en train d'inventer la seule résistance intelligente à l'américanisation. Ils gardent ce qui leur plaît sur ce continent (rapidité, efficacité et technologie) et jettent tout le reste (vénalité, anglicismes et Roch Voisine).

Mardi.

Je bois des portos au Sofa (451, Rachel West) entouré de jeunes femmes qui risquent d'attraper des rhumes du nombril. Dehors, il fait un froid polaire, mais elles ne renoncent pas aux tee-shirts trop courts. Plus tard, endormi dans ma suite du Reine Elizabeth, je rêverai de nombrils qui éternuent. (Je vais essayer de freiner sur l'herbe de Maurice G. Dantec : trop forte teneur en THC.)

Mercredi.

Ici les allumeuses s'appellent des « agaces ». C'est toujours la même douleur : regarder la beauté en face, qui ne vous regarde pas. Quel dommage, toute cette neige qui ne fond pas. Le meilleur moyen d'être débarrassé d'une jolie fille, c'est de coucher avec elle. Les Québécois ont raison : les allumeuses nous agacent ; le problème c'est qu'on raffole de cet agacement nommé désir.

Jules Renard, qui, dans son *Journal*, a tout dit sur tout, avait trouvé une belle expression pour décrire les cœurs d'artichaut comme le mien. Le 31 mai 1892, il note : « Un cœur de vingt-cinq couverts ». Il oublie de préciser s'il y aura beaucoup de vaisselle cassée au moment de débarrasser la table.

Vendredi.

Dîner au Continental avec Isabelle Maréchal, une animatrice télé qui fait du Christine Bravo avec le physique d'Ophélie Winter et le cerveau d'Anne Sinclair. Charmante, mais elle travaille trop pour nous suivre, Herby, Felipe et moi, dans notre tournée d'inspection au Sofa, puis au Living et au Jai Bar, dont nous serons virés sur le coup de 3 heures du matin (un des rares défauts du Québec est sa législation nocturne calquée sur la loi britannique). Après avoir cruisé en gang, on décâlisse sans avoir pogné de blonde pour le fun. On a pris une de ces brosses ! (J'essaie de me mettre au québécois : le français du troisième millénaire ressemble beaucoup à l'argot futuriste créé par Anthony Burgess dans *Orange mécanique.*)

Samedi.

Mon secret ? Je fais semblant d'écrire et, sur ma lancée, j'écris.

Dimanche.

Claire m'écrit : « Je t'attendrai toute ma vie à condition que tu te dépêches de me rappeler. » Mais il est trop tard, je préfère me souvenir de notre souffrance et ne pas transformer notre passion impossible en incompatibilité d'amour. Aujourd'hui je vis tourné vers ma prochaine femme. C'est pourquoi j'en change souvent : ce ne sont pas des femmes nouvelles que je cherche, mais la dernière. Je sais que, quelque part, une femme que je ne connais pas encore m'attend déjà.

Lundi.

Vingt ans après, retrouver l'état dans lequel me mettaient les chansons d'Elton John quand j'avais quinze ans. *Friends, Border song, Tiny dancer, Skyline pigeon, Mona Lisas and Mad Hatters, Levon, Grey Seal, I need you to turn to, This song has no title, Goodbye yellow brick road, Sixty years on, Michelle's song, Into the old man's shoes, We all fall in love sometimes, Pinky* : les plus belles mélodies de ma vie. Tout lecteur qui ignore les compositions d'Elton John dans les années 70 et le prend pour un gros pédé à lunettes ridicules du show-biz anglais est prié de refermer immédiatement ce livre. Seul dans ma chambre aux murs tendus de tissu vert ou bleu, je regardais pendant des heures les disques de ma mère tourner sur la platine – ils ne craquaient pas autant qu'aujourd'hui – et j'avais chaud au ventre, et j'étais heureux et malheureux à la fois, amoureux de toutes les filles du lycée Montaigne… Je suis un romantique obsédé sexuel. Ce n'est pas incompatible puisque j'existe, et que je pleure souvent pieds nus sur mon lit.

Mardi.

Les trois phrases qu'il faut prononcer pour rompre : « je te quitte », « c'est fini entre nous » et « je ne t'aime plus ». Tant qu'elles ne sont pas formulées, tout est rattrapable. On peut s'engueuler autant qu'on veut, se traiter de tous les noms. Le jour où elles sont dites, c'est terminé ; ces phrases provoquent un effet de cliquet ; impossible de revenir en arrière. Ce sont comme des mots de passe qui créent une impasse : les « Sésame ferme-toi » de l'amour.

Mercredi.

Il y a 6 milliards d'habitants sur cette planète, dont 3,5 milliards de femmes. Si l'on estime qu'il y a un canon pour 1 000 femmes (estimation très pessimiste), cela donne 3 500 000 sublimes femmes sur Terre pour lesquelles n'importe quel hétérosexuel donnerait sa vie sans hésiter. Sur ces 3,5 millions de créatures, une centaine est star de cinéma, une autre centaine est top-model, ce qui nous laisse 3 499 800 renversantes beautés inconnues. Pour réussir à coucher avec toutes, j'ai calculé qu'il faudrait faire l'amour dix fois par jour pendant mille ans. Si nous rapportons ce nombre aux 2,5 milliards de mecs en rut qui désirent inlassablement une belle vamp, cela nous donne un taux de satisfaction sexuelle de 3 499 800 divisé par 2 500 000 000 = moins d'une chance sur mille. Mathématiquement, 999 terriens sur 1 000 seront frustrés par la dictature de la beauté : ce n'est pas pour rien qu'on les appelle « canons » ou « bombes ». Les femmes fatales sont des Grosses Bertha en puissance !

Jeudi.

J'obtiens tout trop jeune. Les gens m'en veulent et, comme le cheikh arabe dans la pub Renault Clio, me tapent sur l'épaule :

– Pas assez vieux, mon fils !

Vendredi.

Seigneur, je ne suis pas digne de te recevoir, mais dis seulement une parole et je serai aigri.

Samedi.

Pour énerver Laetitia la Lilloise, je lui dis que je vais en sauter une autre en pensant à elle. Elle sourit tendrement car malgré tous mes efforts, rien en moi ne parvient à l'exaspérer. Et me dit de sa voix sucrée :

– Je préfère que tu la sautes en pensant à moi plutôt que tu me sautes en pensant à elle.

Dimanche.

Je finis la semaine « Elegantly wasted », comme disait le chanteur d'INXS avant son suicide. Jean Eustache avait raison : on cherche à la fois une maman et une putain. Mais les femmes sont comme nous : elles veulent un papa et un gigolo.

Lundi.

Un truc pénible : attendre une femme à un rendez-vous dans un endroit où il y a du passage (regards pleins d'espoir à des inconnues qui entrent dans le café et obligation de se recoiffer après chaque déception, tout en gardant un semblant de dignité). Autre truc pénible : dans le même endroit, ne pas avoir de rendez-vous à attendre. Le seul truc pire que de se faire poser un lapin, c'est de n'avoir personne pour vous en poser un.

Mardi.

Croisé Claire : grosse déconvenue. Dans mon souvenir, elle était beaucoup plus belle et je l'aimais bien davantage ; je savourais chaque seconde. (Avec elle, les secondes duraient plus que des secondes. Chaque seconde était une première.) Et là, pfuitt, la magie s'était évaporée, le charme n'agissait plus. Par paresse, orgueil, crainte de souffrir, nous nous étions éloignés l'un de l'autre et nos sentiments se retrouvaient obsolètes, impossibles à ranimer. Je ne voyais plus qu'une rouquine hystérique aux seins flasques, aux vêtements vulgaires, au maquillage outrancier. Seul le papillon tatoué sur sa jambe me rappelait que c'était bien celle dont j'étais encore fou de désir il y a quelques semaines. J'ai pensé à ce qu'écrit Paul-Jean Toulet dans *Mon amie Nane* : « Car il savait aussi quel maladroit sacrilège c'est de reprendre une femme après un long intervalle ; et que le vin de Jurançon qu'on laisse, après en avoir bu, s'éventer dans la bouteille, n'est plus bientôt qu'une topaze insipide. » C'est une des choses les plus cruellement exactes jamais écrites sur le désamour, cette flamme devenue tiède, ce grand cru madérisé. La fin de toute cristallisation est un sacrilège ; un péché mortel par omission. Quand on méprise quelqu'un qu'on a aimé, c'est soi-même qu'on injurie.

Mercredi.

Elle m'a crié :

– Tu finiras seul comme une merde !

J'ai répondu :

– C'est mieux que de finir seul *avec* une merde !

Jeudi.

Pénélope me rappelle pour me dire qu'elle a enfin été heureuse, samedi dernier, de 21 h 17 à 21 h 42. Je la supplie de ne pas me raconter. Je suis contre le bonheur. Il faudrait organiser des manifs anti-gens heureux. Des marches silencieuses où tous les dépressifs défileraient en tirant la gueule, en brandissant des pancartes : « Non à la joie de vivre ! », « Halte au bonheur ! », « Hédonisme, non merci ! »

J'aurais dû me mettre avec Pénélope quand elle voulait bien de moi. Elle est ravissante et espiègle. Mais je trouvais qu'elle n'avait pas assez de seins. Et puis elle baisait avec Ludo sans me le dire. Quelle conne : si elle me l'avait raconté, cela m'aurait excité à mort. Cela aurait remplacé ses seins !

Vendredi.

Hier soir, à un con qui lui demandait son adresse e-mail, mon ami Guillaume Rappeneau répond :

– Rappeneau@vatefairefoutre.com !

Ensuite baston générale, ecchymoses pour tout le monde, tournée d'hématomes.

Samedi.

Ludo est triste.

– Pourquoi t'es triste ?

– J'ai quitté ma maîtresse.

– Ah bon ? T'as une nouvelle maîtresse ?

– Ben ouais, sinon à quoi ça sert d'être marié ?

– Et pourquoi tu l'as quittée alors ?

– Parce qu'elle mettait trop de parfum.

– Hein !?

– Ben ouais : quand je rentrais à la maison, je me faisais tout le temps engueuler par ma femme, alors j'ai préféré laisser tomber.

Mesdames, Mesdemoiselles qui nous lisez, si vous avez un amant marié, ayez pitié de sa femme, ne portez pas de parfum capiteux. Ni « Coco », ni « Poison », ni « Obsession » et surtout pas de « Rush ». Soyez charitables. D'avance merci pour elles et eux.

Dimanche.

En fait, c'est facile de tout gâcher quand on est bien avec quelqu'un : il suffit de lui dire « je t'aime ».

Lundi.

Je ne rencontre que des jeunes crétins qui ne veulent pas « se prendre la tête ». Alors que moi, trentenaire bientôt en quarantaine, si j'y réfléchis, la seule chose que j'aime c'est justement de me « prendre la tête » : décortiquer ce qui cloche dans ma vie de con, et refaire le monde tout autour. Il faut sans cesse « se prendre la tête » si l'on veut exister. Se prendre la tête pour la cogner contre les murs. Aujourd'hui Descartes dirait : « Je me prends la tête, donc je suis. »

Mardi.

Ludo attend un deuxième enfant ! Il me l'annonce avec une tête d'enterrement, ce qui a le don de m'exaspérer :

– Le problème du mariage, c'est qu'on baise sans capote. Merde, tu n'es pas obligé de repeupler toute la planète !

– Mais fous-moi la paix, je suis content ! J'adore faire des enfants.

Je le crois volontiers. Devant moi, il fait toujours semblant d'être malheureux (pour me faire plaisir) mais au fond il est ravi. Toute cette progéniture flatte sa virilité. Je tente une contre-attaque :

– As-tu observé leurs petits doigts tendus : ce sont « Les Envahisseurs », ils se glissent parmi nous, s'infiltrent pour prendre notre place !

– Tu ne comprends pas, quand c'est vers toi qu'elles se tendent, ces petites mains... Ah là là, on devient débile je te jure... Qu'est-ce qui m'a pris, aussi, de faire l'amour avec ma femme...

– C'est malsain ! Plus personne ne fait une chose pareille de nos jours !

– Tu connais la blague du mec qui est allé à Lourdes avec sa femme ?

– Non.

– Eh bien il n'y a pas eu de miracle : il est toujours avec elle.

C'est ce que je préfère chez lui : Ludo raconte toujours les blagues de fin de banquet en début de repas.

Mercredi.

Ce qui m'embête avec le procès de Roland Dumas, c'est qu'il risque de démoder mes Berluti.

Jeudi.

C'était une époque où le pognon coulait à flots dans les pays capitalistes. Il suffisait de se baisser pour en ramasser. Heureusement, il restait quelques personnes qui refusaient de se baisser.

Vendredi.

Hier soir, Ann Scott trouve une façon originale de me foutre un vent :

– Franchement, ça me gêne que tu quittes cinq filles pour moi.

Il y a des jours comme ça. Auparavant, elle avait laissé un message sur mon répondeur et quand je l'avais rappelée elle était sur messagerie. Elle avait retourné mon appel mais j'étais en rendez-vous, le portable coupé. Elle avait à nouveau laissé son numéro de mobile sur ma boîte vocale. Quand je l'ai rappelée, elle avait une fois de plus éteint son cellulaire. Après un autre texto, elle m'avait répondu mais quand elle avait rappelé la conversation fut coupée car j'entrais dans un tunnel. Nous composons des numéros dans la ville. Nous nous sommes ratés toute la journée. Je préfère croire qu'on s'est couru après.

Samedi.

Pourquoi est-il si agréable de baiser sans capote ? Parce qu'on prend les deux risques principaux : donner la vie et attraper la mort.

Dimanche.

Quand on couche avec plein de femmes, en réalité c'est toujours la même. Elle change seulement de prénom, de peau, de taille, de voix. La longueur de ses cheveux, le tour de sa poitrine, l'épilation de son pubis, la couleur de ses sous-vêtements peuvent évoluer. Mais on lui dit toujours les mêmes phrases, on lui fait les mêmes choses, on accomplit les mêmes gestes dans le même ordre : « tu sens bon… viens plus près, approche… j'ai peur de toi… j'ai trop envie de tes lèvres… laisse-moi te lécher, vite, je n'en peux plus… oh merci mon Dieu j'ai trop de chance… tu me plais atrocement… j'ai l'impression de rêver… on va le faire toute la nuit, toute la vie… ». Tous ces mots répétés tous les soirs à des filles différentes avec le regard émerveillé d'un enfant qui ouvre un paquet-cadeau. Le changement induit la répétition. C'est de rester avec la même qui permet, paradoxalement, la nouveauté. Les Don Juan sont sans imagination. On croit que Casanova est un stakhanoviste alors qu'il est paresseux. Parce qu'on a beau changer de femme, on reste toujours le même homme, partisan du moindre effort. Rester demande plus de talent.

Lundi.

Pauvre Balthus : Charles Trenet lui a volé sa mort. Comme Jean Cocteau se fit voler la sienne par Édith Piaf en 1963. Il faut faire gaffe à ne pas mourir en même temps qu'une vedette de la chanson. Ce sont des morts qui tirent la couverture (de presse). Je ne voudrais pas crever le jour de la mort de Johnny Hallyday.

Mardi.

Hier soir, tournée des bars d'hôtel de la rue de Rivoli, en partant du Crillon : l'Intercontinental, le Costes, le Vendôme, le Ritz, le Meurice, le Régina. Très peu arrivent jusqu'au Régina (juste moi, tout seul, victoire, j'ai gagné, euh, gagné quoi au fait ?). Ensuite je me suis fait sucer par une pute qui a vomi juste après. Y avait-il un lien de cause à effet ? C'était au sous-sol d'un bar à hôtesses dans le VIIIe arrondissement. Je venais de jouir dans un préservatif qu'elle a enlevé délicatement de sa bouche. Elle s'est levée pour aller aux toilettes et je l'ai entendue tousser derrière la porte avant de tirer la chasse d'eau. Ce devait être une débutante parce qu'elle roulait des pelles très tendres. Je me suis rhabillé, penaud. J'aurais pu reprendre mes billets dans son sac à main, la pauvre ne se serait rendu compte de rien, je crois qu'elle était encore plus saoule que moi. J'ai réglé les bouteilles de champagne et suis parti sans lui dire adieu (je crois que je lui en voulais un peu d'avoir gerbé après m'avoir embrassé). Qui sommes-nous pour être aussi ignobles ? Individus égarés à la surface du monde. Dans le taxi du petit jour, la radio diffusait « Que reste-t-il de nos amours ? » et j'ai un peu pleuré, je crois, et le chauffeur aussi (un fan de Trenet). On avait l'air fin tous les deux. Deux individus égarés
 dans l'aube marmoréenne

des bords de la Seine.

Je sanglotais car je savais pertinemment que cette fille m'avait donné quelque chose qui n'avait pas de prix.

Mercredi.

Fuir, toujours, et courir sans relâche. Et puis, un jour, s'arrêter pour dire à quelqu'un, en le regardant droit dans les yeux : c'est toi dont j'ai besoin, vraiment. Et le croire. Ce serait beau, alors, de ne pas éclater de rire, d'avoir un peu peur, et de prendre des risques, de faire des trucs ridicules, comme d'offrir des fleurs un autre jour que le 14 Février ou de baiser sans être bourré.

Jeudi.

La tendance « tablier de sapeur » revient très fort à cause d'un film branché intitulé *Too much flesh*, où Élodie Bouchez exhibe un sexe à la pilosité très fournie. Du coup ça y est, grand retour du poil chez les minettes de la night. Adieu « la chatte à Kojak » ; maintenant il faut avoir « la chatte à Barry White » !

Vendredi.

Je stagne sentimentalement.

En Amérique, ceux qui sont dans ma situation disent :

– I am in a transitional stage.

Mais en sortirai-je un jour ? Je suis peut-être dans une phase de transition qui durera toute la vie.

Samedi.

Inauguration du Pacha de Bruxelles. La célèbre boîte d'Ibiza ouvre une succursale belge (41, rue de l'Écuyer) en présence de deejay Pippi. J'y fais la connaissance d'une Flo qui boit des mojitos. Elle m'apprend quelques jolies expressions idiomatiques. Ainsi, pour désigner une fille canon, les Bruxellois disent une « top-biche » et glander se dit « croûter ». Flo refuse de se rendre aux Jeux d'Hiver (le Ledoyen belge) :

– Y trouve-t-on des top-biches ?

– Non, rien que des péteuses. (Terme local pour dire « bourges ».) Il n'y a que les serveuses de bonnes, mais elles sont débordées.

Je continue d'inspecter la clubbisation du monde. La rue est fraîche ce soir, la lumière triste, comme usée par le vent. Je tiens ce journal aussi pour témoigner aux générations futures : voici comment nous vivions au début du XXIe siècle, voici l'époque délectable où nous avons ruiné votre cadre de vie. On finira au Fuse (203, rue Blaes), où je ressentirai au plus profond de moi l'exotisme européen. Flo mangera une banane. Ça a l'air con mais une fille qui mange une banane, en boîte, met une sacrée ambiance. Une hôtesse me tendra un « shot » de Blue Lemon. Je lui demanderai :

– C'est quoi un Blue Lemon ? et elle me sourira :

– Un truc bleu.

Dimanche.

Je crois que je sais enfin ce qui ne va pas : je voudrais être un héros. Me tenir debout à la proue du *Titanic* et crier que je suis le Roi du monde. Je voudrais boire la ciguë, conquérir des empires, changer la face du système solaire, renverser Danone. Je voudrais qu'il m'arrive des événements historiques et ne vis qu'une suite d'anecdotes. Le monde est verrouillé, je n'ai pas de prise dessus.

Lundi.

Les nouvelles technologies transforment la langue de plus en plus vite. En quelques mois de SMS, le français a plus évolué qu'avec Louis-Ferdinand Céline, Raymond Queneau et Pierre Guyotat réunis.

– G PEUR DETR MOCH + CHIANTE

– SI TEM PA MA FOLI FO MDIR DE TLACHE

– NE CHANGE RI 1 TU VI A 300 ALEUR !

– JE NSE PLU CEKE JDI.

– Y A D BEL FILL ?

– J'AI 1 000 CHOZ A DIR.

– TOU VA BI 1 ?

Qu'attend l'Académie pour actualiser son DIKO ?

Mardi.

Le Grand Prix de la Phrase de la Semaine va à Frédéric Botton :

– Il est verre, mon vide.

C'était au Mathis Bar et je me suis dit que, décidément, j'aimais bien tous les Frédéric B. (Botton, Badré, Berthet, Boyer)

Mercredi.

Je suis perdu mais personne ne s'en rend compte parce que je fais bonne figure. Tout ce qu'il me reste : ma capacité d'émerveillement. Écrivain n'est pas un métier mais une quête. Il faut être capable de regarder la normalité avec étonnement, et la folie en gardant son calme.

Jeudi.

Le seul défaut d'Anna Gavalda est d'avoir les cheveux courts ; tout le reste me plaît. Nous comparons nos vies et, du coup, ne finissons pas nos assiettes. Elle boit du Coca et divorce. Je faisais la même chose à son âge. Elle est plus riche que moi mais je paierai quand même l'addition. À un moment, elle trouve la solution à tous mes désirs inassouvis :

– C'est pourtant simple, Oscar, tu n'as qu'à prendre du bromure !

Ainsi ma vie deviendrait-elle un long service militaire, dégagé des obligations sexuelles.

Vendredi.

La seule question que se pose un célibataire :

– Avec qui vais-je coucher ce soir ?

La seule question que se pose un homme marié :

– Avec qui vais-je coucher cet après-midi ?

Samedi.

L'autre jour, je passe chez Ludo pour le soutenir moralement pendant le goûter d'anniversaire de sa fille. Les enfants criaient tellement que nous avons battu en retraite pour fumer de la beu dans la salle de bains. Le problème, c'est que sa fille de deux ans nous avait vus et voulait à tout prix nous rejoindre dans le carré VIP (assis sur la baignoire en train de soupirer sur notre jeunesse partie en fumée), alors elle a piqué une crise de nerfs, tapant sur la porte fermée et poussant des cris stridents, mais nous avons tenu bon. Au bout d'un certain temps, Ludo lui a quand même hurlé dessus :

– Calme-toi Sophie ! Si tu continues, je te remets dans ta mère !

En vertu de quoi un individu se croirait tout permis sous prétexte qu'il a deux ans ?

Dimanche.

Je deviens important. En une semaine, j'ai proposé à Jean-Claude Trichet (le gouverneur de la Banque de France) de tout plaquer pour ouvrir une ferme dans le Larzac, renversé une bouteille de vin sur Marc Lambron, déjeuné avec Georges Moustaki et Kiraz (pas en même temps), dîné avec Alain Souchon et Bernard Frank (pas en même temps non plus), rappé avec MC Solaar et Tina Kieffer (en même temps). Oscar Dufresne parle de lui à la troisième personne car il a pété les plombs. Et c'est ainsi qu'Oscar est grand.

Lundi.

À quoi reconnaît-on une bonne boîte de nuit ? Aux toilettes, quand tu passes ton index sur le dévideur de PQ, ton doigt devient tout blanc et si ensuite tu le mets sur tes dents, elles s'endorment.

Le truc louche, c'est quand tu commences à passer plus de temps aux chiottes qu'au bar. Certaines boîtes, je peux mieux te décrire les WC que la piste de danse.

– C'était très réussi hier soir.

– Ah bon ? Qu'est-ce que tu as fait ?

– Je suis resté aux toilettes toute la nuit, à sniffer, boire, éternuer et roter.

– Ah ouais, effectivement, tu sais t'amuser, toi.

Mardi.

Ingrédients : 2 bouteilles de chasse-spleen, 2 grammes de coke, 1 bouteille d'Absolut. Mélangez le tout dans votre cerveau, vos poumons et votre estomac. Dites n'importe quoi à des cons puis rentrez chez vous pour découvrir que vous n'avez plus de Stilnox. Passez la nuit entière à regarder le plafond en regrettant d'être né. (Recette pour un Sisyphe de la night.)

Mercredi.

Arielle Dombasle me confie le Secret Ultime de la Séduction. La phrase qui permet de draguer n'importe quelle créature dans n'importe quel endroit, du moment qu'elle s'ennuie et reste muette. Après lui avoir décoché quelques œillades veloutées, il suffit de s'approcher, et de lui susurrer à l'oreille :

– Vous avez l'air absente mais rien ne vous échappe.

Il paraît que ça marche. Je n'ose demander à Arielle si c'est ainsi que BHL s'y est pris !?... Mais j'avoue avoir tout de même plus prosaïquement confiance en la méthode de Pierre Bénichou :

– Mademoiselle, ça vous dirait un petit tour en Mercedes ?

Jeudi.

Croisé l'hôtesse de l'air de la Rue Princesse. Je l'ai surnommée ainsi car elle exerce véritablement cette profession prestigieuse (sur Air France), mais aussi parce qu'à partir d'une certaine heure, elle a tendance à confondre Castel avec un Boeing 747, et se met à effectuer les démonstrations de sécurité :

– Les issues de secours, signalées par un panneau « Exit » sont situées de chaque côté de la cabine, à l'avant, au centre, et à l'arrière. Un marquage lumineux au sol vous indiquera le cheminement vers ces issues.

(Je peux vous dire qu'à cette heure-là, les gens sont autrement plus attentifs qu'à bord des avions. Tout le monde l'écoute comme si sa vie en dépendait.)

– En cas de dépressurisation de la cabine, des masques à oxygène tomberont automatiquement.

(Instinctivement nous regardons vers le plafond. Puis je cherche mon gilet de sauvetage sous le siège, et reste là jusqu'au lendemain matin.)

Vendredi.

Grmblrblmmgrbbmmbl de la vie gbnmz grmblr Inutilité.

Samedi.

Quand Houellebecq a publié son manifeste théorique sur la poésie, il l'a intitulé « Rester Vivant ». Je crois que, si quelqu'un écrit un jour une théorie de la célébrité, il devrait l'intituler : « Rester Normal ». La célébrité est un état anormal mais la société exige des vedettes qu'elles demeurent normales. Du coup, on dirait que les gens connus n'ont plus qu'un but : ne pas « avoir la grosse tête ». On ne reconnaît plus les célébrités à leur visage (souvent mal rasé ou camouflé par des lunettes ou un bonnet) mais à leur excessive amabilité. Ils en font trop, vous serrent la main pendant des heures, font semblant de s'intéresser à vous... Du coup, vous vous dites : ce type doit être connu pour essayer autant de « rester normal ». Un people, c'est quelqu'un qui passe tout son temps à essayer de se faire pardonner sa célébrité. On reconnaît un connard imbu de sa personne à ce qu'il est exagérément gentil avec vous, s'intéressant à votre vie pourrie, posant des questions attentives et faisant semblant d'écouter les réponses. Dès qu'une star fait ce coup-là (parler pendant longtemps et avec beaucoup de curiosité à un individu qui ne lui rapportera rien), c'est pour que l'individu en question répète à tout le monde qu'elle est « vachement plus sympa en vrai qu'à la télé », alors que cette mascarade est justement la preuve qu'elle est « vachement plus calculatrice qu'un individu normal » (l'inconnu ne la reverra jamais, son inutile existence sera effacée instantanément de la mémoire de la star cinq minutes après cette conversation inoubliable, durant laquelle la star n'a d'ailleurs rien écouté, trop occupée à sourire aux photographes). En règle générale, méfiez-vous de toute personne qui s'intéresse à vous, surtout quand elle est célèbre. Je le sais : j'ai la grosse tête de naissance.

Dimanche.

Marie Montuir me regarde finir ma 42e caipirinha à la Closerie.

– Tu bois trop fort, me reproche-t-elle.

Mais je ne me laisse pas déstabiliser. Je lui rétorque du tac au tac (en levant le doigt solennellement) :

– Vous avez l'air échappe mais rien ne vous absente.

Lundi.

« Bonsoir. Nous n'avons plus de filet d'autruche », me déclare, sur un ton catastrophé, la serveuse du Farfalla (1, boulevard de la Croisette, à Cannes), alors que nous venions de nous asseoir pour le dîner. Je pense que nous serons tous d'accord pour lui décerner le Grand Prix de de l'Entrée en Matière de la Semaine avec les Félicitations du Jury.

Mardi.

Au Bar du Marché, je fais la connaissance d'Isabelle, une jeune brune qui aime à se rendre toute seule au Salon de la vidéo hot à l'Espace Champerret (elle y est déjà allée cinq fois). À sa dernière visite, elle passa l'après-midi assise au premier rang des spectacles de strip-teases, à reluquer les effeuillages hard.

Parfois, raconte-t-elle, les strip-teaseuses choisissent un type dans le public pour le déshabiller sur scène, mais le pauvre n'arrive jamais à bander.

Elle m'explique aussi qu'il y avait un stand d'épilation pubienne et que, lorsqu'elle s'y est rendue, l'Italien qui devait lui faire le maillot tenta de lécher son sexe. Très choquée, elle décida de rentrer chez elle précipitamment. La nuit même, elle rêva qu'elle montrait ses seins à un homme qui la menaçait avec un couteau mais refusait de la violer. Si j'étais analyste, je pourrais me faire un pognon insensé avec toutes les détraquées que j'attire.

Mercredi.

Cocktail chez Jérôme Béglé, journaliste à *Paris Match.* PPDA toujours avec la ravissante Claire Castillon (très joli visage de souris). Jean-Jacques Schuhl toujours avec sa canne (comme François Nourissier). François Weyergans toujours en train de corriger les épreuves de son prochain livre. François Gibault toujours candidat à l'Académie. Emmanuelle Gaume plus pour longtemps sur Canal +. Ensuite, fin de nuit à Saint-Ouen, dans la rave Kenzo. Yves Adrien m'appelle « Le Révérend » ; nous éclusons des gin-tonics en parlant des îles Seychelles et de la fin du monde. Dieu merci, ce soir-là, la fin du monde n'avait pas reçu son carton d'invitation.

Jeudi.

On dit souvent, pour décrire une fille coincée, qu'elle a « un balai dans le cul ». Je n'ai jamais compris le sens de cette expression. Je suis sûr que si je voyais une fille avec un balai dans le cul, je ne la trouverais pas coincée du tout.

Vendredi.

Jacques Rigaut a toujours raison : « C'est moi que vous regardez et c'est vous que vous voyez. »

PRINTEMPS

UNE BEAUTÉ INSUPPORTABLE

« Des pleurs de gin font flamboyer les yeux du souvenir. »

O. V. DE L. MILOSZ.

Dimanche.

Beaucoup de lecteurs veulent savoir si je mens, et à quel moment, et où, et à quelle heure, et avec qui ? Ils ne comprennent pas que tenir mon journal intime sous mon vrai nom ne m'obligerait pas à dire la vérité. Ce n'est pas le « mentir-vrai » d'Aragon, mais la vérité menteuse du diariste. Avant, on opposait le journal intime au roman. L'un était dévoilement, l'autre invention. Puisque désormais même le roman est devenu autobiographique, j'ai décidé de créer un journal romanesque. Raconter sa vie sous son vrai nom rend les choses ennuyeuses car beaucoup trop simples : on connaît la tronche de l'auteur, on sait qui parle, on voit tout – trop facile, et puis tant de génies l'ont fait (tant de ringards, aussi). Le détour par un hétéronyme transforme la lecture de ce journal en un jeu de cache-cache. « L'Égoïste romantique » pourrait être défini ainsi : c'est un jeu avec le je.

« Lundi Pas Moi Mardi Pas Moi Mercredi Pas Moi… » (hommage à Gombrowicz).

Lundi.

Première catastrophe inéluctable : la Terre va mourir. Deuxième certitude absolue : je vais mourir aussi. La question du jour est : qui disparaîtra le premier ? La Terre ou moi ? Je préférerais la Terre, car cela reviendrait au même pour moi. Quitte à crever, autant que ce soit en même temps que les autres. J'espère la fin du monde, par narcissisme. Peut-être tous les hommes sont-ils comme moi ; cela expliquerait pourquoi ils cherchent par tous les moyens à déclencher l'Apocalypse : pour ne pas mourir seuls.

Mardi.

Ma vie est un roman basé sur des faits réels.

Mercredi.

J'étais en train de parler à Élisabeth Quin de mes dernières amnésies.

– J'ai eu un trou noir de samedi 19 h à dimanche minuit, lui disais-je. Et elle de me rétorquer, tel Louis Jouvet dans *Drôle de drame* :

– Un trou noir ? Comme c'est troublant.

Jeudi.

J'aime mon malheur ; il me tient compagnie. Parfois, quand je suis momentanément heureux, je ressens comme un manque de douleur. On est vite accro à sa tristesse.

Vendredi.

Croisé Françoise, la plus jolie fille de Formentera, chez Castel, assise sur l'escalier. Elle m'a montré son ventre, plat et bronzé, puis a refusé de m'embrasser. Meilleure soirée de la semaine.

Samedi.

En ce moment, j'ai envie d'être fidèle à plein de meufs. Je voudrais recoller les morceaux. Généralement on dit cela quand on veut se rabibocher. Mais en ce qui me concerne, pas question de me réconcilier avec Claire : je préfère vraiment trouver plusieurs morceaux d'elle chez d'autres femmes, afin de les recoller ensemble. Je ferai un puzzle de Claire avec des bouts de toutes les autres.

Dimanche.

Hier soir, à 4 h 59 du matin, la tête par la fenêtre d'une voiture qui roulait entre Nice et Cannes, dans le vent tiède du printemps, et l'odeur des cyprès, des oliviers, des cèdres, des pins parasols,

Il me sembla voir la lune surfer
Sur la mer Méditerranée.

Impression de légèreté incroyable depuis que j'ai perdu mon téléphone portable au Village, la boîte de nuit de Juan-les-Pins. Désormais plus personne ne peut me sonner. La vraie liberté, c'est d'être injoignable ! Le seul truc que je regrette, c'est le numéro de Marine Delterme, qui y figurait en mémoire. La chance du type qui trouvera mon portable... C'était l'anniversaire de Jean-Al à Pétasseland, que nous rebaptiserons « Saucisse-de-Morteau-Land » ; j'y ai découvert la vodka-pomme et Hypnotic Poison, et Monsieur Rudi m'a laissé mettre Daft Punk (*High life*, plage numéro 8 sur le CD). Gros succès : beaucoup de lunettes jaunes, de chemises ouvertes et de strings roses qui dépassent du pantalon taille basse. Se saisissant du micro, une Jennifer Lopez prénommée Anissa résuma son époque :

– Tous des salopes !

Si cette jeunesse est le futur, alors youpi, la fin du monde est pour bientôt.

Lundi.

Trop vulnérable au physique. Trop perméable à la séduction. Je suis une victime de la beauté féminine comme il existe des victimes de la mode. Je plaide non coupable. Ce n'est pas ma faute si je suis inconséquent et volage. Ce que vous appelez « salaud », moi je le nomme « beauty victim ».

Mardi.

Ouverture du Festival du Film de Paris. À côté de moi, après la projection, assise sur les marches du Gaumont Marignan, une blonde gracile aux grands yeux de faon regarde son portable depuis une demi-heure tristement. Cette scène me fout un cafard noir. Je m'imagine qu'elle attend un coup de fil qui ne vient pas, ou qu'elle fait défiler les noms de ses amants passés, présents et à venir, et que son cœur tape sous son soutien-gorge de soie, ou encore qu'elle relit cinquante fois le même texto romantique de l'homme de sa vie… Elle ne fait rien d'autre que soupirer en tripotant son téléphone d'un air stressé. Poète que je suis ! À un moment, n'y tenant plus, je m'approche d'elle pour lui demander si ça va, et elle m'engueule :

– Putain ! Vous m'avez fait perdre ! J'allais battre mon high score au Tetris !

Oui car la mystérieuse éperdue était en réalité championne de jeu vidéo sur téléphone mobile. (Remarque : c'est normal que je me sois fait un film, dans un festival de cinéma.)

Plus tard, à la Renoma Gallery, Clotilde Courau n'est pas venue.

Jeudi.

En prolongement de mes réflexions sur les malentendus et dangers du journal intime, je voudrais citer cet extrait de *La Chute* de Camus : « Les auteurs de confessions écrivent surtout pour ne pas se confesser, pour ne rien dire de ce qu'ils savent. Quand ils prétendent passer aux aveux, c'est le moment de se méfier, on va maquiller le cadavre. Croyez-moi, je suis orfèvre. » Étrange sensation au moment où Guy Georges finit par avouer ses crimes devant la cour d'Assises de Paris. On voudrait que les écrivains soient tous des Guy Georges, poussés dans leurs retranchements jusqu'à ce qu'ils crachent le morceau. « Oui, c'est moi qui ai fait le coup, oui, oui, oui, c'est moi, pardon, je ne mentirai plus, promis. » Mais les écrivains sont des criminels qui ne se mettent jamais à table.

Vendredi.

Hier soir Dominique Noguez, prenant congé de la réunion de « L'Atelier du Roman » :

– Je rentre, j'ai mon roman à finir.

– Moi aussi, ai-je répondu, il faut que j'y aille : j'ai mon roman à commencer.

Samedi.

Si je passe à la télé, on dit que je suis trop médiatisé. Si je refuse de passer à la télé, on dit que je me prends pour une star. Et quand je me suiciderai, je suis sûr qu'on m'accusera d'avoir voulu faire un coup marketing.

Dimanche.

Les éditeurs ne lisent pas les livres : ils les publient.

Les critiques ne lisent pas les livres : ils les feuillettent.

Les lecteurs ne lisent pas les livres : ils les achètent.

Conclusion : personne ne lit les livres, à part les écrivains.

Lundi.

Quand Ludo rentre chez lui, il a quelqu'un contre qui se blottir. Je n'ai pas ce luxe. Je me demande si les célibataires ne draguent pas simplement pour pouvoir employer, de temps à autre, le verbe « blottir ».

Mardi.

Grosse crise de romantisme chez Patrick Williams (rédacteur en chef adjoint du magazine *Technikart*) : nous tombons d'accord pour reconnaître qu'il est beaucoup plus agréable de faire l'amour en étant amoureux. Les hommes sont comme les femmes : nous préférons le sexe avec sentiments. Il faut un trouble, un charme, une magie, sinon la baise n'est que de la gymnastique. Cela explique sans doute pourquoi nous buvons autant d'alcool. Souvent je baise bourré, uniquement pour retrouver l'ivresse amoureuse. Si le cœur ne bat pas, il faut au moins avoir la tête qui tourne.

Mercredi.

Hier soir, montrant son Audi TT à une appétissante créature, Guillaume Rappeneau lui lance :

– J'ai acheté une nouvelle voiture pour ramener des connes chez moi... Tu fais quoi cette nuit ?

Jeudi.

Autre phrase de la semaine : « Je préfère passer pour un moghul que pour un mongol » (Thierry Ardisson).

Vendredi.

À Vienne, sur le Ring des palais vides, on ne valse plus. Couvert de crachats de son vivant, Freud a désormais un parc qui porte son nom. J'ai envie de modifier le célèbre vers de Heinrich Heine : « Ich weiB genau was es bedeuten soll, daB ich so traurig bin ». Ne vous inquiétez pas : ce sera mon seul jeu de mots en allemand.

Samedi.

Jean-Pierre Roueyrou fête ses 50 ans à l'Opéra de Montpellier. Ses nombreux amis ont ressorti le smoking et les robes du soir, y compris Pierre Combescot, ravissante en Dame de Pique à la recherche du stérilet perdu. Corti passe les disques des férias d'antan. Je suis désormais suffisamment âgé pour éprouver la nostalgie de la Scatola, du Distrito, du Cholmes et des Étoiles... Aujourd'hui on guinche davantage à la Dune et à la Villa Rouge. Je fais visiter les coulisses à une brune qui me répète, en guise de râteau :

– Mais j'ai 39 ans, tu m'entends ? ! Pourquoi tu me dragues, j'ai TRENTE-NEUF ANS !

De toute façon avec ce que j'avais dans le nez je n'avais plus rien dans le pantalon.

Dimanche.

À Palavas-les-Flots, le soleil tape sur les pizzas. Le prolétariat local s'enduit d'huile solaire pour jouer au beach-volley. Les défavorisés sont toujours plus sexy que les riches, je n'en démords pas (j'en suis même la preuve vivante). J'ai envie d'une brune poilue. Des ghetto-blasters chantent *Lady* de Modjo comme si la chanson venait de sortir. On a sorti les méduses en caoutchouc pour manger des moules radioactives. Un vieux téléphérique permet de traverser le canal pour se rendre du Casino aux glaces à l'italienne. Les restaurants en contreplaqué tournent le dos à la mer. Ouf ! nous ne sommes pas en photo dans le *Midi libre.* Par le pare-brise arrière, j'ai vu le passé s'éloigner, et mon amour rétrécir.

Lundi.

Les seins des jeunes filles sont aussi durs que s'ils étaient siliconés. Je ne cesse de répéter à Camilla, la fausse brune, qu'elle est trop jeune pour moi. Elle râle :

– Pourquoi ? Tu préfères les produits périmés ?

En fait ce n'est pas l'âge qui me gêne (17 ans), c'est son prix (une montre Chanel). Elle a la curieuse manie de réclamer des cadeaux alors que ce n'est pas son anniversaire et que nous ne sommes pas le 24 décembre. Quel dommage, j'avais failli la croire sincère, quand c'était moi qui jouais la comédie. Je rêve de sentiments démodés, au lieu de couiner comme tout le monde (vite fait, mal fait). Franck et Olivier du Japan Bar vont encore se foutre de ma gueule :

– Les filles, Oscar ne les couche que sur le papier !

Jouir dans du latex, même très fin, même à l'intérieur d'une jolie bouche, cela reste jouir dans du latex.

Mardi.

Avant, quand je buvais trois verres, les belles phrases venaient automatiquement. Maintenant, quand je bois trois verres, je note ce que vous venez de lire.

Mercredi.

Claire m'appelle à 6 heures du matin pour m'insulter. Calmement, je la laisse déverser sa bile en ricanant telle une hyène dans la savane africaine au petit matin. Puis je réponds calmement qu'il y a une grande différence entre elle et moi : elle m'insulte parce qu'elle m'aime, tandis que je suis courtois parce que je ne l'aime plus. Quand elle me raccroche au nez, j'en ai le souffle coupé car je sais que cette fois, c'est sûr, plus jamais nous ne nous parlerons de notre vie.

Jeudi.

Souvent j'ai envie de faire dialoguer entre elles mes citations préférées. Par exemple, « Quel est celui qu'on prend pour moi ? », la célèbre interrogation d'Aragon, me semble en toute logique appeler en réponse la non moins fameuse devise de Cocteau : « Ce qu'on te reproche, cultive-le : c'est toi. » Moralité : c'est toi que l'on prend pour toi. Inutile de s'inquiéter de l'image déplorable que l'on donne de soi, puisqu'elle est toujours vraie. Mieux vaut abonder dans son sens que passer sa vie à contre-courant. Aragon et Cocteau eurent-ils cette conversation de leur vivant ? Peu importe. À présent ils discutent entre morts. Qu'est-ce qu'une bibliothèque, sinon un lieu de dialogue entre cadavres ? Le débat pourrait se prolonger longtemps… Kafka, par exemple, va encore plus loin que Cocteau avec son aphorisme catégorique : « Dans le combat entre toi et le monde, seconde le monde. »

Vendredi.

Il pleut, il fait beau, il pleut, il fait beau. Dieu joue au zapping avec la météo, comme moi avec les femmes. Je vous interdis de vous moquer. J'ai écrit ce petit quatrain que je vous demande de lire avec indulgence.

J'ai une sacrée envie de te manger tout cru
J'ai une sacrée envie de t'épouser demain
J'ai une sacrée envie de te bouffer le cul
J'ai une sacrée envie de demander ta main.

Je sais, c'est juste une piste, mais tout de même en alexandrins.

Dimanche.

Je n'aime que lire, écrire et faire l'amour. Par conséquent, un studio me suffit pour vivre, à condition qu'il contienne une étagère, un ordinateur et un lit.

Lundi.

Froid sibérien : le mois de novembre dure six mois. Et moi qui passe mon temps à dénoncer l'effet de serre ! J'en viendrais presque à souhaiter le réchauffement de la planète… En novembre 2000, 180 pays se sont réunis à La Haye pour limiter les émissions de CO_2 dans l'atmosphère et depuis on se les gèle ! En voilà, une idée de programme politique pour Lionel Jospin : « Votez pour moi en 2002 et on augmentera le nombre de voitures pour qu'il fasse chaud toute l'année, et en plus, le niveau de la mer grimpant de huit mètres, les plages se rapprocheront de Paris. »

Mardi.

Hier j'ai pleuré en entendant *Ain't no sunshine when she's gone / It's not warm when she's away* de Bill Withers. Le terrible froid parisien se double d'une ère glaciaire dans mon cœur. Je sais que ça fait con d'écrire cela, que ça écorne mon image de phallocrate insensible, mais qu'y puis-je ? Dans ce monde de solitude, les larmes du célibataire devant l'equalizer de sa chaîne hi-fi me semblent un début d'espoir.

Mercredi.

Quelques passages télé plus tard (pour la promo d'un bouquin), je tente de rester normal. La célébrité est un esclavage de luxe, une prison à ciel ouvert. On se promène dans la rue et tout le monde vous surveille. Quand je croise des gens, ils font semblant de ne pas me reconnaître et puis, quelques mètres plus loin, dans mon dos, je les entends chuchoter :

– T'as vu ? C'est ce connard d'Oscar Dufresne !

– Dis donc, il a maigri !

– C'est la drogue ou le sida !

– De toute façon il a la grosse tête !

– Moi je l'aime bien…

– Ta gueule, Églantine !

Chaque minuscule détail, chaque changement physique est immédiatement disséqué.

– Il a les cheveux gras !
– Il est mal rasé !
– Il porte la même chemise que chez Fogiel !
– Normal : il a pas dormi chez lui !
– Moi je l'aime bien…
– Ta gueule, Églantine !

J'ai l'impression d'être filmé en permanence. Je sue abondamment. Trop d'yeux se posent sur mon visage. Il n'y a pas que mes yeux qui sont cernés. Évidemment que j'adore ça.

Jeudi.

Le passé est révolu et le futur incertain : nous étouffons dans le présent perpétuel de la jouissance.

Vendredi.

Mon but dans la vie, ce serait d'être Tom Jones dans une limousine climatisée. Entièrement lifté, couvert d'implants capillaires et surbronzé, intégralement saoul et sucé. J'y arriverai, vous verrez. Et ce jour-là, avachi sur la banquette en cuir blanc, un magnum de Bollinger dans une main, une escort-girl lituanienne dans l'autre, je suis quasi sûr que je trouverai encore le moyen de me lamenter sur mon sort.

Samedi.

Au fait, le Festival de Cannes, c'est dans deux semaines ? Il y a des limousines climatisées là-bas, non ? Quand on réalise ses rêves aussi facilement, c'est qu'ils étaient médiocres.

Dimanche.

« Jamais un pauvre n'aurait pu écrire les romans de Henry James. »

James Joyce me protège.

Lundi.

Si je fais tout ce que je fais (articles de journaux, bouquins, chroniques de télé ou de radio), c'est uniquement par lâcheté. Incapacité de dire non. Peur d'être oublié si l'on ne voyait plus ma gueule partout. Les gens pensent que l'on devient un « people » parce qu'on est orgueilleux, narcissique et mégalo, alors que c'est tout le contraire : on veut être célèbre quand on est peureux, timide et faible.

Mardi.

Ludo se moque de mes bobos de bobo.

– Ah… L'angoisse du célibartiste au moment de la trentecinquaine…

– Et toi Ludo ? Pourquoi tu n'écris pas sur ton merveilleux bonheur de père de famille marié à la femme parfaite ?

– À quoi bon écrire quoi que ce soit ? Mes chefs-d'œuvre seront mes enfants. Aucun livre, disque ou film n'égalera jamais leur beauté. Aucune peinture ne me procurera jamais le même ébahissement. Le jour où ma fille aînée est née (tu noteras la délicate homophonie – si j'avais voulu, Faulkner n'avait qu'à bien se tenir), j'ai compris que l'art était ridicule face à l'insensé mystère d'un chiard couvert de sang qui bave sur sa mère en larmes. Depuis, je regarde tous les jours ma vie comme une œuvre incompréhensible et magique. Parfois il y a des longueurs, des répétitions, des fautes de goût. Les acteurs sont fatigués, les décors moroses. Le style fait souvent défaut. Mais c'est mieux que Picasso, Proust, Fellini et les Beatles réunis.

– Au fond, Péguy disait que le père de famille était l'aventurier des temps modernes, et toi tu dis que c'est le dernier des dandies.

– Tu sais, Oscar, je t'ai longtemps envié mais en ce moment tu me fais plutôt pitié.

– Merci, mon unique ami.

C'est le point sur lequel nous ne nous comprenons pas. Je les vois par la fenêtre entrer au Luxembourg, ces nouveaux papas à poussettes, déprimés, fatigués, encombrés de marmots bruyants, s'obligeant à être patients et faire des pâtés de sable alors qu'ils sont au bout du rouleau de Sopalin... Quand est-ce qu'ils vont péter les plombs ? Quand est-ce qu'ils vont admettre qu'ils n'en ont rien à foutre de cette vie de couches-culottes et de sièges-bébés de merde ?

Mercredi.

J'ai dressé une liste des filles qui me plaisent. Françoise arrive en tête avec son charme névrosé. Un seul défaut : elle se fiche de moi. Que je sache, refuser de coucher avec moi n'est pas une preuve d'intelligence !

Jeudi.

Les deux endroits où les gens qui applaudissent sont très cons : au cinéma et quand l'avion atterrit.

Vendredi.

La Phrase de la Semaine : « Elle était moitié mannequin, moitié Mein Kampf » (d'Édouard Baer).

Samedi.

À la fin de sa vie, François Mitterrand était imbuvable. Il confiait à Roger Hanin vouloir abattre la tour Eiffel. Il échangeait des clins d'œil avec Maurice Papon pour écœurer Georges-Marc Benamou. Devant Elkabbach, il vitupérait tous ses proches, méprisait ses amis, flinguait ses ennemis. Je voudrais finir ainsi : vieux, insupportable, puissant, entouré de courtisans et de livres. Il tirait sur les ambulances pour éviter qu'on ne l'allonge trop vite dans l'une d'entre elles.

Dimanche.

À partir d'un certain âge, on a des certitudes sur tout. L'amour ? « ça dure trois ans ». La fidélité ? « ce n'est pas un concept humain ». La mort ? « la seule liberté ». On se rassure avec des phrases toutes faites. À partir d'un certain âge, tous les prétextes sont bons pour cesser de penser.

Lundi.

Il faut quitter la France. Un scientifique m'a expliqué précisément pourquoi il n'y a eu que cinq jours de soleil dans les six derniers mois. Le pôle Nord est en train de fondre. Il y a donc davantage d'eau dans l'océan : le sel est réparti différemment. Or le sel dicte la course du Gulf Stream. Ne me demandez pas comment ça se passe, je n'y comprends rien. Mais telle est la triste réalité. Le Gulf Stream, ce courant chaud qui nous apportait la douceur, et empêchait que la France soit polaire, est en train de modifier sa route. Dans les prochaines décennies, Paris va devenir un lieu aussi chaleureux que Montréal. Le terrible climat que nous subissons en 2001 n'est pas un changement provisoire. Personne ne vous le dit, mais le gel va s'installer. Les hivers français seront de plus en plus rigoureux. Nous avons tellement recherché le confort, tellement surproduit et pollué que la nature se venge. Le prochain Noé portera des moufles, des patins à glace et des stalactites dans sa barbe.

Mardi.

Les blondes aux yeux marrons / Ne donnent jamais rien de bon.

Mercredi.

Françoise Hardy fait mon thème astral : je suis Vierge ascendant Gémeaux. Vierge, c'est-à-dire maniaque, sérieux, travailleur, méticuleux, réfléchi, sinistre, invivable. Gémeaux, c'est-à-dire curieux, dilettante, touche-à-tout, ouvert, rapide, stressé, invivable. Je serais donc partagé entre l'esprit critique, le besoin de contrôle de la Vierge et la bougeotte, la mobilité des Gémeaux. Je la soupçonne d'éplucher mes livres pour avoir si bien détecté ma schizophrénie.

Jeudi.

Ari Boulogne écrit à Alain Delon. J'ai envie de lui répondre : « Cher Ari, tu appelles au secours dans le vide ? Tu cries dans le noir ? Tu ignores qui tu es, d'où tu viens, pourquoi tu vis ? Et tu crois être le seul ? Rassure-toi. Tout le monde est pareil. » L'enfance d'Ari fut sans doute un cauchemar. Mais la plupart des questions qu'il se pose, personne n'est capable d'y répondre. Avoir un père n'y change rien.

Vendredi.

Week-end à Genève pour le Salon du Livre. On s'attend à voir des banques pleines d'argent sale, des magasins de montres et de chocolat. On trouve une ville en fête, tenue par la mafia russe et les princes saoudiens. Ibiza et Miami peuvent aller se rhabiller. Ici tout le monde se roule des pelles la langue sortie comme dans le clip de *You are my high.* À Genève, Bill Clinton a mangé une fondue aux Armures (dans la vieille ville). Et Oscar Dufresne a bu une bouteille de bière entre les seins de Martine, au bar de l'Espoir.

Samedi.

Clubbisation du monde (suite). Il y a mieux que le bar de l'Espoir : il y a le Deuxième Bureau (rue du Stand) et le Baroque (place de la Fursterie). Tenu par Janine, le Baroque est le lieu de rassemblement de la jeunesse dorée genevoise. C'est-à-dire des bimbos les plus sexe de la planète, attirées par les fils de joailliers qui bâillent. On y boit de la vodka-Red Bull (excitant interdit en France), on crie quand le deejay passe Shaggy, et pour dire bonsoir on se fait trois bises avant de partir au Velvet en BMW Z8. Là, les Roumaines ne portent qu'une chaîne en or entre les seins et se prénomment Nikita ou Adriana. Et la Daniela Lumbroso de Genève se nomme Irma Danon ! Quel dommage que je boycotte cette marque ! Je vous jure que je ne l'invente pas. Elle anime treize émissions par semaine, vous pouvez vérifier.

Dimanche.

Phrase de la Semaine : « Elle était moitié fashion, moitié facho » (Czerkinsky).

Lundi.

Dans le matin suisse, la brume avait du mal à se dissiper au-dessus du lac. Dévié par la brise, le jet d'eau arrosait les passants et les yachts. J'ai contemplé les collines fanées avec une ferveur narquoise. Soudain, une coulée de soleil a provoqué un arc-en-ciel dans la bruine artificielle. Les couleurs ont guéri mon mal de crâne. Merci Seigneur.

Jeudi.

Que faut-il préférer : dîner avec un thon qui mange de la morue, ou avec une morue qui mange du thon ?

Vendredi.

La vitrine de Sonia Rykiel symbolise notre époque : elle expose l'essai antimarques de Naomi Klein, intitulé *No Logo*, entre un sac et une ceinture siglés.

Samedi.

À Cannes, des flics sont postés partout, pour empêcher les exclus d'entrer dans des fêtes où les riches désobéissent à toutes les lois républicaines. Le thème commun à toutes les soirées cette année au Festival ? Le rhume en smoking. Il faut beaucoup renifler pour être pris au sérieux. À défaut de larmes, ce sont les nez qui coulent.

Lundi.

La première chose que j'ai vue en arrivant à Cannes, c'est une mare de sang. Je suis descendu de mon taxi pour patauger dans l'hémoglobine. Apparemment, une bagarre entre plébéiens avait eu lieu dans la nuit sur la Croisette. Comme d'habitude, au lieu d'attaquer les riches, les pauvres préfèrent s'entretuer. Pourvu que ça dure ! Dans ma suite du Martinez, on m'offre une bouteille de Taittinger mais je préfère la descendre au bar. Là, je suis le moins célèbre : Guillaume Durand, Alexandra Kazan, Édouard Baer, Lou Doillon, Michel Denisot, Mathieu Kassovitz, Jamel Debbouze…

– Tu es allé à Coppola ?

– Le film ?

– Mais non, la fête…

Il faudrait s'y habituer : ici, personne ne parle jamais de cinéma ; la seule chose intéressante, c'est ce qu'on va faire le soir. Léger souci : à peine arrivé, j'ai déjà tout raté. Tel est le principe de ce genre de manifestation : la frustration permanente. Les deux phrases qu'on entend le plus souvent au Festival de Cannes sont : « C'était mieux l'an dernier » et « Il y a mieux ailleurs ». Où que vous soyez, quoi que vous fassiez, vous serez toujours au mauvais endroit : il y aura toujours un truc préférable autre part. D'où cette frénésie hystérique qui pousse tous les festivaliers à vivre avec leur téléphone portable soudé à l'oreille. À Cannes, pendant quinze jours, les célébrités ont tout ce qu'elles désirent (drogues, putes, palaces, dîners, yachts, hélicoptères) et c'est pourquoi elles se comportent comme des enfants gâtés, tenaillés par la peur de manquer. La quête du Graal, ici, consiste à rechercher obstinément une fête plus drôle que celle où l'on se trouve. Rater une soirée semble pire que la mort : une torture abominable. Qui me dit que j'ai bien fait d'aller au dîner de France Télévisions sur la plage du Majestic ? Dans la boîte de Canal +, ai-je bien fait de danser avec Axelle Laffont et Clotilde Courau plutôt qu'avec Emmanuelle Béart et Charlotte Gainsbourg ? Pourquoi Pierre Lescure me regarde-t-il fixement : est-ce que j'ai une tête d'animateur télé ? Existe-t-il une fille plus belle que celle qui m'embrasse maintenant ? N'y a-t-il pas, quelque part, dans cette ville, à l'heure où j'écris ceci, quelque chose de plus intéressant à faire que ce que je fais ? Voilà : à peine suis-je arrivé au paradis que j'en perds déjà la raison ; je suis entré dans l'enfer du show-biz.

Mardi.

Levé à midi en sueur (la climatisation est arrêtée et j'ai dormi la fenêtre ouverte), j'ouvre le dernier roman de J.G. Ballard qui décrit à la perfection le zoo où je me trouve. *Super-Cannes* raconte l'histoire d'un homme qui vivait ici, sur les hauteurs résidentielles de la Riviera, dans une grande villa avec piscine, surveillée par des caméras et entourée d'une clôture électrique. Un jour, il prend son fusil et tue dix personnes avant de retourner son arme contre lui. Ballard a compris que cette vie artificielle est impossible. Page 302 : « Le Festival de cinéma s'étendait sur un kilomètre et demi de long, du Martinez au Vieux Port, où les directeurs commerciaux engloutissaient leurs platées de fruits de mer, mais ne dépassait pas cinquante mètres de large. [...] À leur insu, les foules sous les palmiers étaient des figurants recrutés pour jouer le rôle traditionnel. Mais ces derniers acclamaient et huaient avec beaucoup plus d'assurance que les acteurs venus s'exhiber, qui descendaient de leurs limousines avec l'air traqué de criminels célèbres traînés en masse devant le jury. »

OK, je suis dans un reality show grandeur nature, un Disneyland décadent. Ballard est l'auteur de *Crash !* mais aussi de *La Foire aux atrocités*, titre qui résume bien le Festival. Le cinéma a été inventé pour fuir la réalité. Le cinéma est un mensonge merveilleux, un rêve éveillé, qui a créé sa propre aristocratie, laquelle redoute désormais la révolution. Les privilégiés du Festival se cachent derrière des barrages de vigiles à oreillettes grésillantes. Tout le monde ici est ultra snob, c'est-à-dire complètement paranoïaque. Je comprends mieux la flaque de sang qui m'a souhaité la bienvenue. C'était la réalité qui voulait se frayer un chemin dans ce cirque.

Mercredi.

Ce matin, en sortant de la soirée Marc Dorcel, je monte dans une Ferrari et nous remontons la Croisette à 240 km/h en écoutant Aerosmith. Au rond-point, le conducteur ivre mort braque le volant trop fort et nous faisons deux tête-à-queue. Les filles hurlent, la force centrifuge fait sortir les seins siliconés des décolletés de John Galliano. Heureusement que j'ai bouclé ma ceinture ! Sonia vomit de peur quand soudain mon pote écrase l'accélérateur pour rétablir la direction, et repart à 180 à l'heure vers le lever du soleil.

Jeudi.

Angoisse au VIP Room : derrière le cordon rouge, nous sommes avachis sur les banquettes de cuir blanc, abreuvés de vodka-banane, caressant les cuisses de futures actrices qui dansent sur la table en écoutant le dernier Modjo *(Chillin')*, quand soudain le doute m'envahit. ET SI LE CARRÉ VIP ÉTAIT DE L'AUTRE CÔTÉ DE LA CORDE ?

Plus tard, abordant quelque ravissante starlette, je lui demande :

– Tu es venu voir des films ?

Elle me répond d'une voix suave :

– Non. Je suis venu pour voir Jean-Roch.

Vendredi.

Dans la rue, la plèbe m'assaille, m'encercle, me bouscule :

– Tu es connu ?

– Tu connais des gens connus ?

– Tu passes à la télé, comment tu t'appelles ?

– Acteur ? Chanteur ? Animateur ? Tu me signes un autographe ?

– Au fait, T'ES QUI ?

– T'as pas un pass pour une soirée ? Un badge pour une projo ?

Je trouve la violence de la caillera parfaitement justifiée. Les beautiful people ont déclaré la guerre au public à coups de lunettes noires, de Bentley, d'affiches géantes et de couvertures de magazines. Les gens les connaissent mais ils ne les reconnaissent pas. Ils vivent de leur amour mais ne les aiment pas en retour. Le public est humilié. Se vengera-t-il un jour ? Oui : en applaudissant plus fort David de « Loft Story » que Nicole Kidman. Car ce sont eux-mêmes qu'ils applaudissent. Désormais, les plus gros succès d'audience audiovisuelle se font sans auteurs ni acteurs. Vent de panique sur la Croisette, qui ne parle que de ça (comme tout le pays) : dans l'industrie de l'entertainment, le travail a désormais moins de succès que le chômage.

Dimanche.

Alors j'ai compris que j'aimais ça. J'y prenais goût. Je jouissais d'être supérieur et de vivre dans une fiction. Je voulais que ma vie ressemble à un film. Je n'étais pas venu pour l'art, j'étais venu pour rencontrer Marie Gillain, taper dans la main de Joey Starr, danser avec Béatrice Dalle, manger du homard sauce asperge mauritanienne avec Ariel Wizman et Francis Van Listenborg sur le *Techniboat*, trinquer avec Alain Chabat, sniffer de la mauvaise coke agenouillé sur la cuvette des WC avec… tout le monde. Les flashes des paparazzi me flattaient. Quand j'entendais crier mon prénom derrière des barrières de sécurité (« Oscar ! » « Oscar ! »), j'avais un début d'érection. Il était temps de rentrer à Paris.

Mardi.

J'aime bien quand on me traite de scélérat. Il faudrait réhabiliter ce vocable désuet. Je ne suis pas une canaille, ni une ordure, ni une crapule : je suis un scélérat, à la poursuite de la roller girl ultime. C'est Molière qui a adoubé ce mot, lorsqu'il qualifia Don Juan de « plus grand scélérat que la terre ait jamais porté ». Qui c'est les plus forts ? Évidemment scélérats.

Mercredi.

On nous ment ! Les académiciens ne sont pas immortels : Jacques de Bourbon Busset vient de passer l'arme à gauche. Il était le dernier homme français qui défendait le bonheur conjugal et « l'amour durable » (titre d'un des tomes de son *Journal*). Il a rejoint la Laurence de sa vie, cœur de son œuvre, œuvre de son cœur. Je pleure l'écrivain le plus diamétralement opposé à ma conception pessimiste du couple. Avec qui dialoguerai-je désormais ? Qui me soutiendra que l'amour est possible ? Qui me jurera que l'on peut être heureux ici-bas ? Bourbon Busset, vieux dinosaure barbu et catholique, étiez-vous le dernier des romantiques ?

Jeudi.

Nostalgie du Baoli de Cannes, où les sylphides brillaient à la flamme des bougies. La peau crémeuse des filles ressemblait de plus en plus aux publicités Dior : la mode était à la sueur dorée, aux perles de transpiration, aux épaules humides, aux fronts moites. Il ne manquait plus que les traces de goudron sur les joues comme dans les magazines ! On raconte que c'est John Galliano qui, estimant les photos de Nick Knight trop propres, a exigé que l'on rajoute de la boue sur les corps des mannequins lors du shooting. D'où cette tendance aux créatures enduites d'huile de vidange. Qu'attend Bernard Arnault pour s'associer au groupe Total-Fina-Elf afin de lancer une nouvelle gamme de produits de beauté à base de cambouis ?

Vendredi.

Désormais on n'a plus le choix qu'entre le cynisme et la paranoïa. D'un côté ceux qui pensent que, foutu pour foutu, autant tirer son épingle du jeu pendant qu'on est là : les marchands, les financiers, les animateurs télé, les publicitaires, les hédonistes, les nihilistes. De l'autre, ceux qui craignent la fin du monde et tentent de protéger tout ce qui n'est pas encore détruit : les romanciers, les résistants antimondialisation, les écolos, les poètes, les emmerdeurs, les ronchons. Cette dichotomie a supplanté la division gauche/droite depuis la chute du mur de Berlin. Une hémiplégie chasse l'autre. Égoïsme ou romantisme, il va falloir choisir son camp.

Samedi.

Puisque le terme d'« autofiction » a été accaparé par de médiocres Narcisses, il faudra inventer pour le délire dufresnien, en hommage à Malraux (le mythomane auteur des *Antimémoires*), la dénomination d'« antijournal ». C'est un miroir déformant que je promène le long de mon nombril.

Lundi.

Quand l'actrice Maiween Le Besco convie ses amis au Café de la Gare pour un one-woman-show autobiographique qu'elle vient d'écrire (intitulé « Le Pois Chiche »), on craint le pire. Il n'existe pas au monde d'exercice plus périlleux que de monter sur des planches pour défendre son propre texte basé sur sa propre vie. Or voilà que, seule sur scène pendant une heure trente, elle règle ses comptes avec sa mère, son père et sa sœur, se lançant à corps perdu dans une satire de la notoriété, une auto-analyse très violente, une confession impudique, une critique de la famille recomposée. Son texte est incroyablement puissant et courageux, et elle, bouleversante, hilarante et émouvante à la fois, ironique, acide, lucide, cruelle... C'est la Philippe Caubère du sexe féminin. À la fin, elle eut droit à la « standing ovation » d'une foule autant en larmes qu'elle. Je suis un mauvais copain puisque j'ignorais qu'elle avait tout ce talent en elle. Moralité : quand personne ne vous offre le rôle que vous méritez, il faut l'écrire vous-même. Que fais-je d'autre ?

Mardi.

Hier soir, fatigué de limer, je fais semblant de prendre mon pied pour abréger la corvée. De plus en plus de mecs simulent au lit. Il est temps que les femmes le sachent : nous feignons l'orgasme aussi souvent qu'elles. Il y a plusieurs manières de faire : retirer discrètement la capote vide en faisant croire qu'elle est gluante, ou bien exagérer ostensiblement les gémissements alors qu'on éjacule sans rien sentir. Le féminisme a remporté une nouvelle victoire : les hommes et les femmes sont désormais égaux jusque dans la comédie du plaisir.

Mercredi.

« L'amour fantasmé vaut bien mieux que l'amour vécu. Ne pas passer à l'acte, c'est très excitant. » Andy Warhol. Si seulement j'avais le courage de ne rien vivre…

Jeudi.

Un critique littéraire est comme un plouc qui, apercevant une célébrité dans un cocktail, joue des coudes pour s'en approcher, afin de se retrouver en photo dans les magazines à côté de la star. À force de parler de Joyce, Rimbaud, Céline et Proust, il espère qu'on le prendra pour eux. Il voudrait trôner sur la photo de famille. Malheureusement seule son imposture est confondue.

Vendredi.

Hier soir, comme je me plaignais de ma laideur physique, Jasmine me sort la Phrase de la Semaine :

– Il n'y a rien de plus laid qu'un homme qui se trouve beau.

Samedi.

Aux Bains, je me retrouve assis à côté de Marie Gillain. Son cou si frêle, ses grands yeux, ses petites chevilles, ses dents étincelantes. Cela fait si longtemps que j'en rêve que je suis évidemment incapable de lui parler. Elle me serre la main avec une politesse que je prends pour une possibilité. Je descends une bouteille d'Absolut pour me donner du courage. Avec Guillaume Rappeneau, Chayan Koy et Alé de Basseville (qui arbore un tee-shirt « Nobody knows I'm a lesbian »), nous faisons les pitres comme d'habitude, debout sur les fauteuils. À nous quatre, on doit avoisiner 8 de Q.I. Et ça fait vingt ans qu'on s'agite comme des vautours dans ce restaurant où seules les serveuses sont comestibles ! Malheureusement l'alcool aggrave ma timidité avec la minuscule Marie. Elle n'a pas su déceler le poète tremblant qui se cachait derrière le beauf bruyant. Au bout d'une demi-heure, elle se lève, vexée par tout ce que je ne lui ai pas dit.

Dimanche.

Alexandre Drubigny m'a proposé d'animer une émission sur Canal + à la rentrée prochaine. Si je refuse, c'est par peur de devenir vraiment Oscar Dufresne.

Lundi.

Francfort est le New York allemand : gratte-ciel futuristes, mégarestaurants design, capitalisme sauvage, putes turques et junkies décédés sur le trottoir. Je sens que je vais bien me plaire ici. Il n'y a qu'un problème : les taxis allemands vous demandent d'attacher votre ceinture à l'arrière.

Mardi.

J'apprécie ce pays où toutes les filles ont de gros nichons. En Allemagne, Claudia Schiffer est considérée comme une fille plate ! Je voudrais devenir une machine à traire le lait maternel. Est-ce que quelqu'un pourrait dire à toutes ces gretchens d'arrêter de sourire à Oscar, la trayeuse humaine ?

L'Allemagne est verte comme la France est bleue, l'Italie jaune, l'Espagne blanche, l'Angleterre grise, la Turquie mauve.

Mercredi.

Depuis qu'elle n'est plus la capitale, Bonn est assez triste. Je déprime à l'ombre des marronniers, en buvant des chopes de bière sur les bords du Rhin. Merde, en plus ma seule maîtresse ici se nomme « adult pay TV ». De l'hôtel Best Western, je téléphone à Françoise pour lui souhaiter son anniversaire. Elle n'en revient pas que je l'appelle : elle était en train de lire un de mes livres ! Je lui demande de venir me rejoindre en Allemagne : elle m'envoie promener, mais gentiment, sans être choquée par une proposition aussi cavalière... J'éteins la chaîne porno et je ferme les yeux ; c'est plus fort en pensant à elle.

Jeudi.

Hambourg. Je démarre ma conférence par un « Hello Hamburgers ! » assez piètre. J'ai un petit numéro assez au point : je commence par défendre la littérature menacée de mort dans un monde de bruit et de vitesse, puis j'évoque mon œuvre en espérant que l'audience, par association d'idées, la confondra avec de la littérature. Ainsi suis-je souvent applaudi en tant que sauveur de l'humanité. Après mon one-man-show, Ulf Poschardt me fait visiter des lieux de débauche qui portent tous des noms géniaux : le Mojo, le Madhouse, le Shark Club, le Purgatory (!) en finissant bien sûr par le Voilà (ma nuit s'est achevée comme certains articles dans *Voici*). Il y a ici un bouquin qui fait un malheur : *Generation Golf*, de Florian Illies. Ce sympathique garçon (on me l'a présenté), né en 1971, décrit une jeunesse incapable d'assumer la moindre responsabilité. Il dit que nous refusons de vieillir et fuyons les relations stables, que nous ne vivons que pour ressembler à une publicité, que notre seule passion fut le boom de la Bourse et que nous vivons comme nos parents soixante-huitards mais sans nous révolter. « Nous sommes vides mais bien habillés », écrit-il. Ce salaud de boche veut me déclarer la guerre ou quoi ? Je refuse que mon territoire soit une fois de plus occupé par un chleu !

Vendredi.

Munich. Collection de vestes avec Irmi et Tanja. Comment draguer dans un pays où l'on n'est pas célèbre ? Que faut-il faire pour plaire en Bavière ? Être gentil ? Trop mielleux. Être méchant ? Trop risqué. Jouer les indifférents ? Elles s'enfuiront. Alexis Tregarot suggère une solution :

– On peut toujours mentir.

Au P1, la boîte à la mode (un parking aménagé en abreuvoir), nous poursuivons cette conversation, dopés au gin-lemon.

– Au fond, ou bien on boit, on bien on baise.

– T'as raison, je crois qu'on va bien boire ce soir.

Et en effet, les râteaux s'accumulent : nous pourrions bientôt devenir des concurrents crédibles de Nicolas le Jardinier. Quelques beaux exemples d'échecs mémorables :

Tanja : – Maybe I will kiss you later.

Irmi : – Sorry, I am not drunk enough.

Tanja : – My grandfather was a fucking nazi.

Irmi : – My father was an alcoholic.

Tanja : – My mother stabbed my father with a knife.

Les Français ont tendance à oublier que les Allemands ont autant souffert qu'eux de la Seconde Guerre mondiale. C'est compliqué de draguer les héritières d'un pays qui fut mal rasé il y a 55 ans.

Nous étions si désespérés qu'à un moment, quand Tanja a pris un chewing-gum, Franck s'est écrié :

– C'est bon signe !

Mais non, elle voulait juste manger un chewing-gum. Un jour, j'écrirai un livre intitulé : « SOUVENT BREDOUILLE ».

Samedi.

Seul à Stuttgart dans une chambre climatisée, je déprime après une conférence devant des personnes âgées. Rimbaud est resté deux mois à Stuttgart, il y a 126 ans. Ensuite, il a choisi l'Afrique, et on le comprend.

Dimanche.

Quand je vois Birgitt, je deviens asthmatique : son visage coupe mon souffle. Elle me parle de Johnny Cash. Elle est plus belle que la cathédrale de Cologne. À partir d'aujourd'hui, chaque fois que j'entendrai Johnny Cash, je penserai à elle, « the greatest kisser of Europe ». Elle me donne son e-mail et un baiser, c'est mieux qu'à Munich. J'aime beaucoup ce qu'a écrit Bret Easton Ellis sur le livre d'or de la Literaturhaus :

– The better you look, the more you see.

Lundi.

Quand il fait beau, Vienne devient Rome au bord du Danube. J'ai aperçu un renard inquiet dans le parc, et une cigogne qui nourrissait ses petits. Les vieux immeubles de pierre du Spittelberg ressemblaient à de grands animaux blessés. Je ne nourris personne. Les arbres du Grüner Prater me survivront. Au Volksgarten, j'ai commandé un « Bukowski's Nightmare ». Les Viennois sont cultivés et francophiles. La preuve ? Quand ils trinquent, ils disent tout le temps : « Proust ! »

Mardi.

Aujourd'hui j'ai signé mon premier autographe dans un pays étranger. Ma photo est affichée dans les rues, aux vitrines des librairies, à la une des quotidiens allemands. C'est une absurde sensation que de devenir célèbre dans une contrée dont on ne parle pas la langue. Je signe en anglais et dis : « Danke schön », puis : « Auf wiedersehen », mais je pense très fort : « Entschuldigung. »

Je remercie l'Allemagne parce que c'est le pays qui m'a donné l'envie d'appeler Françoise. Quelque chose dans la pureté de l'air, le lyrisme des forêts germaniques, m'a galvanisé. Cette innocence qui les a rendus si coupables. Quand on vit au second degré, il n'y a pas de romantisme. Et sans romantisme : ni amour, ni Hitler.

Mercredi.

Parfois, si l'on n'y prend pas garde, on se retrouve à 3 heures du matin en train de jouer aux Space Invaders avec des inconnus en écoutant de la drum'n bass à Zurich, où l'herbe est très forte (ainsi que licite), et où, croyez-moi, personne, non, personne ne vous sucera la bite un mercredi soir. Ils sont passés où, les dadaïstes ?

Jeudi.

Retour à Paris. Pénélope m'appelle :

– Je m'ennuie de vous...

– Tu veux dire de Ludo et moi ?

– Je croyais que le mariage servait à tromper quelqu'un. Mais Ludo ne veut plus me voir et toi tu es homosexuel.

– Non, je suis un féministe refoulé, c'est différent. Ou un phallocrate amoureux, si tu veux.

– Tu changes de femme tout le temps parce que tu as peur de nous. Tiens, tu devrais te taper Ludo, ça vous décoincerait tous les deux. Et moi je filmerais...

– J'adore quand tu te caresses au téléphone.

– Mon mari ne me touche déjà plus, il faut bien que je le fasse moi-même. Tu es trop con. Tu ne t'intéresses jamais aux autres.

– Vrai. Alors vas-y, pour une fois que je t'écoute, intéresse-moi.

– Depuis que je suis mariée, plus personne ne veut de moi.

– Faux. Depuis que tu appartiens à un autre, tu m'excites de nouveau. Tu as raison : je dois être pédé. On se voit quand ?

Nous avons baisé à l'hôtel, moi en pensant à Françoise, elle en pensant à Ludo. On a gueulé comme des putois, avant de retourner à nos malheurs respectifs.

Vendredi.

Permettez que je vous relate une anecdote stupide de ma vie ménagère ? L'autre jour, j'achète une paire de jeans Helmut Lang avec des taches de peinture dessus (ceux qui coûtent plus cher parce qu'ils ont l'air de vieux jeans dégueulasses de peintre en bâtiment). Après les avoir portés une semaine, je les donne à laver à ma femme de ménage sans la prévenir, et le lendemain elle vient me voir :

– Zé ou beaucoup dé mal mé zé réoussi à lé ravoir !

Mon jean était immaculé ! Elle l'avait frotté courageusement pour faire disparaître les précieux « drippings » stylisés par ce cher Helmut ! J'étais effondré, mais cette mésaventure m'a servi de leçon : quand les bobos se déguisent en pauvres, ils doivent faire leur lessive eux-mêmes. Comment voulez-vous que ma chère employée de maison comprenne que les taches de peinture sont le comble du chic chez les cons ? Comment voulez-vous qu'elle sache que ce n'est pas parce que j'ai du flouze que j'ai un cerveau ?

Samedi.

Quand une femme n'est pas niquée, elle est paniquée. (Théorème de Pénélope)

Dimanche.

Il y a un moment, entre 20 et 25 ans, où l'on pense sincèrement qu'on ne deviendra pas comme les autres. Je crois que c'est pour cette raison que j'aime bien regarder danser les jeunes de cette tranche d'âge. Ils m'attendrissent, car ils se croient libres. J'adore quand les garçons embrassent les filles ; cela leur semble si important. Peut-être ne se rendent-ils pas compte qu'ils sont déjà enfermés dans un clip des Backstreet Boys. Je fus comme eux, autrefois. Moi aussi, le cœur battant, je mangeais des cheveux qui sentaient le propre en me sentant invincible.

Lundi.

Patrick Duval publie chez Stock un livre sur Issei Sagawa, le Japonais cannibale. Il en décortique très bien les macabres motivations. Thomas Harris, l'auteur de *Hannibal*, peut aller se rhabiller. Mais il néglige un aspect de cette affaire. À mon avis, Sagawa en avait marre des compliments usés, il voulait changer de vocabulaire. Il voulait enfin pouvoir s'écrier :

– J'aime ton intestin grêle et ta vésicule biliaire. Tu as un magnifique pancréas. Je suis fou de ton foie. T'as de bons yeux, tu sais.

Mardi.

On peut passer des années à chercher quelqu'un ou quelque chose, pour finir par se rendre compte qu'en réalité ce qu'on cherchait, c'était soi-même.

L'athée cherche quelque chose qu'il ne trouve pas.

L'artiste trouve quelque chose qu'il ne cherche pas.

Mercredi.

Curieuse symétrie : Ludo n'a pas le courage de quitter sa femme et moi je n'ai pas le courage d'en avoir une. Nous sommes deux revers de la même médaille : l'homme. Il y a deux choses que l'homme est incapable de faire : partir et rester.

Jeudi.

Je bois par faiblesse. Les gens entrent et sortent de ma vie comme de la porte-tambour de l'Hôtel Plaza Athénée. Ce soir inauguration du Nouveau Cabaret (place du Palais-Royal, Paris Ier). Une merveille qui hésite entre la case africaine et le design futuriste. Exactement comme Kubrick quand il tournait *2001, l'Odyssée de l'espace*. Il avait compris que l'humanité est une bande de singes errant dans un désert de plastique blanc.

Vendredi.

Avec Françoise, je tente une expérience nouvelle : draguer sans être bourré. Cela oblige à se concentrer pour ne pas être trop cassant. Difficile de ne pas rougir quand les regards se croisent. Longs silences gênés, yeux détournés. Peur d'être trop sincère. Effroi de tomber amoureux pour de bon. On commence nos phrases en même temps :

– Pardon, je t'ai coupé.

– Non, non, vas-y.

– Non, après toi.

– Je ne sais plus ce que je voulais dire.

Deux ados. Dans quelques heures ce sera pareil au téléphone :

– Allez raccroche.

– Non, toi d'abord.

– Bon, on compte jusqu'à trois.

Je faisais semblant d'avoir le choix mais je me doutais bien qu'on ne choisit pas. Hommes ou femmes : aucune différence ; on est choisi, c'est tout, il faut juste attendre son tour et ne pas laisser passer sa chance. Finalement, à la fin du repas, je commande une bouteille de rosé que j'envoie derrière mon absence de cravate. Mais je n'ose pas l'embrasser… Trouille du faux pas irrémédiable. Je la regarde s'éloigner en me retenant de courir après sa voiture comme un dératé. Estomac rempli de papillons, bouquets de lilas, rivières de joie. Je porte ma main à ma bouche, une rosée s'est déposée sur mes pupilles. Je ressuscite.

Samedi.

J'ai passé une après-midi enchanteresse, sans faute de goût, avec cette fille que je n'avais presque pas revue depuis le début de ce carnet (Françoise est la robe dos nu de Formentera). C'était comme si quelqu'un avait déposé un film de gaze très doux, triste et léger sur la réalité. Ce que je voulais, c'était juste avoir mal au ventre en pensant à quelqu'un. Rencontrer une femme qui m'échappe et dont je ne veuille plus m'enfuir. Françoise vient de disparaître et je pense : sa beauté est insupportable, elle a un prénom grotesque mais elle sent bon, elle a dû se laver les cheveux avant de venir, elle me manque, elle est réservée et sensuelle, j'aime bien ses ongles, ses coudes ronds, ses épaules nettes, sa voix grave et pressée comme celle de Catherine Deneuve, son rire de hyène quand elle me répète qu'elle ne porte jamais de culotte, ses yeux si grands qu'elle doit souvent les tenir mi-clos (ce doit être fatigant d'avoir à ouvrir complètement des yeux aussi immenses, gris et verts comme ceux d'un chat en colère), j'aimerais connaître la marque de son parfum pour pouvoir l'acheter et le respirer en pensant à elle... Oh là là... Pas si blasé que ça, l'Oscar. Serait-ce enfin l'été ? Avec son trop-plein d'hormones et ses pics de pollution ?

ÉTÉ

HISTOIRE D'A

« La vie nuit à l'expression de la vie même. Si je vivais un grand amour, jamais je ne pourrais le raconter. »

FERNANDO PESSOA

Dimanche.

Je me sens ignoblement épris. Je ne te connaissais pas, et pourtant c'est comme si je t'avais reconnue.

Lundi.

Phase de boboïsation accélérée : hier j'ai déjeuné à l'Hôtel du Cap Éden Roc avec Bernard-Henri Lévy et Arielle Dombasle, qui s'aiment tellement que cela en devient super énervant. Au bord de la piscine, on croquait des noix de cajou en laissant les cacahuètes à des milliardaires américains prénommés Jerry. La belle Arielle nous annonça qu'elle voterait communiste aux prochaines élections car Robert aimait sa voix (logique). Je pense sincèrement que nous étions les deux seuls communistes de l'Éden Roc. Avec Bernard, nous buvions du jus de pêche en parlant des guerres oubliées. Et c'était très bien ainsi : toujours mieux que de causer du CAC 40.

Serai-je un jour capable d'aimer quelqu'un aussi longtemps que lui ?

Mardi.

On s'appelle tous les jours. J'ai fait porter des fleurs à Françoise chez sa mère avec quatre strophes de Larbaud :

> « *Je t'apporte toute mon âme :*
> *Ma nullité, nonchalamment,*
> *Mon maigre orgueil, ma pauvre flamme,*
> *Mon petit désenchantement.*
>
> *Je sais que tu n'en es pas digne ;*
> *Mais suis-je digne d'être aimé ?*
> *Je sais que tu te crois maligne ;*
> *Tu sais que je me crois blasé.*
>
> *J'ai mesuré l'enthousiasme ;*
> *Tu as tout senti, tout goûté :*
> *Tu ne crois pas à mon marasme,*
> *Je ne crois pas à ta gaieté.*
>
> *Dans nos amours, pas de mystère :*
> *Soyons sérieux ou légers*
> *Sans oublier que sur la terre*
> *Il n'y a que des étrangers.* »

C'était un peu *too much* mais elle m'a rappelé quand même. Françoise a cessé de travailler et ne cherche pas de boulot. Elle est désespérée, n'aime que les chats et les livres, ne s'occupe que de son corps, ne voit personne et ne désire pas d'enfants. La femme idéale ? Avant de me rencontrer, elle voulait crever. « Crever » est le verbe qu'elle emploie le plus souvent : « j'ai failli crever », « je vais crever », « j'ai cru que j'allais crever », etc. Mais elle utilise aussi le verbe « décéder » et l'épithète « ignoble ». Je n'ai jamais rencontré personne d'aussi drôle. Elle parle à une vitesse folle, son débit est saccadé parce qu'elle est la benjamine d'une famille nombreuse, quand elle était petite elle devait s'exprimer rapidement sinon personne à table ne l'entendait... Plus je lui dis qu'elle me manque, plus cela devient vrai. Je crois que je voudrais consacrer ma vie à l'empêcher de crever.

Mercredi.

Déjeuner avec Arnaud Montebourg à la cantine de l'Assemblée nationale. Personne ne lui serre la main là-bas depuis qu'il cherche des signataires pour mettre en examen le Président de la République. Je ne comprends pas pourquoi les députés ne signent pas en masse sa résolution. Il est devenu un pestiféré, simplement pour avoir demandé à connaître la vérité. Pourtant il n'est pas si méchant que ça. Par exemple, il ne boycotte même pas Danone : il boit de l'eau d'Évian ! Au moment de l'addition, il y a un flottement... Va-t-il payer en liquide ? Sortir une liasse ? Eh bien non, il se laisse inviter par

Stéphane Simon et Thierry Le Vallois. Corrompu, comme les autres !

Jeudi.

Françoise, tu es l'événement le plus important depuis que l'homme ne marche plus sur la lune. Tu ne m'as pas permis de ne pas t'aimer. Il m'était impossible de faire autrement. Tu ne m'as pas laissé passer à côté de toi. L'amour ressemble à ça : c'est quand on sent que rater quelqu'un serait rater sa vie. L'amour c'est quand on cesse d'hésiter. Quand toutes les autres deviennent fades. Je te regrette avant même de te connaître. (Je note ici toutes les choses que je n'ai pas osé te dire.)

Vendredi.

Elle a quitté Paris donc moi. « Vous êtes amoureux. Loué jusqu'au mois d'août. » Comment gâcher l'été ? En tombant amoureux au mois de juillet.

Samedi.

Sur le cours Saleya, à Nice, les cagoles sirotent leur pastaga en regardant les ombres s'allonger. Patrick Besson s'éclaire quand Florence Godfernaux sourit. Les Natachas de la promenade des Anglais me servent de filet de sécurité. Le Village de Juan-les-Pins est en passe de devenir la plus belle boîte d'Europe. 1 500 « bad girls » de Donna Summer, une ambiance indescriptible que je ne vais, par conséquent, pas tenter de décrire. Je vous dirai juste que le cocktail maison s'appelle le Cunni, et que si vous demandez au barman ce qu'il y a dedans, il vous répondra :

– Du jus de foufoune.

Au matin, le soleil s'est levé sur une bagarre générale dans le parking de la Siesta ; difficile de savoir ce qui m'effrayait le plus : les coups de batte de base-ball, l'Absolut pomme ingurgitée ou le besoin de Françoise ?

Dimanche.

Maintenant, quand je sors, ce n'est plus pour rencontrer des gens mais pour noter des phrases. Cela devient un problème. Les êtres de chair m'intéressent moins que les mots d'esprit. Toute une semaine passée à chercher la Phrase de la Semaine. Au dernier instant, Guillaume Dustan me la fournit, quand je lui demande s'il est fidèle à son mari.

– Bien sûr que non.

– Mais il sait que tu le trompes ?

– J'en parle pas trop parce que ça le fait souffrir… mais moi je le fais parce que ça me fait bander.

Lundi.

Quand on n'est pas amoureux, on regarde toutes les filles avec curiosité : on cherche la nouveauté, la surprise, l'étonnement, voire le coup de foudre.

Quand on est amoureux, on regarde toutes les filles avec obsession : on cherche celle qu'on aime dans les autres, on est obnubilé par celle qu'on connaît déjà, on a l'impression de la croiser tout le temps. Casanova disait que « la nouveauté est le tyran de notre âme » ? Non, le tyran, c'est toi.

J'ai envie de sauver Françoise mais c'est elle qui me sauve. J'ai rencontré la seule égoïste capable de me rendre altruiste.

Mardi.

Pendant que Ludo souffre à Formentera dans sa petite prison familiale, je déprime seul à Ibiza en feuilletant le *Magazine littéraire*, courageusement titré « Éloge de l'ennui ». J'y dégotte ceci, extrait de *À Rebours* de Huysmans : « Quoi qu'il tentât, un immense ennui l'opprimait. Il se retrouva sur le chemin, dégrisé, seul, abominablement lassé. » J'avais peur de ne plus jamais aimer ; à présent j'ai peur d'aimer pour toujours. Une fille que je n'ai même pas encore embrassée !

Mercredi.

Françoise ne répond pas à mes SMS lyriques. Pour me changer les idées, je prends le bateau pour rejoindre Ludo à Formentera. Le nouveau sport là-bas : péter en boîte. Ni vu ni connu grâce à l'assourdissante house music, le jeu consiste à s'approcher d'un joli minois – une ravissante mannequin innocente en débardeur, par exemple – et là, il faut tourner son cul vers elle et lui lâcher une caisse dans la face avant de déguerpir en gloussant. C'est assez revanchard comme sport, il n'y a vraiment pas de quoi pavoiser. Mais on est aux Baléares, pas au Collège de France !

Jeudi.

Retour à Ibiza.

Si seulement la vie pouvait être comme la nuit d'hier soir au Privilège... La soirée « Renaissance » portait bien son nom... En revanche, baptiser « Privilège » la plus grande boîte du monde, fallait oser (c'est Fabrice Emaer qui se retourne dans sa tombe !)... Il n'y avait que des beautés de 18 ans avec Carl Cox aux platines... Avant j'avais attendu mon dealer au Mar Y Sol, le Sénéquier local, en matant les Loanas du cru... Erick Morillo venait de lancer sa compil *Subliminal Sessions vol. 1* au Pacha... Le Divino était devenu un strip-club avec gogos à gogo... J'arborais un nouveau tee-shirt acheté sur le port : « Good girls go to heaven, Bad girls go to Ibiza »... Les tournées de chupitos s'enchaînaient... J'aurais voulu faire un arrêt sur image, ne plus sortir de cet instant... Pourquoi aucun night-club ne s'appelle Rédemption ? Au matin, avec Ludo, nous avons attentivement observé le ciel rose qui regrettait de bleuir. La mer copiait sur lui ses couleurs. Elle avait la couleur du vin comme chez Homère. Les avions rentraient leurs trains d'atterrissage sur nos têtes avant de virer de bord vers l'Afrique (à droite) ou l'Europe (à gauche). J'aurais fait l'amour avec n'importe qui pour oublier Françoise, mais cela n'aurait pas marché. Tout se mélange : les pays, les gens, les années et les corps. Il me fallait une boussole ; et si c'était elle ?

Vendredi.

Savez-vous comment on dit « godemiché » en espagnol ? Consolador. C'est charmant, non ? On entend à la fois « consoler » et « consolider », ce qui recadre assez bien l'utilité de l'objet.

Samedi.

– Ça y est : je divorce !

Difficile de savoir si Ludo pleure de joie ou rit de tristesse.

– C'est fini. Mon mariage n'a pas survécu à la crise des 7 ans.

Tout s'écroule ; je le prenais pour mon seul ami solide, mais à qui se fier de nos jours ? Si même les gens mariés divorcent, où allons-nous ? Ludo s'est fait virer de Formentera : sa femme a trouvé le « faux Ludo » qu'il avait fabriqué dans son lit à l'aide d'un traversin et de deux oreillers pour pouvoir sortir au milieu de la nuit, avant-hier. (Vous en avez sûrement entendu parler ; sa rupture a fait l'objet d'un gros plan-média : couvertures de *Voici* et *Match*, six pages dans *VSD*, interview dans *Gala*...)

– Elle m'a jeté de la bagnole sur le port sans dire un mot. Le ferry m'a emporté avec mes valoches pleines de tee-shirts sales. J'ai mêlé mes larmes aux embruns : tant de sel sur mes joues. Mon visage de salaud était un marais salant.

– Qu'est-ce qui a cloché ?

– La vie. J'avais la tête ailleurs, elle l'a su. Il fallait partir ou me noyer.

– Allons allons, ça va s'arranger...

– Je ne sais pas, le malheur couvait depuis longtemps. Quand les gens se quittent au soleil, c'est qu'ils ne se supportent vraiment plus. Nous sommes fous de vouloir éterniser les sentiments : ils sont aussi passagers que nous. Les choses finissent et nous refusons de l'admettre.

La douleur l'inspire.

– Comment te sens-tu ?

– Banal. Monstrueux. Tu te rends compte : elle est enceinte de six mois !

– Arrête, je vais vomir.

– Dis donc, ils vont s'éclater aujourd'hui les lecteurs de ton journal intime !

– Oh, tu sais, mes lecteurs, ils sont comme tout le monde : ils me feuillettent sur la plage ou dans le métro, et puis ils font comme si tout allait bien, mais au fond d'eux-mêmes ils savent très bien de quoi je parle. Nous fuyons la solitude au lieu d'admettre que nous n'avons pas d'autre choix.

Dimanche.

Les hommes mariés sont plus fascinants que les célibataires. On les croit ringards avec leurs bobonnes et leurs mômes qui braillent, alors qu'en eux il y a plus de conflits déchirants, de combats acharnés, de luttes intestines que chez tous les Oscar Dufresne de la terre.

Lundi.

Les femmes se méfient des autres femmes, négligeant ce qui est à mon sens leur pire concurrente : la solitude. Ludo en avait marre de vivre avec quelqu'un (« j'avais l'impression que la terre entière s'éclatait sauf moi »), moi j'en ai marre de ne vivre avec personne. Nous sommes aussi tristes l'un que l'autre. Je me confie à lui :

– Tu sais, j'ai peut-être rencontré quelqu'un…

– Ah ! Je l'avais deviné, petit cachottier ! J'attendais que tu m'en parles ! Tu sais à quoi l'on voit que t'es amoureux ?

– Non…

– Tu deviens chiant, mais chiant ! Tu tires une de ces tronches ! Alors qui est-ce ?

– Tu ne la connais pas… Elle s'appelle Françoise.

– C'est pas vrai ! ?

On dirait qu'il la connaît.

Mardi.

Sur la route qui mène de l'aéroport à la ville d'Ibiza, d'immenses panneaux d'affichage annoncent les grandes fêtes du Pacha, du Space et de l'Amnesia. La publicité pour les boîtes de nuit dépasse celle pour les produits de jour. Le night-clubbing est ici devenu un produit de consommation de masse. Après le Capitalisme, le Clubbisme ! C'est le monde de demain, la religion de l'hédonisme, la discothèque comme parc d'attractions pour oublier l'esclavage du reste de l'année. À quand des flyers distribués chez Auchan ? David Guetta est déjà en tête de gondole. Pourquoi pas Carl Cox sur les barils d'Ariel, annonçant sa prochaine soirée mousse ? Des charters d'Allemands et d'Anglais envahissent les pistes pour fuir leurs problèmes : laideur physique, coups de soleil sur le front dégarni, gros ventre plein de bière, mauvaises équipes nationales de football.

Mercredi.

Je résume notre conversation de la nuit dernière. Ludo a eu une aventure avec Françoise, il y a quelques mois. Ils ne s'aimaient pas mais ils baisaient ensemble une fois par semaine, apparemment assez bien ; je lui ai demandé de ne pas insister sur les détails.

– C'est une dingo, une casse-couille, une déjantée. Méfie-toi, mon vieux.

S'il voulait m'en dégoûter, c'est raté. Plus elle sera folle, plus elle me plaira. Il insiste :

– C'est une malade ! Elle ne fout rien de la journée, elle a plein d'amants ! Elle est dépressive. Très sexy, très intelligente, mais complètement tarée.

Tout ce qu'il dit me la rend encore plus séduisante. Je cite Duras : « Tu me plais : quel événement. » Faut-il que je sois amoureux pour citer *Hiroshima mon amour* à Ibiza !

– J'ai tout de suite vu que Françoise était faite pour moi. C'est le genre d'angoissée qui te fait la gueule toute la journée avant de te faire l'amour comme une déesse ? Tant mieux. Tout sauf les *yeux bêtes* !!

Jeudi.

Françoise a fini par me rappeler pour m'expliquer pourquoi elle ne me rappelait pas : ma réputation de menteur, fêtard, queutard, cœur d'artichaut... Sa mère lui conseille de me fuir. Je lui dis que, de mon côté, je ne lui en veux pas de s'être tapé Ludo, d'être une folle, une névrosée qui sort avec des hommes mariés. Elle répond qu'elle fait ce qu'elle veut et qu'encore heureux que je ne lui reproche pas son passé. Elle se fout du mien.

C'est magnifique : on s'engueule avant même de se toucher. Je tente de calmer le jeu :

– Écoute, ça devient vraiment sérieux. Tu me plais, quel événement.

– OK, ça va, moi aussi j'ai vu des films d'Alain Resnais.
– Je ne contrôle plus rien !
– Moi c'est pareil.

Et ce coup de fil devient le plus beau de mon existence. Elle m'assure qu'elle est dans le même état de trouille bleue et d'eau-de-rose. Je suis atrocement ému d'attirer enfin quelqu'un qui m'attire. Une minute après, je suis à l'aéroport. Je vole.

Vendredi.

Pas le courage de raconter mon vendredi. Spectacle trop pathétique, j'étais ivre mort, suppliant Françoise de rentrer avec moi, avec le chauffeur de taxi pour témoin de ma décrépitude… Un dragueur qui tombe amoureux, c'est un bourreau des cœurs transformé en victime de la torture. Françoise est ma divine punition : elle venge toutes les autres.

Dix de perdues, une de retrouvée.

Samedi.

Ah oui, j'ai encore donné une fête. Elle se déroulait au Nouveau Cabaret, le club où Jacques Garcia s'est renouvelé, délaissant le second Empire pour entrer dans le Troisième Millénaire. Le bar était ouvert à tous (c'était malheureusement moi qui payais). Guillaume Dustan avait oublié d'apporter ses disques ; il devrait freiner sur l'héro s'il veut vraiment passer deejay professionnel. Même Patrick Eudeline était plus clean que lui ! Je crois que nous étions assez heureux pendant le dîner, même si la bouffe peut encore faire quelques progrès. Mais qui va au Cabaret pour la bouffe ? Sûrement pas Thierry Ardisson ou moi ! Prudemment, Julien Baer était resté à l'étage pour inspecter les entrées et empêcher les sorties. Une nouvelle salle venait d'ouvrir ses portes : le Lounge (ainsi nommée car on s'y « allounge » sur des matelas). Il était assez cocasse d'y contempler un académicien (Jean-Marie Rouart) et un conseiller d'État (Marc Lambron) vautrés entre des danseuses du Crazy et des futures présentatrices météo. Malheureusement tout le monde a gardé ses vêtements. Marie Gillain m'a remercié pour mes compliments de l'autre jour mais j'étais toujours aussi empoté en face d'elle (heureusement l'éclairage tamisé cachait mes rougissements intempestifs). Je voulais lui envoyer des SMS d'une table à l'autre mais Jean-Yves Le Fur m'a tapé sur l'épaule :

– Envoie-les de mon portable, ça marchera mieux…

Savez-vous pourquoi Lou Doillon est de plus en plus belle ? Parce qu'elle est de plus en plus intelligente (enfin, elle vieillit, quoi). Les trucs que je n'ai pas eu le temps de faire : coucher avec Hélène Fillières et Pierre Bénichou, parler de la rentrée littéraire avec Pierre Assouline et Marc-Édouard Nabe, danser avec Inès de la

Fressange et Arno Klarsfeld. Mais la soirée valait le coup : je suis quand même allé pisser avec Vincent Cassel ! (Quant à la suite... Françoise portait une robe noire dangereusement pendue à son cou. J'avais honte de mon ivresse de la veille, et Ludo lui tournait autour, je préfère faire semblant de ne pas me souvenir du reste : j'ai l'amnésie sélective.)

Dimanche.

Ce journal est l'anti-Loft Story. Je suis pour le dévoilement de la vie privée, oui, certes, parce que les aventures inventées, comme dit Dave Eggers, vous donnent l'impression de « conduire une voiture en costume de clown ». Mais ma vérité passe par le prisme du mensonge, le tamis du travail, le filtre de l'écriture. Pardon pour mon immodestie : je crois que je pourrais facilement être filmé dans une pièce fermée pendant 70 jours avec des pouffiasses, mais qu'aucun des habitants de cette merde d'émission ne serait capable de tenir mon journal. Qu'ils y viennent ! Kenza, je t'attends ! Il me semble que Boris Vian résumait l'utilité de la littérature dans sa préface à *L'Écume des jours* (10 mars 1946) : « Cette histoire est entièrement vraie, puisque je l'ai imaginée. »

Lundi.

Hier soir, Tom Ford lançait le nouveau parfum féminin d'Yves Saint Laurent : « Nu ».

Pour cela, il a loué le palais Brongniart (l'ancienne Bourse de Paris) et installé en son sein un aquarium rempli d'hommes et de femmes nus comme des vers qui s'embrassaient et se caressaient. Les 800 invités dansaient mieux après les avoir reluqués. L'excitation était palpable : Eva Herzigova souriait beaucoup trop pour être honnête, le deejay enchaînait *Walk this way* d'Aerosmith avec *Voulez-vous coucher avec moi ce soir* de Patti Labelle. Françoise a bu de la vodka pour la première fois de sa vie. Elle a découvert l'intérêt de l'alcool : elle draguait tout le monde. J'avais l'impression d'être dans un film de science-fiction cybernétiquement correct. En l'an 2060, les marchés financiers seront devenus une partouze géante enfermée dans une cage de verre… Mais n'est-ce pas déjà le cas aujourd'hui ? Je soupçonne Tom Ford d'être un androïde, un cyborg de Classe XB28 fabriqué par la société BioTek Inc comme dans *A.I.*, le navet de Steven Spielberg pompé sur Kubrick. J'ai tenté de saisir l'occasion en glissant à l'oreille de Françoise :

– Je t'aime, quand est-ce qu'on baise ?

Elle a serré ma main. Serré mon bras. Serré mon coude, mon biceps, mon épaule, mon menton. Sa bouche est venue se poser sur la mienne. Je suis devenu aveugle, sourd, muet. Né pour cette seconde-là.

Mardi.

On parle souvent des premières phrases, les fameux « incipit » : « Longtemps, je me suis couché de bonne heure » *(Du côté de chez Swann)* ; « Aujourd'hui, maman est morte » *(L'Étranger)* ; « Ça a débuté comme ça » *(Voyage au bout de la nuit)*. Mais connaît-on les dernières phrases par cœur ? La chute d'un livre en dit parfois plus long que le commencement. Par ordre d'entrée en scène : « Le souvenir d'une certaine image n'est que le regret d'un certain instant ; et les maisons, les routes, les avenues, sont fugitives, hélas, comme les années » *(Du côté de chez Swann)* ; « Pour que tout soit consommé, pour que je me sente moins seul, il me restait à souhaiter qu'il y ait beaucoup de spectateurs le jour de mon exécution et qu'ils m'accueillent avec des cris de haine » *(L'Étranger)* ; « Il appelait vers lui toutes les péniches du fleuve toutes, et la ville entière, et le ciel et la campagne et nous, tout qu'il emmenait, la Seine aussi, tout, qu'on n'en parle plus » *(Voyage au bout de la nuit)*. Généralisons hâtivement à partir de ces trois exemples : les chefs-d'œuvre sont plus faciles à démarrer qu'à conclure, puisque les phrases finales sont cinq fois plus longues que les incipit. Le génie commence brutalement mais termine mélancoliquement (comme l'amour).

Mercredi.

Alors que nous n'avons toujours pas fait l'amour (avant-hier, fiasco total très embarrassant, j'avais un sexe de la taille d'une Knacki Herta, c'était vexant pour elle et humiliant pour moi, pourtant jamais je n'avais rien eu d'aussi ravissant dans mon lit... si je n'avais rien ressenti pour elle, j'aurais bandé comme un âne, mais l'enjeu me faisait perdre tous mes moyens, comme Henri Leconte en finale de Roland Garros), je propose à Françoise de partir pour Los Angeles sur un coup de tête (et de poker). À ma grande surprise, elle accepte. Douze heures après, devant l'hôtel Mondrian, tandis que je cherche désespérément à attraper un taxi au vol, Élisabeth Quin la fait rire :

– À L.A., on hâle mais on ne hèle pas.

Ensuite larmes de bonheur dans la chambre blanche. Malgré l'humiliation de l'autre soir, et surtout malgré le trac de l'amour et le jet-lag, mon corps se remet à fonctionner. Quand je pense que cela fait 35 ans que je faisais l'amour sans pleurer.

Jeudi.

À New York vient d'ouvrir le même Man Ray qu'à Paris. À Sofia j'ai connu un Dali's Bar. Et je loge à l'hôtel Mondrian de Los Angeles. Il ne manquerait plus que je roule en Citroën Picasso ! On se demandait à quoi servait l'art moderne ? Il sert à baptiser des endroits à la mode. L'Art sert à devenir célèbre sans passer par la télé-réalité. L'Art procure la notoriété + le contenu : c'est idéal pour baptiser un restaurant. L'artiste c'est un type qui est connu pour quelque chose. Je dis ça mais ne serais pas étonné qu'il s'ouvre plein de Steevie Cafés et de Loana Bars d'ici peu.

Vendredi.

Au Sky Bar du Mondrian, comme au Backflip du Phoenix Hotel de San Francisco, on dit beaucoup « Oh my God » avant de s'enfoncer des godes dans les chambres du dessus. C'est pratique, les hôtels branchés : il y a toujours du beau monde autour de la piscine, ce qui évite d'avoir à sortir. Il suffit de descendre au bar, de ramasser bimbos et watermelon-Martinis, puis de ramper jusqu'à la chambre. Petite crise d'angoisse ? Françoise m'offre des comprimés d'Effexor 50 mg que je gobe comme des cacahuètes.

Samedi.

San Francisco, c'est New York en pente. J'emmène Françoise visiter le quartier de Haight-Ashbury. Nous achetons des fringues hippies pour Sophie, la fille de Ludo. Je lui offre des vinyls de Jefferson Airplane. Elle m'offre une veste en jean « pour me déguiser en jeune ». La bagnole de location, mal garée, se fait verbaliser. J'ai encore la contravention chez moi, dans un tiroir. Parfois, il m'arrive de la regarder pendant un certain temps, en apnée. Je vais la faire encadrer.

Lundi.

Backflip, San Francisco, 3 heures du matin (il est midi à Paris). Je ne suis pas contre le principe du deejay en tongs mais au début, ça fait tout de même une drôle d'impression. Disons que son look va-nu-pieds l'oblige à assurer trois fois mieux ses enchaînements. Les filles ressemblent toutes à Cameron Diaz. Les mecs sont tellement en dessous, mal fringués, beaufs, dansant mal... C'est qu'à San Francisco, les beaux mecs sont tous homos et que le Backflip est un des rares clubs hétéros. D'ailleurs, même ici, les filles dansent entre elles. Ambiance Lesbian Chic chez les blondes cheerleaders. On sent qu'elles allument surtout pour éviter de baiser. L'homme semble ici, plus que partout, une créature dispensable.

Mardi.

Ce qui manque aux États-Unis, c'est le doute. C'est le grand défaut des pays vainqueurs. Ici on joue toujours gagnant et on fête la victoire tous les soirs, sans culpabiliser. Au bout de quelques jours en Amérique, n'importe quel jeune Européen se sent très vieux. Je suis en manque d'inquiétude, d'interrogations existentielles, de remises en question de l'aliénation épicurienne.

Trop de sourires ! Leurs mines réjouies écrasent mon âme. J'ai envie de fomenter des attentats contre la chaîne MTV. Françoise est d'accord (ce qui est rare).

Mercredi.

Il n'y a qu'en Amérique que je me sente européen.

Jeudi.

Pourquoi elle plutôt qu'une autre ? Pourquoi renoncer à des milliers de seins pour seulement une paire ? Pourquoi abandonner des centaines de foufounes pour une seule fente ? Au bord de la piscine du Standard Hotel sur Sunset Boulevard, tandis que Françoise est partie faire du shopping, je trouve la réponse : parce que j'attrape le cancer en son absence. En amour, on se constitue prisonnier par instinct de survie.

Vendredi.

Chez Fred Segal, j'aurai vu Wynona Ryder s'acheter (en payant !) une robe noire avec une feuille de ganja dans le dos. Sur le toit du Standard Downtown, il y a une piscine de danse à ciel ouvert la nuit entre les tours qui brillent, les ascenseurs extérieurs glissent le long des façades comme des bulles de lumière, les bureaux vides sont éclairés au néon blanc, un film de kung-fu est projeté sur le building d'en face, et le deejay est une gracile Asiatique en short mini et sandales à talons hauts, et je consomme un gin-Seven Up, et j'ai l'impression d'être Tyler Durden (le héros de *Fight Club* qui se bat contre lui-même), la piscine est pleine de « wasted bimbos » qui poussent des cris stridents en tombant dans l'eau bleue, et Françoise se fait traiter de « smoking hot » par un alcoolique bronzé au menton carré, et les plasmas montrent les surfeurs de Paradise Cove qui glissent sur l'onde, et les danseurs applaudissent à chaque passage d'hélicoptère. Parfois je me dis que j'ai de la chance de vivre.

Samedi.

Tous mes malheurs viennent de ce que j'ai trop entendu *L'Amour avec toi* de Michel Polnareff (1965) quand j'étais dans le ventre de ma mère. Elle l'écoutait en boucle, berçant mon fœtus en apesanteur :

« *Il est des mots qu'on peut penser*
Mais à pas dire en société
Moi je me fous de la société
Et de sa prétendue moralité
J'aimerais simplement faire l'amour avec toi. »

Qui serais-je devenu si maman avait écouté Yves Duteil ?

Dimanche.

« Aujourd'hui est mauvais, et chaque jour sera plus mauvais – jusqu'à ce que le pire arrive. » De temps à autre, j'ai bien envie de dire à Schopenhauer de fermer sa grande gueule.

Lundi.

Jean-Georges, un copain qui aime donner aux autres les leçons de morale qu'il n'applique jamais à lui-même, me téléphone ce matin pour me sermonner :

– Arrête d'écrire sur toi, c'est nul, tu fais de la peine à tes proches !

Il a peut-être raison. Je décide de l'écouter. Je vais cesser de raconter ma vie.

Mardi.

Des dragons crachaient des flammes. Robin des Bois décida de les affronter avec sa grosse lance. Tout à coup, la Princesse s'envola par la fenêtre du château (j'ai oublié de dire que des ailes lui avaient poussé dans le dos). Mais les arbres l'attrapèrent avec leurs mains géantes en bois. C'est le moment que choisit Harry Porter pour intervenir :

– Salamalekounga ! s'écria-t-il en brandissant son Tournevis Magique.

Alors les cieux s'entrouvrirent, et Léon Zitrone (mais en fait c'était Dieu déguisé en lui) répondit :

– Madame, Mademoiselle, Monsieur, bonsouèèèr.

Alors Bilbo le Hobbit mourut noyé sous une tonne de Coulommiers liquide. Les fées et les lutins pleurèrent très fort, du coup il ressuscita et rattrapa la Princesse qui était vachement bien gaulée, soit dit en passant. Neuf mois après, ils eurent beaucoup d'enfants.

Mercredi.

Désolé, je crois que je n'ai pas assez d'imagination (ou de talent) pour inventer des contes. Pardon Jean-Georges, j'ai fait ce que j'ai pu mais je préfère revenir à mon « autofiction prospective » (c'est ainsi que Michel Houellebecq qualifie mon travail, mais personnellement j'appellerais plutôt ça « autodestruction publique »).

Jeudi.

Je réalise que je n'en veux plus à mon père depuis que j'ai fait les mêmes conneries que lui. Si seulement il m'avait prévenu ! (Il a dû essayer, mais je ne l'ai pas entendu.)

Vendredi.

À chaque fois qu'on se dispute avec Françoise, on fait ensuite l'amour avec rage. J'en viens parfois à provoquer des scènes artificielles, juste pour le bonheur de la réconciliation.

Samedi.

À l'invitation de Jean-Baptiste Blanc et Lionel Aracil, j'emmène Françoise à Gordes pour le Prix Sade, décerné à Catherine Millet. Nous déjeunons très agréablement au Mas de

Tourteron, où Guillaume Dustan prononce la Phrase de la Semaine : « J'ai envie d'être de droite avec toi. » Le soir venu, nous visitons les salles de torture du château de Lacoste. Cette satanée Chloë des Lysses profite de ce que j'ai le dos tourné pour poser nue devant l'objectif de son mari (ainsi le mariage possède une utilité). Ensuite, soirée gothique au Mas de la Gacholle, avec un deejay très « dark » qui n'a pas hésité à enchaîner The Cure avec Taxi Girl. Pour résumer la fête, nous dirons qu'elle contenait beaucoup de ce que Jérôme Béglé appelle des « darrieussecq » (c'est-à-dire des filles qui se transforment en truies).

Dimanche.

Le bout du monde est atteint à la ferme-auberge de Castellas, lorsque Gianni, un barde sarde, joue de l'harmonica accompagné de ses moutons. J'admire alors le crépuscule sur les Alpilles. La lavande sent la garrigue, et réciproquement. Tous les animaux viennent dîner contre Françoise : on se croirait dans le film *Babe.* Je suis sûr que Giono a parlé du village de Sivergues dans un de ses romans bucoliques. Débrouillez-vous pour trouver le chemin secret qui mène au plus beau paysage de la Provence. Une colline verte bien qu'aride, où les rayons du soleil sont freinés par des oliviers obséquieux. Le vent visite les feuillages et rafraîchit les nuques. C'est peut-être le lieu le plus hospitalier de la planète. Il faudrait clouer une plaque sur un arbre : « Ici Oscar Dufresne a été scandaleusement heureux. »

Lundi.

Il alla aux toilettes juste après elle. C'est ainsi qu'il sut qu'elle avait mangé des asperges au déjeuner alors qu'elle lui affirmait qu'elle avait dormi toute la journée. La femme infidèle avoua qu'elle avait déjeuné au Ritz avec Ludo. Trahie par son urine !

Mardi.

L'extrême célébrité empêche de vivre. Une star ne peut plus se promener, aller dîner en terrasse, faire ses courses, lire sur un banc, faire l'amour sur une plage, danser comme un épileptique au Queen, embrasser des quidams, bref, toute activité saine et normale est rendue impossible par la notoriété. Dieu merci, je n'en suis pas là. Ceux qui veulent être abominablement connus sont en réalité des gens en train de se suicider. C'est pourquoi la société les admire tant.

Mercredi.

Dans *Les Demoiselles de Rochefort*, le personnage de Delphine (interprété par Catherine Deneuve) se reconnaît dans le portrait peint par un inconnu. Le tableau qui lui ressemble s'intitule

« Idéal Féminin ». Se retournant vers un fat, elle s'écrie alors :

– Ce peintre devait beaucoup m'aimer, puisqu'il m'a inventée.

Par cette réplique sublime, Jacques Demy reformule la cristallisation stendhalienne. L'amour consiste à inventer la personne que l'on aime, avant de la connaître. C'est exactement ce que je ressens pour Françoise. Je l'ai aperçue pour la première fois il y a un an. J'ai cru l'oublier ensuite, alors qu'elle s'était déjà installée en moi, rendant impossibles mes histoires avec Claire, Pénélope, et toutes les autres. Quand je l'ai revue, j'ai compris en un clin d'œil qu'elle était depuis toujours mon idéal féminin, qu'elle prenait toute la place, et que tant que je la fuirais je ne pourrais pas vivre. Elle me préexistait, et pourtant je l'avais inventée. En fait, tout amour s'invente lui-même. Rien n'est plus artistique que l'amour ; c'est une affabulation d'écrivains, de musiciens, de peintres, de cinéastes. Et c'est pourquoi les artistes sont probablement les meilleurs amants.

Jeudi.

Paris sous la pluie au mois d'août. Les restaurants sont fermés comme les visages. « Seul à Paris ? » disent les publicités pour des sites de rencontres sexuelles. C'est la période des tromperies annuelles : dans les stations balnéaires, les épouses se tapent les plagistes, tandis que leurs maris parisiens courtisent des touristes danoises. Je voudrais prévenir les lectrices : il n'y a pas d'un côté les maris fidèles et de l'autre les maris cavaleurs. Les deux catégories d'hommes sont les suivantes : ceux qui trompent leur femme sans le dire, et ceux qui la trompent en le disant. Méditez bien là-dessus quand vous inspecterez la mémoire d'un téléphone portable laissé à l'abandon. La fidélité n'est pas possible, surtout en été. Demandez-vous aussi qui est le plus immoral : celui qui vous trahit en douce, ou celui qui raconte tout ?

Vendredi.

Pour équilibrer les choses, un petit conseil également à nos amis lecteurs : si vous possédez un mobile, pensez à entrer dans la rubrique « Journal » et à valider la sélection « Effacer derniers appels ». Cela pourrait vous éviter quelques soucis domestiques à la rentrée des classes. Ne négligez pas également d'éradiquer les petits « textos » de la mémoire numérique. Le progrès technologique facilite les rapprochements humains, mais aussi les déboires conjugaux.

Samedi.

La Phrase de la Semaine est de Jean-José Marchand, dans *Le Rêveur* (Éditions du Rocher) : « J'aspire à quelque chose d'extrêmement vague que je n'arrive pas à définir et qui est une vie libre. »

Dimanche.

Pourquoi vouloir interdire le clonage humain ? Il est depuis longtemps autorisé par la logique du monde actuel : suppression du lien entre le sexe et la reproduction, disparition des différences physiques par le métissage, homogénéisation des corps par la chirurgie plastique. Huxley bat Darwin par K-0 technique : la sélection a cessé désormais d'être naturelle pour devenir artificielle. L'homme a battu le singe qui a battu le dinosaure. Qui battra l'homme à part lui-même ?

Lundi.

Tout ce que dit Françoise est érotique. Par exemple, quand je lui demande pourquoi elle met des boules Quies pour dormir, elle répond :

– J'aime bien avoir un truc qui gonfle dans mon oreille.

Cette fille c'est la version « beauté » de la pizza quatre fromages : ce n'est que de la beauté, encore de la beauté, avec aussi un supplément de beauté par-dessus. Même son prénom, je finis par m'y habituer.

Mardi.

Place Tien-An-Men, un étudiant debout arrête une colonne de chars. À Gênes, la Jeep lui roule dessus. Conclusion : les communistes sont plus forts en com' que les ultralibéraux.

Mercredi.

Audrey Diwan a rêvé que sa mère l'engueulait :

– Oh toi, de toute façon, tout ce qu'on te dit, ça rentre par une narine et ça sort par l'autre !

Jeudi.

Tous ces écrivains visionnaires : Jules Verne, Kafka, Orwell, Huxley... Et s'ils n'avaient pas été prémonitoires mais influents ? Et si les fusées, les sous-marins, la société de surveillance, le totalitarisme, les clones n'existaient que pour obéir à ces rêveurs imaginatifs et fous ? Dans sa préface au *Portrait de Dorian Gray*, Oscar Wilde affirme que « la Nature imite l'Art ». Il n'est pas impossible que l'Histoire aussi.

Vendredi.

L'Hotel Il Pellicano, à Porto Ercole (150 kilomètres au nord-ouest de Rome), c'est l'Éden Roc italien. Charlie Chaplin l'a inauguré en 1969 (c'est Ricardo, le barman, qui me l'a dit). Françoise descend par un ascenseur taillé dans la pierre pour se tremper

dans l'eau limpide

d'une crique translucide.

Ce soleil coûte beaucoup d'argent, mais on ne nous a pas pris en traître puisque la région se nomme Argentario. C'est sur la face maritime de la Toscane, une presqu'île presque idyllique.

Le pognon
Est leur maison
Mais ils sont
En prison.

Non loin de là, à Tarquinia, Marguerite Duras a joué aux petits chevaux en 1953. Je tiens à noter tous les lieux où nous fûmes amoureux : imprimés dans ce livre, ils seront éternels. Quand notre amour sera mort, ce livre sera toujours vivant.

Samedi.

J'ai été à la mode puis ringard en très peu de temps. Maintenant ça dépend des jours : j'alterne.

Dimanche.

Dans les dîners, le moment que je préfère, c'est quand on sort de table, et que les femmes enlèvent leurs chaussures pour dire du mal de moi en se caressant les doigts de pied.

Lundi.

J'ai vu en couv' de *Voici* Marie Gillain embrasser Vincent Elbaz. Mais qu'est-ce qu'il a de plus que moi, ce type, à part son argent, sa célébrité, sa belle gueule, son humour et ses muscles ?!

Mardi.

C'est assez curieux. Ludo découvre sa fille depuis qu'il n'est plus avec sa femme. Il ne pouvait pas à la fois aimer la mère et l'enfant ?

– À présent, me dit-il, nous allons au Jardin d'acclimatation, et je la défends quand des petits morveux lui piquent son seau, et je la rattrape quand elle glisse sur le toboggan. Je lui offre une glace à la vanille qu'elle étale sur ses joues. Rentrés à la maison, nous dansons sur le dernier Janet Jackson : *All for you.* Elle aime beaucoup danser. Elle met le disque elle-même, et nous tournons, avec nos lunettes de soleil sur le nez. Après un quart d'heure à jouer les derviches tourneurs dans le salon, elle est saoule comme une barrique, titube, éclate de rire en tirant la queue du chat, et c'est une récompense, comme une cascade d'eau claire après une longue promenade d'été.

– Elle galvanise ton talent.

– Attends, c'est pas terminé. Elle me réclame un bisou, et comme je l'embrasse sur la bouche, elle me dit merci puis me montre son entrejambe en disant « zizi, zizi » !!

– Ce n'est pas parce que c'est ta fille que ce n'est pas une femme comme les autres ! Si je comprends bien, tu es en train de m'expliquer que tu es un meilleur père pour ta fille depuis que tu n'es plus avec sa mère ?

– Exactement. C'est sans comparaison. Je suis devenu un père le jour où j'ai quitté la mère !

J'aurais pu m'endormir dix fois en écoutant ce pénible éloge du père de famille recomposé, mais, j'ignore pourquoi, j'étais assez admiratif de Ludo. Ce n'est pas tous les jours que l'on voit son meilleur pote tomber amoureux de sa propre fille de deux ans. Et puis du moment qu'on n'aborde pas la question qui fâche : Françoise... Je ne lui en veux pas de la draguer dans mon dos : je ferais la même chose à sa place. Mais comment a-t-il pu la négliger quand elle se donnait à lui ? Notre histoire d'amour la rend à nouveau attrayante à ses yeux : effet classique du désir triangulaire. Je refuse d'être possessif, même si je suis jaloux comme un fauve. Chacun pour soi, Françoise pour tous ! C'est elle qui tranchera.

Mercredi.

Il existe une perversion plus bizarre que l'inceste et la pédophilie : cela s'appelle la paternité. Cela consiste à faire un enfant, puis à l'aimer sans jamais coucher avec.

Jeudi.

En hommage à Pauline Réage comme aux Rita Mitsouko, j'aurais bien envie d'écrire un roman intitulé « Histoire d'A ».

Vendredi.

De plus en plus, je m'aperçois que j'incarne tout ce que je critique. Il ne faut pas me le reprocher : c'est probablement la seule chose intéressante chez moi. Si je suis tout ce que je déteste, c'est parce que j'estime qu'il est trop facile de critiquer autre chose que ce qu'on est.

Samedi.

Cet été, j'ai échangé ma vie contre celle de Ludo. Maintenant c'est lui le célibataire et moi qui suis maqué. Serais-je la réincarnation de Bourbon Busset ? Je tente de donner le change, je fais semblant d'être libre, mais vous sentez bien que je n'y crois plus, à ce numéro de Don Juan du VIe arrondissement. Mon cœur est pris ; il faut que je contacte la maison Harlequin pour leur proposer de publier « L'Égoïste romantique ».

Dimanche.

Le truc pour être le maître de l'univers, c'est de parler très bas. Le murmure change votre rapport à autrui. Un petit filet de voix imperceptible oblige vos interlocuteurs à vous demander de répéter trois fois ce que vous venez de dire ; petit à petit ils semblent agressifs, voire sourds, alors que vous n'avez pas quitté votre sourire flegmatique, votre nonchalante ironie, votre gentillesse méprisante. Le chuchotement sonne élégant et indifférent. À quoi bon être entendu par des gens dont on n'a rien à foutre ? De toute manière la musique couvre tout, et nous avons déjà trop d'amis.

– Tu n'entends rien de ce que je dis ? Cela te met en situation d'infériorité.

Qu'il est doux de stresser les autres tout en restant extrêmement détendu ! Le marmonnement détaché et le grommellement blasé sont les deux mamelles de l'élocution élitiste.

Lundi.

Il était livide devant son lit vide. *Where did you sleep last night ?* (la question de Nirvana, reprise de Leadbelly, est à ne surtout jamais poser : halte à la lourdeur). Je préfère « Never explain, never complain » même s'il faut beaucoup de stoïcisme pour ne pas hurler de douleur quand on ignore où la femme de sa vie a passé les dernières 24 heures.

Mardi.

La Phrase de la Semaine est de mon ami et néanmoins éditeur : Manuel Carcassonne, chez Lipp (venant de découvrir les menus dérapages de Michel Houellebecq dans *Lire*) :

– Houellebecq, c'est le Cap d'Agde à Berchtesgaden.

Ce à quoi Marc Lambron rétorqua :

– Pas du tout : Houellebecq est un druide celte. C'est Panoramix chez Chris et Manu !

On va les mettre ex aequo si vous le voulez bien.

Mercredi.

On écrit des nouvelles quand on n'a pas le temps d'écrire des romans. On écrit des chroniques quand on n'a pas le temps d'écrire des nouvelles. Et quand on n'a même plus le temps d'écrire des chroniques, on tient son journal.

Jeudi.

Paris vaut bien une Messe de Björk à la Sainte Chapelle. Je me pointe boulevard du Palais sans ticket d'entrée. Grâce à un lecteur qui est aussi patron de maison de disques, je réussis à entrer ! La dernière fois que j'étais venu dans cet endroit, c'était pour divorcer. Lionel Jospin est là : passé de Trotski aux trolls. Il y a aussi Yves Simon et Stéphanie Chevrier, Élisabeth Quin et Zazie, Bertrand Cantat de Noir Désir et Alain Bashung de Alain Bashung. Ce sera un moment inuit. Je n'arrête pas de blaguer sur le panthéisme de Björk, et cette situation ridicule : le Tout-Paris recueilli dans cette église alors que l'Islandaise ne croit qu'en la neige. Mais dès son entrée dans la crypte, une certaine émotion s'envolait de sa voix d'enfant en ce lieu saint. « La musique, a dit Malraux, c'est du bruit qui pense. » N'importe quoi. La musique, c'est de la magie qui pleure. Je crois que Dieu n'était pas hostile à ce concert païen. Quand la petite

Esquimau est passée à ma hauteur dans les rangs, chantant « All is full of love » a cappella, je n'avais plus le cœur à railler. Rarement aurai-je eu dans ma vie le sentiment d'approcher un miracle d'aussi près. À la fin, il pleuvait des applaudissements. Björk n'est pas une musicienne mais une porte de la perception.

Vendredi.

Réouverture du VIP de Paris. Leur clientèle du sexe féminin a considérablement rajeuni cet été. Avant on y draguait les petites sœurs de nos copines, maintenant ce sont leurs filles.

– Tu ne serais pas un ex de maman par hasard ?
est une question qui refroidit les ardeurs.

– Écoute, ta mère était très jolie il y a vingt ans, mais elle avait le même défaut que toi : une trop grande gueule.

De toute façon je n'étais pas très motivé : tromper Françoise ne m'excite pas encore, même si je suis infoutu de renoncer à ma « vie de patachon » (ainsi qu'elle la nomme).

Samedi.

Dîner au Nobu, rue Marbeuf. Premier problème : ma réservation était perdue. Deuxième problème : personne ne me reconnaît. Troisième problème : tout le monde reconnaît Fabien Barthez et Linda Evangelista à la table d'à côté. Quatrième problème : les serveurs apportent les plats un par un, au bout de trois heures d'attente. Cinquième problème : les autres font plus de bruit que nous. Cela fait beaucoup de MPR (Méga-Problèmes de Riches). À quoi reconnaît-on qu'on est devenu riche ? On se plaint tout le temps.

Dimanche.

L'amour rend invincible. Impossible d'arrêter un homme amoureux ; n'essayez surtout pas de vous mettre en travers de sa route. J'ai enfin atteint mon but : me réveiller, tous les matins, Roi du Pétrole.

Lundi.

En commençant ce journal, je voulais être Oscar Wilde, mais quand je l'achèverai, je ne serai probablement devenu qu'une sorte d'Armistead Maupin hétérosexuel.

Mardi.

11 septembre 2001.

Les Twin Towers se sont écroulées. – Après-midi piscine.

Mercredi.

Marc-Édouard Nabe lit sur internet des passages de l'Apocalypse selon saint Jean. C'est la fin du monde en direct live. Il faut fuir cette guerre qui commence, mais pour aller où ?

Rimbaud avait choisi l'Abyssinie mais l'Éthiopie est instable aujourd'hui ; Salinger se planque à Cornish mais le Vermont reste en Amérique ; Syd Barrett se terre à Cambridge mais sur un territoire allié des États-Unis ; Bobby Fischer se cache au Japon qui est infesté de sectes dangereuses ; Gauguin s'était installé à Tahiti mais depuis l'endroit est radioactif ; Houellebecq a emménagé en Irlande mais une autre guerre de religion y perdure ; alors où ? Je ne vois que la Suisse, comme Balthus et Godard. La Suisse est le seul abri anti-Apocalypse. Il serait temps d'y ouvrir un compte.

On est hypnotisé par les catastrophes. Certains journalistes de télé dérapent sur les adjectifs : « extraordinaire », « fantastique », « époustouflant », « superbe ». Ils trahissent leur soif d'horreur ; ils aiment la mort en images ; tel est leur métier. Et ils ont raison : c'est beau comme *L'Enfer* de Dante, *Le Jardin des supplices* d'Octave Mirbeau ou les tableaux de Francis Bacon. Il ne faut pas avoir honte d'être fasciné par ce cauchemar. J.G. Ballard : « La violence est la poésie du XXIe siècle. »

Jeudi.

Un certain mode de vie va disparaître en Occident. Nous serons désormais moins libres de nos mouvements, davantage surveillés. Entre la liberté et la sécurité nous serons contraints de choisir. À quoi sommes-nous prêts à renoncer pour ne pas crever de trouille en permanence ? Un exemple précis : pourquoi les cockpits des avions étaient-ils si faciles d'accès depuis 40 ans ? Puisque chaque Boeing ou Airbus est une arme de destruction massive en puissance, on aurait dû, depuis longtemps, embaucher des vigiles pour protéger le personnel de bord et interdire toute possibilité d'accès au poste de pilotage. Un bodyguard par hôtesse ! Les portes d'accès au cockpit devraient être blindées ; or celui-ci n'est souvent séparé de la cabine que par un rideau ! Il est absurde et inconcevable que personne n'y ait pensé plus tôt. Il n'est pas de la compétence des commandants de bord de lutter contre les pirates. La question n'est plus « Y a-t-il un pilote dans l'avion ? » mais « Y a-t-il quelqu'un pour protéger le pilote ? »

Vendredi.

Le soir de l'attentat, il n'y avait personne dans les boîtes de nuit. Mais dès le lendemain, c'était la fête partout. Le raisonnement est simple : puisqu'on va tous mourir bientôt, ensevelis sous les carlingues en flammes et les fuselages en fusion, autant s'amuser une dernière fois. La troisième guerre mondiale est un aphrodisiaque puissant. Pour draguer en ce moment, je conseille d'engager la conversation sur le thème :

– Il ne nous reste que quelques heures à vivre. Un petit cunnilingus ? One last scream before the end ?

Samedi.

Shan Sa vient de publier son dernier roman. Apprenant la tragédie du Onze Septembre, elle s'écrie :

– Ils ne peuvent pas me faire ça !

C'était le « oh la vache » de la semaine.

Dimanche.

Apocalypse Maintenant. J'ai eu de la chance de te rencontrer pile avant la fin du monde. On pourra la contempler de nos fenêtres. Les champignons atomiques se refléteront dans tes yeux d'émeraude. Bientôt il n'y aura plus d'air, plus d'eau, plus que nous deux.

Mardi.

On dit souvent que la beauté est aux femmes ce que le pouvoir est aux hommes : leur premier atout de séduction. On ne dit pas qu'un joli visage est aussi une barrière. La beauté attire les crétins vulgaires et laids, et effraie les timides intelligents et tendres. Elle effectue un mauvais tri ; c'est pourquoi les jolies filles sont toujours avec des connards. La beauté physique devrait plutôt être comparée à la célébrité qu'au pouvoir : éphémère comme elle, tout aussi factice et destructrice, elle est le pire critère d'une rencontre.

Mercredi.

Je hurle de rire en lisant Alain Minc et sa « Mondialisation heureuse » dans *Le Monde.* Cet économiste désastreux devrait entamer une carrière de comique troupier. Il me rappelle Pangloss, le borgne de *Candide*, répétant sans cesse que « Tout va pour le mieux dans le meilleur des mondes possibles ». Moi aussi, je suis pour la mondialisation. Je me sens at home partout sur terre, je crois en l'homme cosmopolite hégélien, je me fous pas mal de la souveraineté nationale, je suis le moins patriote des hommes. Cela ne m'empêche pas de constater que, pour l'instant, la mondialisation ne rend personne heureux, pas même les riches.

Jeudi.

Je reçois de plus en plus de propositions érotiques depuis que j'affirme que mon cœur est pris. Serait-ce lié ? Bien sûr ! Si j'avais su, je n'aurais jamais écrit que j'étais célibataire, je me serais présenté comme un homme marié depuis le début, Mesdames, histoire de vous exciter davantage !

Vendredi.

Beaucoup de livres « pas mal » en cette rentrée. Il y a les chefs-d'œuvre et les grosses merdes, mais on néglige les livres « pas mal ». C'est ce qu'il y a de pire pour un critique : le livre ni nul ni génial, juste « pas mal », pas super bien écrit, pas spécialement passionnant… En général c'est le bouquin qu'on garde sous le coude, dont on aimerait parler un jour, mais il y a toujours un livre meilleur, plus urgent, ou un livre plus raté à descendre, et on reporte le livre « pas mal » au lendemain, puis au surlendemain, et finalement, le livre « pas mal », on n'en parle jamais.

Samedi.

Déjeuner avec mon amie la Pétasse Inconnue.

– J'ai pris cher hier soir.

Elle a de ces expressions. « J'ai pris cher hier soir » ne signifie pas qu'elle a facturé un rapport sexuel : la Pétasse Inconnue est toujours gratuite. Non, « j'ai pris cher hier soir » veut juste dire que son mec l'a pénétrée sauvagement la veille. Parlez-vous le Pétassais (la nouvelle langue à la mode) ? En Pétassais, il y a des variantes pour exprimer une nuit d'amour réussie :

– Sodomisée, c'est juste le prénom.

– J'ai dérouillé grave hier soir.

– Ma chatte fait table ouverte.

– J'ai reçu correct hier soir.

– Il m'a donné ma race hier soir.

Ou encore, intéressant car plus ambigu :

– J'ai pris ma mère hier soir.

Dimanche.

Qu'est-ce qu'aimer ?

Tu me manques même quand tu es là. N'oublie pas de remercier de ma part ta mère de t'avoir faite.

AUTOMNE

AMOUR DE TOUTE UNE VIE

Tom Ford : – Êtes-vous heureux ?
Karl Lagerfeld : – Darling, je ne suis pas si ambitieux.

Entretien à *Numéro*,
décembre 2004.

Mardi.

Le rougissement est comme l'impuissance sexuelle : il suffit d'en parler pour le déclencher.

Samedi.

Plus on est cynique, plus on est attiré par l'innocence. On aime celles qui croient en ce en quoi l'on ne croit plus. D'où l'attrait des lolitas : on ne veut pas seulement aspirer leur jeunesse tel Dracula, mais aussi sucer leur candeur, pomper leurs illusions, redécouvrir l'optimisme. La naïveté est l'opium des êtres blasés.

Dimanche.

Au dernier moment, avant que tout n'explose, quelqu'un tombera amoureux, et le monde sera sauvé.

Lundi.

Cette semaine, j'ai eu 36 ans. Cela fait donc dix-huit ans que j'ai 18 ans. Ce journal est aussi un adieu à l'insouciance ; l'histoire d'un type qui fait des conneries sans l'excuse de la jeunesse. Tomber amoureux de Françoise, par exemple : j'ai à présent la certitude qu'elle couche avec Ludo en même temps que moi (chaque fois que je parle de lui, elle change de sujet : à mon avis, elle hésite entre nous deux). Aimer cette schizo est une bêtise mais ne pas l'aimer serait impossible. J'ai besoin de souffrir un peu ; celà me rajeunit. Passé 30 balais, un homme amoureux est grotesque, mais aimer est tout de même moins crevant que de faire de la gym tous les soirs au Ritz Health Club. Et puis, par souci de symétrie, je peux toujours revoir une petite maîtresse, discrètement, pour lui rendre la monnaie de sa pièce...

Mardi.

René Girard pense que le mensonge est romantique et la vérité romanesque. Or je crois l'inverse : le mensonge est romanesque (le roman c'est l'art de ne pas dire la vérité, de refuser la tyrannie de la franchise, le chantage à la sincérité, la dictature de l'authenticité) et la vérité est romantique (rien de plus poétique et lyrique que la lucidité, il existe un courage échevelé dans le simple fait de dire quelque chose que l'on pense vraiment).

Jeudi.

Ludo culpabilise de ne plus voir ses enfants qu'un week-end sur deux. Je tente de le rassurer :

– Les pères sont faits pour être absents. C'est ainsi : le rôle d'un père est de disparaître, avant d'être remplacé.

Je ne suis pas certain de l'avoir rassuré... Quant à Françoise, nous évitons toujours d'aborder le sujet. J'ai trop peur de les perdre tous les deux d'un coup.

Vendredi.

Je fous le camp à Amsterdam manger des space cakes avec Françoise. Au musée Van Gogh, l'exposition « Van Gogh et Gauguin » rend compte de leur turbulente amitié. On connaît l'histoire : après avoir collaboré dans la maison jaune en Arles, ils eurent une violente dispute au cours de laquelle Van Gogh s'est amputé un morceau d'oreille après avoir menacé Gauguin avec un rasoir. Or un critique anglais vient d'échafauder une nouvelle théorie : ce serait Gauguin qui aurait tranché l'oreille de Van Gogh pendant l'engueulade ! Tel Mike Tyson avec Evander Hollyfield ! C'est toute notre conception de l'artiste maudit qui en prend un coup. Il va falloir réviser le catéchisme doloriste selon lequel pour être génial il faut se détruire. C'est le contraire qui se produit : quand on est génial, les autres vous détruisent (ce qu'a vu Antonin Artaud dès 1947 : « Van Gogh le suicidé de la société »).

Samedi.

Amsterdam est la vraie capitale du monde lili (libéral-libertaire) car ici les putes sont en vitrine et la drogue en vente libre. L'ancien nom de New York était New Amsterdam. Les avions survolent la ville à basse altitude et je me surprends à suivre leur trajectoire d'un œil méfiant. Le sexe sous skunk triple les spasmes : toute la nuit sans dormir dans la chambre de l'hôtel Ambassade, en sueur, nous collectionnons les meilleurs orgasmes de nos vies. Amour les cheveux mouillés, envie et re-envie et re-re-envie, buée aux fenêtres. Les voisins ont même tapé sur la cloison : ambiance ! Ils nous auraient volontiers balancé un seau d'eau pour que notre lit cesse de grincer. Je sais que je ne jouirai jamais plus autant ; j'espère que Françoise pense la même chose.

Dimanche.

Hier soir, deuxième nuit blanche de suite au Yab Yum (Singel 295), le plus luxueux bordel d'Europe. J'aime bien regarder ma femme m'en préférer d'autres. Je les regarde s'embrasser goulûment, se savonner dans la baignoire, se crémer les seins, se doigter la fente, et j'éjacule sur leur dos. Elles poussent des cris rauques, et nous recommençons plusieurs fois. C'est épuisant, l'hédonisme. Penser à prévenir Houellebecq qu'il n'a plus besoin d'aller à Pattaya ; les Amstellodamoises sont très accortes. Leur credo plagie Nike : « Just do me ».

Mardi.

Françoise : – Ce qui me plaît le plus chez toi ? C'est que tu es un petit garçon.

Moi : – C'est bien ma veine ! À 36 ans, il fallait que je tombe sur une pédophile !

Mercredi.

Je constate un changement dans les mœurs nocturnes : avant il fallait une excuse pour se droguer, maintenant il faut un alibi pour ne pas se droguer. Le chauffeur de taxi d'Amsterdam sniffait de la coke en conduisant. Il m'en a proposé un gramme à 60 $. Au feu rouge nous inspirâmes la poudre, puis il a mis l'autoradio à fond, et j'ai compris que ce séjour allait encore m'abîmer la santé.

Jeudi.

Rectification : il y a un mois, j'affirmais que le dernier havre de paix sur la planète se nommait la Suisse. Or une tuerie vient d'avoir lieu à Zoug : 15 morts (dont 3 ministres) en quelques minutes.

Si même la Suisse n'est plus en sécurité, la situation est très simple : nul n'est plus à l'abri, nulle part. Désormais chaque avion, chaque camionnette, chaque scooter, chaque poubelle, chaque être humain portant un blouson est devenu une bombe potentielle. Il est impossible de se promener dans les rues d'une ville sans vivre dans la paranoïa continuelle. N'importe quoi et n'importe qui peut vous exploser à la gueule à tout moment. Curieusement, cette menace permanente n'a rien de déprimant : au contraire, elle donne une justification physique à mon nihilisme moral. L'état d'esprit qui devrait être le nôtre en ce moment : un hédonisme apocalyptique. Devant la certitude que le ciel va nous tomber sur la tête, la réaction la plus saine est de profiter immédiatement de la vie. Salman Rushdie a raison : vivre dans le luxe est notre meilleure façon de résister aux fachos intégristes. Depuis le Onze, nous ne devons plus rien remettre au lendemain, puisqu'on ignore s'il y en aura un.

Vendredi.

La recrudescence des kamikazes a une explication flagrante : la mégalomanie des suicidés. Je n'ai personnellement jamais rien compris aux dépressifs qui se tuent tout seuls. Quitte à se flinguer, autant entraîner le plus de monde possible avec soi : c'est dans la logique narcissique du suicidaire.

Samedi.

Pourquoi je veux tellement être aimé ? Parce que Dieu n'existe pas. Si je croyais en Lui, son amour me suffirait peut-être. Certains athées compensent l'absence de Dieu en devenant des Don Juan. Mais peut-on remplacer l'amour de Dieu par celui des femmes ?

Dimanche.

Sois toi-même, OK, mais lequel ?

Combien suis-je ?

Et lequel est moi ?

J'ignore qui je suis, mais je sais ce que je ne veux pas être : une seule personne.

Une seule personne, c'est personne.

Lundi.

J'ignore qui je suis, mais je sais ce que je veux être : un écrivain qui ignore qui il est.

Mardi.

Et si la psychose des attentats avait une conséquence inattendue : la fin des villes ? Après tout, l'éleveur de chèvres, qu'il soit afghan ou ardéchois, semble être une cible bien moins vulnérable que le cadre dynamique de la Défense. On savait qu'avec les nouvelles technologies de communication (ordinateur sans fil, téléphone mobile, e-mail portable) il était devenu totalement inutile de s'enfermer dans un bureau sordide : désormais, c'est en outre risqué. Les grandes agglomérations sont surtout des fourmilières faciles à écrabouiller, des entassements de corps qui feraient mieux de se disperser dans la nature. Elle va peut-être finir par se réaliser, l'utopie d'Allais : grâce au télétravail, les villes s'installeront bientôt à la campagne.

Mercredi.

Ce qui est agréable dans les tournées à l'étranger, c'est l'infantilisation. On s'occupe de moi comme d'un enfant en bas âge. Tout est organisé pour que j'aie cinq ans à nouveau ; mon comportement s'en ressent (caprices, blagues, grossièreté, ingratitude, retards, lapins, etc.). Je cours le monde de fête en fête. La discothéquisation de la terre est complète. Les tubes de dance recouvrent les nations. C'est le nivellement par le bar. Ma solitude opalescente est à l'image du nouvel homme mondial, individu noyé dans la vodka et les BPM. Quand je suis loin de chez moi, je ne regrette que toi. Je n'ai plus de pays autre que toi. Françoise n'a pas voulu me suivre en Allemagne : mes soupçons en sont confortés. Je lui serai infidèle par obligation, rancune, vengeance.

Jeudi.

À propos de grande capitale menacée, me voici à Berlin. Ici, on a l'habitude d'être détruit : l'apocalypse est une routine. Cela dit, je suis bien content d'atterrir sur une piste prévue à cet effet, c'est-à-dire horizontale. Ensuite, j'erre entre les chantiers immenses, comme le héros du dernier Robbe-Grillet – malheureusement je n'ai pas de petite adolescente à fouetter (quoique… le flyer de la SM Fetish Erotic Party du Club Léger me semble terriblement Nouveau Roman).

Vendredi.

Le premier roman de Scott Fitzgerald (refusé par *Scribner's* en août, puis en octobre 1918, puis publié deux ans après sous le titre *L'Envers du Paradis*) s'intitulait *The Romantic Egotist.* Bien sûr, il parlait de moi. Mais je suis aussi un obsédé sentimental, un salaud amoureux. Un goujat épris d'absolu, un mufle tendre, un macho solitaire, un jouisseur catholique. Merci Francis pour le titre de ce livre.

Samedi.

Hier soir j'étais deejay au Pogo Club de Berlin : ma sélection n'a pas fait l'unanimité car j'ai pris des risques inconsidérés en mixant les Beatles avec Donna Summer, AC/DC avec Jennifer Lopez, Nirvana avec Elton John et James Brown avec le groupe Bauhaus (ce dernier choix s'imposait ici pourtant pour des raisons artistiques et historiques). Les clubbers sont intolérants, détestent les mélanges. S'ils aiment le disco, ils refusent le rock ; s'ils dansent sur de la house, ils vont huer le rap. Cette populace soi-disant « open-minded » est en réalité d'un grand racisme musical. Ivre mort et conspué par la foule, je n'ai pas hésité à commettre un attentat terroriste sans pitié en passant le dernier Michael Jackson : *You rock my world.* Puis, au Bob Bar, les top models polonais surent me consoler en restant groupés. Elles se roulèrent des pelles tandis que je passais un glaçon sur leurs seins. Nous avons dormi à trois. Manière très agréable de tester la force de mon amour pour Françoise. Mais je sais bien que je ne suis plus libre, et ne le regrette pas.

Dimanche.

J'adhère au mot d'excuse de Paul Valéry : « Je publie pour arrêter de corriger. »

Lundi.

Je ne vois plus le couple comme une prison mais comme un port d'attache.

Mardi.

Les femmes deviennent-elles tristes à mon contact ? Françoise est tellement plus angoissée que moi ! Ma mélancolie est esthétique, quand la sienne est physique. En bref : je vais beaucoup mieux qu'elle. J'aimerais être un ténébreux dépressif mais comparé à elle, je suis effectivement un « petit garçon ». Aimer une névrosée est le châtiment des séducteurs.

Mercredi.

On apprend par ses erreurs ; c'est pourquoi le succès rend idiot.

Jeudi.

Première vraie scène de ménage avec Françoise. On finit par se quitter. Elle prononce toutes les phrases irrémédiables : elle ne m'aime plus, je l'ai trompée, « c'est fini entre nous, je te quitte ». Tout ça parce que j'ai rougi en racontant Berlin. Je claque la porte en lui suggérant de retourner avec Ludo. Elle crie qu'elle n'a pas attendu mon autorisation. Je dors à l'hôtel K, mais ne dors pas.

Vendredi.

Il vaut mieux avoir le cœur brisé par une dingue que de rester seul chez soi à insulter sa télé. Mais le pire, c'est qu'on peut faire les deux.

Samedi.

Françoise est faite pour moi. Est-ce juste une phrase ? « Elle est faite pour moi », ça veut dire quoi ? Il faut analyser. Je crois qu'elle est pile au milieu entre le sexe et l'angoisse. Elle est ultra-sexy, c'est très important (il faut qu'une femme nous excite, que tout le monde bande en la regardant, qu'elle nous fasse jouir avec sa bouche et son cul, etc.) mais elle est aussi triste, inquiète, insomniaque et c'est là que moi je bascule (je n'en suis à aucun moment rassasié, même après m'avoir fait crier elle reste mystérieuse, compliquée, torturée). Il me fallait une femme bandante et fuyante. Une bimbo profonde, une pétasse dépressive, une Kylie de Beauvoir. (J'écris ceci très tard car évidemment nous nous sommes rabibochés hier dans un délire de déclarations, de larmes, de caresses, de promesses...)

Dimanche.

Françoise : une O qui aurait lu Dominique Aury. Non pas *La Maman et la Putain* mais *L'Intello et la Putain.* Je voulais avoir des orgasmes, et puis souffrir quand même. Je ne sais pas pour les autres, mais pour moi l'amour c'est cela : c'est quand le sexe devient si fascinant qu'on ne peut plus le faire avec quelqu'un d'autre. Quand l'obsession se déplace du cul vers le cerveau.

Lundi.

À la question : « Pourquoi écrivez-vous ? », Beckett répond : « Bon qu'à ça » (réponse faussement humble). García Márquez dit : « Pour que mes amis m'aiment » (je préfère). Moi : « Parce que j'en avais marre de ne pas écrire. »

Mardi.

Nous croyons savoir ce que nous voulons. Pourtant nos désirs ne nous appartiennent plus. La pub fait que nous voulons des choses que nous ne voulons pas vraiment. Et nous finissons par vivre une autre vie que la nôtre.

Mercredi.

Nouveau problème dans les nuits parisiennes : avec la menace de l'anthrax, on se méfie davantage de la poudre blanche. Autrefois, on sniffait en confiance, il suffisait de plonger sur la ligne, les yeux fermés. À présent, on se renseigne un peu plus sur sa provenance. Le terrorisme aura fait des dégâts jusque dans les chiottes des boîtes à la mode.

Jeudi.

Le Market vient d'ouvrir : le premier restaurant dont même le nom est ultra-libéral (d'ailleurs il est hébergé par Christie's, un vendeur aux enchères). On voit mal José Bové souper dans un établissement qui porte un nom pareil… Même la cuisine est worldwide : Jean-Georges, cuistot jet-set adulé à New York et à Londres, propose une fusion Asie-Périgord. Avec Thierry Ardisson et Philippe Fatien, nous dégustons des tapas fichtrement mondialisées dans un décor sobre, aux éclairages tamisés par Christian Liaigre. Puis nous rampons jusqu'au Mathis Bar rejoindre Pierre Palmade, Jean-Marie Bigard, Annie Girardot, Claude Brasseur, Raphaël Mezrahi et Frédéric Taddeï. Tout ça pour finir entassés dans la nouvelle Mini Austin de Philippe, tels les Marx Brothers dans une cabine de paquebot. Merde, à quoi ça sert d'être des stars si c'est pour terminer la soirée comme une bande d'étudiants avinés ?

Me voyant partir chez Françoise, Palmade murmure d'un air triste :

– Moi, entre libre et heureux, j'ai choisi d'être libre.

Vendredi.

Bossuet affirme que le désir est un mouvement de balancier qui va de l'appétit au dégoût et du dégoût à l'appétit. Difficile de croire ce curé qui renonçait aux femmes. En tant qu'égoïste romantique, je remplacerais le dégoût par la peur (peur de l'ennui, peur de te perdre, peur d'avoir mal, peur de finir seul et abandonné, peur d'être prisonnier). L'amour véritable oscille de l'appétit vers la peur et de la peur vers l'appétit.

Samedi.

L'amant idéal est un obsédé doux : c'est son cœur qui bande.

Lundi.

Plus t'es bourré, plus tu te crois irrésistible, et moins tu l'es. Tu te prends pour un surfeur androgyne, genre Keanu Reeves dans *Point Break*, et elles voient un gros rougeaud, genre Paul Préboist dans *Mon curé chez les nudistes.*

Mardi.

Françoise trouve que je fais dix ans de moins que mon âge. Quelque part, sans doute, un portrait de moi vieillit à ma place. Ce livre ?

Mercredi.

La Phrase de la Semaine fut prononcée sobrement, d'un ton droopiesque, par Pierre-Louis Rozynès hier soir à la Closerie des Lilas :

– Je m'ennuie tellement que je crois que je vais me mettre au golf.

Jeudi.

Je pars à Cracovie sans Françoise. Nouveau test de fidélité, avec son consentement. Elle a décelé que j'étais un piètre comédien, rigoureusement incapable de lui mentir. À Cracovie, on dénombre 100 églises et 600 bars. Je ne prierai qu'en présence de ma vodka.

Vendredi.

Après quelques dizaines de « shots » de Zubrowska cul sec, elle me manque davantage. Beauté baroque et slave des ruelles pavées de Kazimier (le quartier juif) à la tombée de la nuit. Caves médiévales éclairées à la bougie : l'Alchemia, le Singer. Les Polonais aiment boire dans le noir. Tituber dans pareil décor est le vrai luxe européen. Je dors au Sofitel qui ressemble au siège du Parti Communiste Français, place du

Colonel-Fabien. Dans tous les pays de l'Est, le capitalisme a dû emménager dans les anciens locaux cocos. L'ecstasy a pris la place de la Stasi ! Ma suite est orange et marron (design involontairement Prada) avec vue sur la Vistule (c'est plus chic que l'Arno). La chaîne porno à péage me tient compagnie en ton absence. Je m'endors en t'imaginant avec trois hardeurs allemands sur le ventre.

Samedi.

Cracovie by night, c'est un saut dans l'espace-temps. Au Drukarnia (appartement transformé en discothèque), les blondes se trémoussent sur de vieux disques : *Belfast* de Boney M, *Rock Lobster* des B52's. J'écoutais les mêmes chansons quand j'avais leur âge : 15 ans (sinon je ne vois pas comment tiennent des seins aussi volumineux). Quel dommage : je suis trop fidèle pour savoir comment elles s'épilent le minou. Je découvre que, quand on est amoureux, la fidélité cesse d'être un sacrifice. On reconnaît un homme amoureux à ce qu'il est fidèle sans le faire exprès, ni en tirer gloire. L'amour est ce truc qui rend la fidélité naturelle.

Dimanche.

Je suis content de rentrer car Françoise me manquait, mais aussi parce que maintenant, ça me fait chier quand personne ne me reconnaît dans la rue !

Lundi.

En couronnant V.S. Naipaul après Gao Xingjian, les Suédois du Nobel choisissent une fois de plus un exilé, un apatride, un déraciné. Signe des temps ? Les plus grands romanciers sont ceux qui osent déménager de chez eux : le Trinidéen à Londres, le Chinois à Bagnolet. Mais ni Naipaul, ni Xingjian ne changent de langue : Nabokov, Kundera, Joseph Conrad ont fait beaucoup plus fort. En renonçant à leur idiome natal, ils emménageaient dans une nouvelle patrie : la Littérature.

Mardi.

Dire du mal de soi est encore plus prétentieux qu'en dire du bien. On espère être démenti ou, à défaut, désamorcer les critiques. Je préfère les vantards à l'endroit qu'à l'envers.

Mercredi.

Aéroport de Roissy pour partir en Turquie ; cette fois Françoise daigne m'accompagner (elle n'aime que les pays ensoleillés). Un des avantages de l'attentat du World Trade Center : la fin du surbooking. Avant le Onze, tout passager avait une chance sur deux de ne pas être accepté dans l'avion où il avait pourtant réservé un siège et payé son billet.

Maintenant, il y a toute la place. On n'est pas sûr d'arriver vivant, mais au moins on a son fauteuil ! Si les islamistes voulaient détruire la stupidité du capitalisme sauvage, sur ce point précis, ils sont victorieux, et les voyageurs aussi.

Jeudi.

Istanbul, c'est San Francisco en pauvre ; ça monte et ça descend, avec de l'eau autour. Sur la terrasse du Pera Palas, j'ai envie d'applaudir. Ce paysage mérite une standing ovation, que dis-je, une ola ! Le soleil est un disque rouge qui se noie timidement dans la mer, comme s'il trouvait l'eau trop froide pour y plonger.

Vendredi.

Bande de racistes : vous pensez que les Turcs sont des petits gros moustachus comme dans *Midnight Express* ? C'est oublier la splendeur de Byzance, devenue Constantinople, puis Istanbul. Puisque New York est down, il faut aller dans les pays musulmans pour s'éclater (Dubaï comme Oussama, ou la Turquie comme Oscar). Les Turcs ressemblent aux Italiens, ils sont grands, mieux habillés que vous. Leurs femmes sont sublimes (des Monica Belluci sans Vincent Cassel !). 70 % de la population a moins de 35 ans. La boîte à la mode d'Istanbul vient d'ouvrir : elle s'appelle Buz, dans le quartier de Nisantasi. On n'a pas vu pareille concentration de bombes atomiques depuis la construction du plateau d'Albion. (Je parle sous le contrôle de Françoise, pourtant très difficile.)

Samedi.

Quant aux minarets, ils visent le ciel comme des missiles sol-air désamorcés. La preuve que ce pays n'est pas dangereux ? Mes romans s'y vendent très bien. Des histoires de night-clubs, de drogue, de cocufiages et de décadence ! 50 réimpressions !

Dimanche.

La lune est pleine sur la mer vide. Je tiens à remercier mon angoisse. Sans elle je n'aurais rien fait ; je lui dois tout. Désormais je veux me battre pour la légèreté, mourir pour un aphorisme, vivre pour la simple grâce. Ne pas me croire utile mais seulement unique. Et puisqu'on me traite de sybarite, autant assumer l'étiquette. Dorénavant je décide que plus personne n'empêchera ma vie d'être agréable.

Lundi.

Pourquoi écrire sur soi ? L'autobiographie est si dangereuse et narcissique, si douloureuse pour les proches, si obscène et mégalo... Il y a une raison à l'épidémie des « confessions impudiques » (comme disait Tanizaki), une explication dont la critique ne fait jamais état : ce phénomène vient de la télévision. Puisque les écrivains sont « médiatisés », on ne peut plus les lire comme avant. Même sans le vouloir, le lecteur cherche obligatoirement l'auteur derrière ses personnages, encore plus que Sainte-Beuve à son époque. On aura beau faire de gros efforts pour croire qu'on lit une fiction, toute lecture aujourd'hui est devenue un exercice de voyeurisme. On veut débusquer dans son roman l'écrivain « vu à la télé », ou dont on a aperçu la photo dans les journaux. Si tous les artistes ne se cachent pas comme Salinger, ils sont contraints de s'exposer dans leurs œuvres, ou (malgré eux) de lui faire de l'ombre. C'est pourquoi, même si j'essaie de faire autrement, d'être ouvert à l'imagination, malgré moi, quand je lis, j'ai de plus en plus de mal à supporter les livres dont l'auteur n'est pas le héros. Et *a fortiori* quand j'écris. Puisque je n'ai pas le courage de disparaître, il faut que je m'expose, jusqu'à ce que j'explose.

Mardi.

Michel Houellebecq me téléphone. Quand je lui demande si ça va, il me répond (après une ou deux minutes de silence) :

– Globalement, non.

Mercredi.

Soirée *VSD* au VIP (ou était-ce le contraire ?). Une fois de plus, je suis le meilleur deejay de l'univers, mais le public porte plainte :

– Je te donne 10 000 euros si tu arrêtes de mettre Michael Jackson !

J'enchaîne Michael avec Jackson : *Don't stop til you get enough, Black or white, Billy Jean, The way you make me feel, Bad, Wanna be startin' something, Beat it* (je précise que les paroles et la musique de tous ces classiques ont été composés par Michael Jackson lui-même). Les danseurs se débattent mais finissent par céder aux couinements du Frankenstein R&B. Des mannequins virtuels exhibent leur plastique sur des écrans plasma. Je vois des mecs qui se branlent en douce, la main dans le 501. Lorsque le dancefloor me hue, Aziz du Loft prend courageusement ma défense :

– Je te kiffe !

Il est vrai que j'assure plus que Jean-Édouard. Je me permets de rappeler à Jean Roch que le VIP se nommait autrefois le « 78 », et qu'à l'époque Oscar Dufresne s'appelait Alain Pacadis. Vous en connaissez beaucoup des deejays qui passent Cerrone après AC/DC ? Même Joey Starr ne m'a pas cassé les dents ! (Il faut dire que j'avais le Président Dieudonné comme bodyguard.)

Jeudi.

La vie est un long plan-séquence qui va de la naissance à la mort. De temps en temps, on aimerait couper des scènes au montage.

Vendredi.

Françoise est tellement bien foutue qu'on dirait qu'elle est retouchée à la paint box. Désormais j'ai un but dans la vie : rendre cette femme heureuse. Il y a du pain sur la planche.

Mais ça marche : elle a arrêté le Lexomil et réduit sa consommation de somnifères à 1/2 Stilnox par nuit. Parfois, je la surprends même en train de sourire sans raison, en regardant le plafond. Je vis pour ces instants où je puis me dire : beau travail, Oscar.

Samedi.

On me suggère d'animer une émission de télé hertzienne. Mais pour quoi faire ? Je suis connu sans.

Dimanche.

Ma vie est une pantomime dont l'écriture est la seule issue.

Lundi.

Youpi, c'est la fin de la guerre, les affaires reprennent. Dans Paris by night se développe un nouvel usage du Viagra : la gélule bleue circule dans les fiestas pour donner du cœur à l'ouvrage aux noctambules fatigués. J'ai même un copain (dont je tairai le nom pour ne pas lui faire une trop bonne réputation) qui en a pris pour aller aux Chandelles et qui, après avoir épuisé sous lui la moitié de la clientèle féminine du célèbre club échangiste, a fini la soirée aux putes car il n'était toujours pas rassasié ! Cela me rappelle ces cyclistes qui continuaient de pédaler la nuit entre deux étapes du Tour de France.

Jeudi.

Avant d'être (un peu) connu, j'étais plutôt laid. La notoriété m'a embelli.

Vendredi.

Et moi qui croyais vouloir être unique ! Je ne veux pas être unique ; tout le monde l'est. Je veux être supérieur. Je dois l'accepter même si c'est pathétique. Je m'encombre, mon Moi gonflé me gonfle, mais je suis un prétentieux. Il faut l'admettre : tout écrivain est ridicule de prétention, même quand il ne parle pas de lui.

Samedi.

Un papier, un stylo et ça donne la Littérature. Ce qui m'épatera toujours, c'est qu'on puisse faire de si grandes choses avec de si petits moyens. Tout le contraire de la télé.

Dimanche.

OK je suis aigri mais au fond de moi il y a une pute qui pleure.

Lundi.

Il fait défiler les prénoms de gens sur son portable comme des plats sur le menu d'un restaurant d'autoroute, avec le même écœurement, la même anorexie.

Mardi.

Ludo a adoré *Tanguy* d'Étienne Chatiliez. Inégal, le film a toutefois le mérite d'enfreindre l'un des derniers tabous : enfin des parents qui osent dire du mal de leurs enfants ! *Tanguy*, c'est le contraire de *Poil de Carotte*, l'anti-*Vipère au poing*. *Le Grand-chose* ! Arrêtons de critiquer nos ascendants, il est temps de nous en prendre à notre descendance. Imaginez un divan de psychanalyste où un père de famille s'allongerait pour dire du mal de ses enfants. Freud battu par Chatiliez.

Mercredi.

Michel Houellebecq me téléphone. Quand je lui demande si ça va, il me rétorque (une fois de plus, après deux longues minutes de mutisme) :

– Bizarrement oui.

(Se serait-il mis au Prozac ?)

Jeudi.

Milan est la seule ville d'Italie qui ne soit pas un musée. J'accepte la tiédeur de l'air. Je marche entre les téléphones mobiles. Les Italiennes ont autre chose à faire que moi. La place du Dôme est un des rares trésors ayant échappé aux bombardements américains de la Seconde Guerre mondiale. On déambule entre la Scala et la statue de Verdi pour aboutir à un incroyable choc néogothique : illuminé la nuit, il Duomo est un hérisson géant dont les épines chatouillent le firmament. La seule cathédrale qui ressemble à un oursin, ou au virus du sida. Ce lieu sacré me rappelle la Mosquée bleue d'Istanbul. Quelle que soit votre religion, la foi vous donne envie de dresser des flèches vers le ciel. Comme des antennes de télé ! Cela confirme ce que tout le monde sait : la télévision a remplacé l'Église, et Madonna succède à la Madonnina.

Vendredi.

Discothéquisation du monde, toujours. Au Plastic, la boîte à la mode de Milan, la clientèle ne se pointe qu'à partir de 3 heures du matin et je suis trop vieux pour l'attendre. J'enchaîne les vodkas toniques en croquant des chips pour me donner soif. Quelques ploucs comme moi dansent dans le noir en attendant qu'il y ait de l'ambiance. Ils cherchent le bruit, la foule, l'obscurité alors que ce qu'il leur faudrait c'est le silence, la solitude, la lumière. Tout est rond dans cet endroit : le bar, les vinyls que le deejay brandit au-dessus de sa tête, les fauteuils années 70, les lampes et moi.

Samedi.

Comme chaque année, la Journée sans Achats n'est suivie par personne. Une fois par an, il ne s'agit pourtant que de faire symboliquement prendre conscience aux gouvernants de notre pouvoir en tant que consommateurs. En outre, si votre femme vous demande de faire du shopping avec elle, le « Buy Nothing Day » fournit une excuse idéale pour ne rien dépenser un samedi après-midi.

– Non chérie, je ne suis pas radin, je suis juste en train de me révolter contre la société de consommation qui t'aliène !

Dimanche.

Après Silvio Berlusconi et Michael Bloomberg, pourquoi pas Arnold Schwarzenegger gouverneur de Californie ? Grâce à la publicité, les riches sont aujourd'hui en mesure de s'acheter le pouvoir. Heureusement que Bernard Tapie est ruiné !

Mardi.

On mange une énorme côte de bœuf avec Guillaume Dustan. Je m'étonne :

– Tu n'es pas végétarien ?

Il me regarde droit dans les yeux :

– Non. Je suis pédé mais pas végétarien.

Mercredi.

Il existe aussi une discothéquisation des physiques. Au Fashion Club de Riga, il faut obligatoirement avoir une frange pour les filles, des pectoraux pour les garçons. C'est une boîte où personne n'a le droit d'être laid. Il y a deux sortes de clubs qui font souffrir : ceux où tout le monde est moche et ceux où tout le monde est beau. J'ai bien connu la tristesse des boîtes où il n'y a que des thons. Mais ce n'est rien face au malheur des boîtes où il n'y a que des canons. Toutes les filles ont le même visage parfait, la peau satinée, les chevilles mutines, le nombril espiègle, quelqu'un pourrait m'assommer s'il vous plaît ?

Jeudi.

À Moscou il y a 99 % de crève-la-faim et 1 % de milliardaires. J'ai passé tout mon week-end avec les 1 % en question. Étonnant, hein ? Moscou s'est totalement métamorphosée dans les années 90. En Russie, les années 00 seront l'équivalent des années 20 en France et des années 80 à New York. Synonymes de nos « nouveaux riches », les « Nouveaux Russes », reconnaissables à leurs téléphones portables et leurs Mercedes 600 aux vitres fumées, ne dorment jamais. Leur vie n'est qu'une immense fête qui va de boîtes de nuit en bars à stripteaseuses, de limousines blindées en casinos cocaïnés. Moscou est une des villes les plus chères au monde (en tout cas à mon cœur). J'aime les sept gratte-ciel gothico-staliniens (comme les Sept Merveilles du monde), les dômes dorés de la cathédrale de l'Annonciation, et la Place Rouge sous la neige : une charlotte aux fraises recouverte de sucre glace. Certes, la laiterie qui s'appelait « Fromages » a été remplacée par un grand magasin « Danone » : le cauchemar climatisé a succédé au cauchemar léniniste. Pas rancuniers, les Moscovites ont gardé une statue de Marx devant le Bolchoï, et le mausolée de Lénine sur la Place Rouge, où j'écris ceci. Je n'oublie pas que, vingt ans plus tôt, un tel paragraphe m'aurait valu la déportation pieds nus en Sibérie.

Vendredi.

Le gigantisme russe : les immenses forêts de bouleaux et les millions de morts dont personne ne parle au First, la boîte de nuit avec vue sur le Kremlin illuminé. L'hôtel Metropol me fait penser à celui de *Shining*, en remplaçant Jack Nicholson et sa hache par les putes avec leurs porte-jarretelles.

Françoise : – Je veux bien que tu embrasses cette fille devant moi, mais pas trop longtemps !

Moi : – Je ne l'embrasse pas, je l'aspire... Ce n'est pas de ma faute si elle a 17 ans... Ne t'inquiète pas, je te la prête après...

Au restaurant Petrovitch, Emmanuel Carrère dépose une bouteille de vodka sur la table. Je lui en veux beaucoup pour ce geste qui m'a fait souffrir de la tête le lendemain. Avec Maurice G. Dantec, nous nous goinfrons d'œufs de saumon enroulés dans des blinis. Normal que l'auteur de *Babylon Babies* se sente bien à Sodome et Gomorrhe. Antoine Gallimard m'apprend le russe : « chiotte » veut dire « l'addition » et « chiasse » signifie « tout de suite ».

– Chiotte chiasse ! s'écrie-t-il avant d'inviter toute la table, ce dont je le remercie. Olivier Rubinstein m'explique qu'il est possible de visiter Moscou en suivant l'itinéraire du *Maître et Marguerite* de Boulgakov, un peu comme on visite Dublin en obéissant à l'*Ulysse* de Joyce. Quand ils ne serviront plus à rien (ce qui ne saurait tarder), les romans pourront encore être utilisés comme guides touristiques : c'est déjà ça. Je ne raconterai pas la suite pour ne dénoncer personne, mais comme j'ai pitié de vous, je signale tout de même l'existence du Café Pouchkine, du Karma Bar, du Safari Lodge et du Night Flight. Surtout du Night Flight (c'est sur Tverskaya, les Champs-Élysées de Moscou, jamais vu autant de mercenaires diaphanes : « Les Français trouvent que je ressemble à Carole Bouquet en mieux, mais c'est qui Carole Bouquet ? »).

Samedi.

Le long de la Moskova, fleuve boueux et résigné, je serre ta main dans la mienne. Quand nous nous embrassons par moins douze degrés, nous risquons de rester collés l'un à l'autre à tout jamais. Cette idée ne me déplaît pas. Pâleur des façades éclairées dans la nuit ivre – chaque seconde est imprimée dans ma mémoire pour l'éternité. « J'aurais voulu vivre et mourir à Paris, s'il n'y avait pas eu Moscou », écrit Maïakovski. Moi, c'est l'inverse. Les Moscovites gagnent en moyenne 400 $ par mois : comment font-ils pour se payer un GSM ? Simple : ils font tous le taxi la nuit. Nous déambulons au bord de l'étang du Patriarche. Au début du *Maître et Marguerite*, c'est ici que Berlioz, le gros rédacteur en chef, rencontre le Diable qui lui annonce sa future décapitation par un tramway. Mais aucun démon ne nous interpellera par ce froid de canard. Je comprends pourquoi Boulgakov situe l'action de son roman en été. De retour à l'hôtel, le sexe devient une question de survie biologique.

Dimanche.

L'hiver russe a vaincu Bonaparte et Hitler mais pas nous ! Comme je lisais le journal d'Hervé Guibert dans l'avion du retour, à un moment, je referme ce chef-d'œuvre et dis à Dantec :

– Pour qu'un livre se vende, il faut mourir.

– J'y travaille, me rétorque-t-il calmement.

HIVER

QUI PAIE L'ADDITION ?

« La compréhension du monde est la première étape vers son changement. »

KARL MARX.

Lundi.

« Voilà ce qui survient à propos du roman : les lecteurs ne veulent plus lire une histoire totalement inventée. Ils sont en quête du modèle, de l'original. Ils veulent que ce qui est écrit soit relié à un fait réel. » V.S. Naipaul, interviewé par *Le Monde*. J'adore quand un prix Nobel répète ce que je dis.

Mardi.

Quand il fume de la beu, Ludo devient un sage homme. Chaque fois que je lui pose une question essentielle, il se met à préparer un joint.

– Ma femme me trompe avec toi.
– Je vais en rouler un autre.
– Dieu n'existe pas.
– Je vais en rouler un autre.
– Quel est le sens de la vie ?
– Je vais en rouler un autre.
– La France est nulle en football.

– Je vais en rouler un autre.

C'est la phrase-qui-résout-tous-les-problèmes.

Jeudi.

Mon but : trouver une utopie qui ne soit pas ridicule. Ne plus avoir honte de rêver.

Vendredi.

Paris Match (le journal) dit du bien de « Match TV » (la filiale). Je flippe à mort de voir comment la télé se démocratise. Tous les jours une nouvelle chaîne se crée avec 20 émissions employant chacune 10 chroniqueurs, soit 200 emplois créés pour des jeunes crétins plus brillants que moi. Quel dommage d'être arrivé à la télévision pile au moment où elle cessait d'être un club privé. Il ne me reste plus qu'à monter sur l'hertzien, qui est au tube cathodique ce que la 1re Division est au football.

Samedi.

Bonne question posée par Pilot le Hot à la Coupole :

– Le pain c'est le corps du Christ, le vin c'est le sang du Christ, et le Boursin c'est quoi ?

Dimanche.

Je rêve de devenir un boomerang. Un type qu'on lance et qui vous revient dans la gueule.

Lundi.

Françoise : – Je suis tellement bonne, j'ai envie de me baiser.

Nul ne s'y oppose. Elle dit aussi :

– Avec mon physique et ta notoriété, on va refuser du monde.

Mardi.

J'atterris à Barcelone au moment même où l'on s'apprête à y fêter le 150e anniversaire de la naissance d'Antoni Gaudí. Je sens qu'on va autant emmerder les Barcelonais avec cette commémoration qu'avec Hugo chez nous. Mais Gaudí en vaut davantage la peine : ce facteur Cheval catalan, cet ancêtre de H.R. Giger a convaincu les riches espagnols de financer ses délires. La ville regorge d'immeubles en forme de dragons, qui semblent respirer. Ce n'est ni beau ni laid, simplement drôle. Ce doit être extraordinaire d'habiter dans le rêve d'un fou. Pourquoi les architectes d'aujourd'hui paraissent-ils si ennuyeux à côté ? J'en ai marre des murs droits, je voudrais vivre dans une maison penchée en pain d'épice.

Mercredi.

En Espagne, j'ai toujours du mal à m'habituer à dire « hola » au lieu de « hello ». Coupant la poire en deux, je dis « héla » ou « hollo » à mes interlocuteurs interloqués. Ils ont aussi cette manie de prononcer les « v » comme des « b ». Cela donne parfois lieu à des confusions poétiques en français : avec leur accent, les Ibériques disent « libre » quand ils veulent dire « livre » – joli symbole. Et « je demande à voir » devient « je demande à boire », qui est plus convivial.

Jeudi.

Le Barrio Chino est un ex-coupe-gorge devenu piège à touristes belges. Désormais les bas-fonds de la haute bourgeoisie se nomment le Born. On y dîne à la Cocotte (passeig del Born) avant de boire 36 gin-Kas au Borneo, au Gimlet, au Suborn et au Miramelindo. Si vous aviez noté toutes mes adresses depuis le début de ce bouquin, vous seriez aussi branché que moi. Seulement voilà : vous préférez fêter Noël avec votre femme moche et vos enfants boutonneux, avant de partir à La Plagne dans un F2 loué à la semaine. Je respecte votre choix.

Vendredi.

Seule la solitude permet de sentir monter en soi la pulsation d'une ville. Barcelone a instauré un couvre-feu à 22 heures pour les plus de 22 ans. La bouche pleine de Pata Negra (le jambon de cochon à patte noire est meilleur ici qu'à Paris parce que je suis snob), je descends les Ramblas sous les arbres inclinés. Les Ramblas sont une Croisette perpendiculaire à la mer. Au lieu de longer la Méditerranée, on marche droit vers elle, on la regarde en face, avec la sensation de prendre son élan de bar en bar vers l'eau sombre, tout droit jusqu'à l'ultime noyade. Dans les ruelles autour de la plaza Reial, ça monte et ça descend, la ville se met à vibrer sous mes pieds, les murs se rapprochent et les pavés tordent mes chevilles. Je compte les bouteilles alignées derrière le barman du Schilling (carrer de Ferran 23) afin de me donner une contenance. Je prends l'air hyperpréoccupé par ce qui se passe sur le mur. « Dingue : une mouche vient de se poser ! Incroyable : elle s'est envolée ! » Je ne savais pas qu'un jour je trouverai aussi passionnant d'écouter un remix de Moby.

Samedi.

Au-delà d'un certain niveau d'alcool, tout le monde est désirable, y compris un tabouret. Barcelone sera donc la ville où je suis tombé amoureux d'un tabouret. Qui d'autre aurait supporté mon poids aussi longtemps ? Qui d'autre m'aurait laissé dormir sur lui pendant deux heures sans geindre ?

Dimanche.

Le toaster Dilinger épelait New York : « A night, a fork, a bottle and a cork. » Barcelone, c'est six infirmières, une pute en guêpière et un culturiste en slip rouge (au Row à 2 heures du mat'). Suis-je vieux ou simplement fou de toi ? Maintenant je rentre toujours me coucher au moment où la fête commence.

Lundi.

Je ne serai jamais un grand play-boy tant que l'amour m'excitera.

Mardi.

Comme tous les ploucs enrichis, nous prenons l'avion pour réveillonner à l'île Maurice. Air Liberté, tu parles ! Le Prince Maurice est une Réserve Pour Riches (initiales RPR) nichée au bord de l'océan Indien : il n'y a que dans ce genre d'endroit que l'on réalise à quel point le pognon est une prison. On y vérifie le principe de Droopy : partir pour l'autre bout du monde, prendre un taxi, puis un avion, puis un 4 × 4 climatisé pour fuir des gens que l'on retrouve au bord de la piscine, blancs comme des barrettes de Lexomil sous le soleil de carte postale. À peine ai-je enfilé mon maillot de bain et ma fiancée (mais pas dans cet ordre-là) que je tombe nez à nez sur ma copine Babette Djian, la star des rédactrices de mode (elle ne travaille qu'avec des gens dont le nom se termine en « o » : Numéro, Kenzo, Mondino...). Sa présence me rassure sur ma hypitude : si elle est là, c'est que cet hôtel est à la mode, donc moi aussi. J'espère sincèrement qu'elle se dit la même chose.

Jeudi.

Il pleut. Je ne dis pas ça pour vous faire plaisir, mais parce que c'est la vérité. Il pleut sur le sable. Il pleut sur Benjamin Castaldi, qui vient d'arriver (les mômes dans la piscine chantent « Lofteurs up and down » juste pour l'emmerder, mais il est pro, il garde son calme. Moi, je les aurais noyés). Le Prince Maurice est situé sur la côte Est de l'île. Tant mieux : le Nord s'appelle le cap Malheureux et franchement, sous la pluie, ça ferait redondant. Le seul avantage avec cette météo pourrie, c'est qu'on n'a plus rien d'autre à faire que l'amour.

Vendredi.

Chaque fois que je viens à Maurice, je me souviens de ma nounou mauricienne, Olga surnommée Tiga. Où est-elle aujourd'hui avec ses chansons, son rire denté, sa bonne humeur, ses amants ensoleillés, sa bouffe épicée ? Revenue au pays ? Non, elle a épousé un Français et vit dans la banlieue parisienne. Elle y élève ses propres enfants après m'avoir élevé, moi.

Samedi.

Le gros challenge va être de tenir plus d'une semaine sans écouter *Everything in its right place* de Radiohead. Si jamais j'y parviens, ce sera grâce aux excellents vins sud-africains qui ont un goût de Madiran. À force de voyager, je suis devenu éminemment jet-set (je veux dire aussi jet-set que le chanteur Eminem). Je participe à tout ce que je déteste. Je critique ma propre vie sans rien faire pour la changer. Je hais ce que j'aime. Formuler clairement un problème n'aide pas à le résoudre.

Dimanche.

De temps en temps, un petit requin vient rendre visite aux baigneurs friqués. C'est la mascotte du palace : le directeur l'a même prénommé Johnny. « Je vous assure qu'il est aussi végétarien que vous », dit-il à un mannequin qui n'avait, à l'évidence, nullement l'intention d'aller vérifier.

Lundi.

Oscar Dufresne is a dirty job, but some body's got to do it.

Mardi.

Sous le déluge de l'île Maurice, je ne cessais de me demander ce qu'ils auraient fait à ma place, les aventuriers de Koh-Lanta. Moi, je n'ai trouvé que deux options : soit tu roupilles, soit tu dépenses des roupies. Alors j'ai fait les deux. Et j'ai aussi dansé le sega (j'ai vu dans une pub que « le sega, c'est plus fort que toi »). Au bord de la piscine, dès que je voyais quelqu'un qui ressemblait à Claudia Schiffer, C'ÉTAIT Claudia

Schiffer. Ça se passe comme ça, au Prince Maurice.

Dis donc, tu trouves pas qu'on dirait Daniela Lumbroso, là-bas ?

Oui, d'ailleurs c'est elle.

Et t'as vu le sosie de Karin Viard en train de déjeuner avec ses enfants ?

Elle lui ressemble d'autant plus que C'EST Karin Viard.

La vie de gala se reconnaît à ce que les gens qui ressemblent à des stars sont les stars en question : c'est le contraire d'un concours de sosies.

Enfin le soleil revient : un spectacle son et lumière mis en scène par un Dieu sous acide qui plagierait Gauguin.

Mercredi.

Mais qu'est-ce qu'on fout là ? On rentre à Paris. « Il n'y a que deux sortes d'écrivains : les porcs sans talent et les porcs avec talent. » Marcel Reich-Ranicki était le Bernard Pivot allemand (il vient, lui aussi, de prendre sa retraite).

Jeudi.

« D'habitude je ne vouvoie pas
C'est différent depuis que je vous vois.
Les autres je les tutoie
Mais vous c'est mieux que toi. »
(Projet de chanson pour Marc Lavoine.)

Vendredi.

Ce qui me calme : regarder les vaches qui me regardent passer dans un train. (Les vaches qui regardent passer les trains ignorent que la fascination est réciproque.) La France, ce sont des prairies vertes, des arbres ronds, des vaches beiges et des poteaux télégraphiques de chaque côté de la voie ferrée. Je suis d'accord avec les Américains : la France serait tellement mieux sans les Français !

Samedi.

La littérature autobiographique n'est pas une partie de plaisir, à moins d'être un adepte du sadomasochisme. C'est du body-art : chaque phrase est un piercing supplémentaire, chaque paragraphe comme un tatouage sur l'épaule.

Dimanche.

À Paris il pleut, comme à l'île Maurice, mais avec 30 degrés Celsius de moins. Et l'on en vient à regretter ce Noël tropical, le bruit des gouttes sur le toit, le chant du crapaud le soir au-dessus de l'étang, les langoustes braisées, la tronche de Gérald de Roquemaurel, le patron du groupe Hachette, quand il découvrira dans ce livre qu'il a été reconnu sur la plage, et l'amour, toujou'l'amou', qui a raison de tout, parce qu'il nous permet d'envoyer chier la société aussi souvent que possible.

Lundi.

J'ai trouvé le bonheur à l'instant précis où j'avais renoncé à le chercher.

Mardi.

Hier soir inauguration du Pink Platinum, le club de showgirls de Cathy et David Guetta. Nous nous pointons à 21 heures pile, pour ne louper aucune femme nue. Malheureusement, à cette heure-là, le club n'est pas encore ouvert : un grand gaillard qui passe l'aspirateur nous suggère de revenir plus tard. Avec quelques camarades de java, nous nous replions au Bindi où la Pétasse Inconnue invente un nouveau verbe, en menaçant son mec avec un nan au fromage dans la main droite :

– Je suis à deux doigts de te naner.

Lorsque nous revenons au Pink Platinum, l'endroit est bondé : plus une table de libre. En une heure, ce lieu est passé de fermé à complet. Mais il y a un Dieu pour les VIP : David Guetta se souvient tout d'un coup que nous avons fait notre première photo ensemble pour *Vogue Hommes* en 1991. Nous pénétrons enfin l'antre du paradis. Le paradis, c'est quoi ? Des types cravatés et assis qui regardent des filles nues et debout. C'est pour vivre ce genre de choses que tout le monde travaille. Il y a même des tarés qui foutent des Bœing dans des immeubles en espérant voir ce spectacle après leur mort ! Je jette un coup d'œil circulaire, le temps de reconnaître Élodie Bouchez enceinte jusqu'aux dents, Jean-Édouard du Loft (de moins en moins célèbre, minute après minute), Bettina Rheims qui prend des photos, Romain Duris, Fabien Barthez, Claude Challe déguisé en Casimir, et Gérard Miller, et Linda Hardy. On se demandait ce que devenait Linda Hardy : elle est au Pink Platinum, mais pas sur scène. Les showgirls anglaises défilent et enlèvent le haut (une préférence pour Sarah) mais gardent tout de même leur string pour qu'on puisse y glisser des billets de 20 euros. En 2002, le loup de Tex Avery porte un costard Armani et boit de la vodka en balançant des billets de 20 euros car il ne sait pas que ça représente 131 francs et 20 centimes. À un moment, Françoise réclame une lap-dance à une nana sublime qui lui explique qu'elle ne bosse pas là. Elle a gaffé mais ce n'est pas sa faute si les clientes s'habillent comme des professionnelles ! Je suis un peu vexé que personne ne lui tende des billets.

Mercredi.

La Pétasse Inconnue a trouvé un mec qui n'est jamais content et qui envoie chier tout le monde. Il se prénomme Valéry et se prend pour *Scarface*. D'où le surnom que je lui invente : « Val Pacino ». J'ai cru qu'il allait me flinguer mais finalement nous sommes devenus amis.

Jeudi.

L'autre soir, je dîne chez Dominique, l'excellent russe de la rue Bréa, quand soudain je réalise que je suis un horrible pédophile alimentaire, puisque je mange des petits œufs de... poissons jeunes.

Vendredi.

Aphorisme de Claude Chabrol dans une interview : « Je préfère la condition de parasite gras à celle de rebelle décharné. » Il néglige toutefois la catégorie socioprofessionnelle à laquelle j'appartiens : les parasites décharnés.

Samedi.

Mon nouveau loyer est tellement cher que j'ai cru qu'il était en francs.

Dimanche.

Ce matin, le soleil avait franchi la barrière des rideaux pour déposer sur ta gorge un baiser doré, alors je l'ai imité.

Lundi.

Un nouveau site internet vient de se créer : www.myposterity.com. Il vous propose d'héberger la chronique de votre vie, votre journal, vos poèmes, nouvelles, romans, souvenirs d'enfance, recettes de cuisine, sous forme de textes, de photos, de vidéos, au sein d'un module espace-temps qui peut durer jusqu'à 125 années. On a commencé par démocratiser la célébrité avec « Loft Story » et « Star Academy » : il s'agit à présent de promettre à tous la postérité. La postérité est une célébrité qui survit à la mort. Le genre autobiographique, né avec Socrate : « Connais-toi toi-même » aboutit maintenant, avec « myposterity.com », à une maxime qui résume mieux notre époque : « Connaissez-moi vous autres ». Y aura-t-il bientôt six milliards de Christine Angot ?

Mercredi.

Dialogue avec Thierry Ardisson :

– T'as réservé à la Maison du Caviar ?

– Oui, à 21 heures.

– Tu passes me prendre avec ta bagnole ?

– Oui.

– Tu m'appelles quand tu es en bas de chez moi et je descends ?

– Pas de problème.

– Putain, il est vachement bien produit, ce dîner.

Jeudi.

– Je vais bientôt avoir vingt ans, c'est horrible !

Lolita Pille est une petite effrontée qui deviendra encore plus exaspérante quand son premier roman fera un malheur.

Vendredi.

Déjeuner avec Robert Hue. La tête des gens chez Lipp en nous voyant ensemble ! Moi, le révolutionnaire germanopratin, trinquant avec le nain de jardin qui veut mettre le SMIC à 1 500 € et quadrupler l'ISF ! Tout d'un coup, la menace se précise. « On croyait que tu critiquais le capitalisme pour déconner ! » À la fin du repas, je me tourne vers nos voisins de table avec mon couteau à beurre entre les dents. Vincent Lindon est interloqué mais Bruno Cremer éclate de rire. Je suis nommé publicitaire de la campagne présidentielle de Robert Hue. Je reprends du service dans mon ancien métier, mais c'est pour une bonne cause : niquer Jacques Séguéla (lequel soutient Jospin).

Samedi.

Le ski est la version moderne du mythe de Sisyphe.

Dimanche.

Gallimard publie les carnets de Montherlant. Beaucoup de grands livres sont constitués de fragments épars et inachevés (souvent posthumes) : les *Pensées* de Pascal, le *Journal* de Jules Renard et celui de Kafka, les *Papiers Collés* de Perros, le *Livre de l'intranquillité* de Pessoa, les *Écrits posthumes* de Schopenhauer. Les grands auteurs sont souvent meilleurs quand ils jettent des notes à la va-vite que quand ils se crèvent à raconter une histoire. Je ne dis pas cela pour me rassurer. Quoique.

Lundi.

Quand Victoire de Castellane donne un « Bal de la fiancée du vampire » au Ritz, que fait-on ? On met du noir sur ses lèvres. On se souvient que Karl Lagerfeld surnommait cette créature excentrique « Vicky Surboum » quand elle ne travaillait pas encore chez Dior. On glose sur la retraite d'Yves Saint Laurent.

– En France, on adore enterrer les gens, surtout quand ils ne sont pas morts. On n'apprécie les artistes que quand ils cessent de bosser.

– Il y a eu davantage de presse pour le départ d'YSL que pour la mort de Pierre Bourdieu !

– Saint Laurent est le Bernard Pivot de la couture : tu verras qu'il reviendra dans trois mois.

– C'est qui, ce Pierre Bourdieu ? Il travaillait chez LVMH ou chez PPR ?

Peu d'invités se sont déguisés en vampires, pourtant tout le monde suce le sang de tout le monde. La soirée était très réussie mais nous y sommes restés dix minutes. Je préfère baiser au Costes que libérer le Ritz : mon nom est Oscar Dufresne, pas Ernest Hemingway.

Mardi.

Test de célébrité : allez au restaurant de l'Hôtel Costes vers 23 heures sans avoir réservé. Entrez d'un air las. Souriez à Emma, l'hôtesse d'accueil, en disant : « Bonsoir, on est cinq. » Si elle vous répond : « Désolé, nous sommes complets ce soir », c'est que vous êtes un obscur quidam. Si elle dit : « Avez-vous une réservation ? », c'est que vous avez un début de notoriété. Si elle réplique : « J'ai une table qui se libère dans cinq minutes », c'est que vous êtes passé à la télé récemment. Et si elle vous fait la bise en disant : « Salut Oscar, tu vas bien ? Je te montre ta table tout de suite », c'est que vous êtes moi. Tant pis pour vous.

Mercredi.

L'autre jour je vois Cerrone de dos, je m'approche, il se retourne, c'était Catherine Lara ! Il faut vraiment que je me fasse corriger les yeux au rayon laser.

Jeudi.

Caroline, 22 ans :

– À 18 ans, je passais mes journées à rêver d'amour. À 22, je passe mes nuits à le faire. Je sais que je suis une salope parce que je préfère maintenant.

Vendredi.

C'est curieux, cette impression que lors de toutes ces petites anecdotes que je raconte, vous n'étiez pas là et pourtant vous y étiez. Vous m'accompagnez partout. Je ne vis ces choses que pour vous les raconter. Si vous ne lisiez pas ceci, je ne le vivrais pas. J'écris pour ne pas perdre la mémoire ; vous m'aidez à me souvenir de tout. Ma vie serait encore plus inutile sans vous.

Samedi.

Rien de plus facile que de devenir écrivain : il suffit de répondre « écrivain » aux gens qui vous demandent quelle est votre profession.

(À la réflexion, il faut tout de même du courage.)

Dimanche.

Je suis un pédé qui ne couche qu'avec des filles. J'aime l'ironie sans cynisme, la lucidité sans nihilisme, la fête sans culpabilité, la politesse sans hypocrisie, la timidité sans affectation, la générosité sans charité, la nuit sans solitude, les rues sans bagnoles, le bonheur sans ennui et les larmes sans raison.

Lundi.

Ludo me raconte sa nouvelle vie dissolue :

– J'ai bientôt 40 ans, cela veut dire que je ne

peux plus le faire sept fois d'affilée, il faut que je me repose après la cinquième.

(Vous noterez que je parle moins de Françoise dans ce journal. C'est que le bonheur ne se raconte pas ? Ou que la passion s'émousse ?)

Mardi.

Évodie, l'amie de Françoise, a foutu un râteau historique à un client du Cabaret. Un type qui dansait depuis un moment en face d'elle s'est finalement penché sur son oreille gauche :

– Je peux t'embrasser ?

– Non, merci.

– Allez...

– N'insiste pas : de toute façon, j'ai une bronchite.

– Aucun problème ! J'ai un système immunitaire hyperdéveloppé, je n'attrape aucune maladie.

– J'ai le Sida et une gingivite !

Elle n'était pas obligée, aussi, de porter un tee-shirt « Real Men Eat Pussy ».

Mercredi.

Le Loto prend un Français au hasard et en fait un riche.

La télé-réalité prend un Français au hasard et en fait une célébrité.

Cela me fait penser à Marie-Antoinette : « Ils n'ont plus de pain ? Donnez-leur de la brioche ! » Il faut céder quelque chose sous la pression de la foule dès que celle-ci s'aperçoit d'une injustice trop criante. Alors on anoblit un manant. La Gestapo faisait l'inverse, tirant au sort un fusillé pour l'exemple. C'est toujours le même but : pour refréner les ardeurs de la masse, c'est soit la carotte, soit le bâton. Mais une carotte ou un bâton qui doivent être bien médiatisés (car l'investissement doit être vite amorti, comme la rébellion).

Jeudi.

Ludo, encore lui, de plus en plus déchaîné (il est passé directement d'enchaîné à déchaîné) :

– Je ne baise plus qu'en anal. Je ne suis même plus au courant que les femmes ont un vagin.

Moi :

– Au moins comme ça tu vas arrêter de te reproduire…

Vendredi.

Jean-François Jonvelle a été cueilli par la mort aussi instantanément que les photographies qu'il prenait. Il n'a dédié sa vie qu'aux moments volés ; la mort l'a imité, l'emportant sur le vif. Une tumeur décelée début janvier, un adieu quinze jours après. Une disparition soudaine comme un flash. Je feuillette le dernier livre de mon copain et je vois flou. Mes larmes font ressembler le travail de Jonvelle à du David

Hamilton. Tu crois que je pleure un ami ? Pas du tout : je chiale de trouille.

Samedi.

J'ai de la chance : ma paresse raréfie ma production. Je publie un roman tous les trois ans. Or cette rareté attise la curiosité. En littérature, les flemmards sont souvent récompensés (J.D. Salinger, Antoine Blondin, Bernard Frank, Albert Cossery...). Les critiques les remercient de ne pas les submerger de boulot.

Dimanche.

Un jour ce sera moi qu'on descendra pour se faire les dents. Quand je serai un vieux installé (Goncourt 2012, Académie Française 2024), il y aura un petit jeune qui m'éreintera avec un talent cruel. Ce jour-là, il faudra que je sois fort et me retienne de lui mettre les bâtons dans les roues car il sera mon fils spirituel.

Lundi.

Un professeur d'université de Grenoble publie un pamphlet littéraire dans lequel il flingue tous les auteurs à succès : « La Littérature sans estomac ». Angot, Darrieussecq, Bobin, Sollers, Rolin, Toussaint, Delerm, tout le monde y passe, y compris votre serviteur ! Seul épargné : Houellebecq. Sacré Michel ! Houellebecq, c'est le McGyver de la littérature : quoi qu'il arrive, il s'en sort toujours.

Mardi.

Un jour, Jean Cau rencontre Paul Léautaud, son idole. Immédiatement, il lui demande un rendez-vous :

– Pourrais-je venir vous voir jeudi prochain ?

– Ah non ! répond Léautaud. Jeudi, je serai mort.

Cau l'a vu le mercredi, et Léautaud est mort le lendemain.

Les deux leçons de cette anecdote authentique sont :

1) les génies tiennent toujours parole ;

2) il ne faut pas avoir un agenda overbooké.

Mercredi.

Coulisses de *Rive droite, Rive gauche* à Asnières.

Thierry Ardisson (à Élisabeth Quin) :

– J'adore tes petits seins.

Élisabeth : – C'est bien ce que je pensais : t'es pédé.

Jeudi.

Bruno Gaccio qui critique la World Company travaille pour Universal. Gérard Miller s'est fait virer pour moins que ça : j'ai vu Michel Drucker lui reprocher chez Daphné Roulier de « cracher dans la soupe qui le nourrissait grassement ». Mais comment faire pour critiquer l'endroit où l'on est ? Le « crachat dans la soupe », comme la « reconnaissance du ventre » ou « ne mords pas la main qui te nourrit » sont des expressions inventées par les patrons pour empêcher leurs salariés de les contester. Or ce qui est fort dans la vie n'est pas de critiquer les autres, mais bien d'oser critiquer le lieu où l'on se trouve, c'est-à-dire soi-même et ceux d'au-dessus. C'est pourquoi, ici et maintenant, je n'hésite pas à le crier haut et fort : à bas Grasset ! Fuck le groupe Hachette ! Nique Arnaud Lagardère ! Waouh, bon sang, ça fait du bien d'être un vrai rebelle !

Vendredi.

Après la gauche caviar, j'ai décidé de lancer l'extrême gauche Prada.

Samedi.

J'ai cru être réveillé par un rayon de soleil mais il était 4 heures du matin, ma lampe de chevet était restée allumée, tu n'étais pas dans mon lit et il neigeait dans mon téléviseur. Saisi d'un doute, j'ai appelé chez Ludo et suis tombé sur toi. J'ai raccroché avant de parler : je ne voulais pas que tu saches qu'à présent j'avais une preuve. Pas question de perdre mon meilleur ami et ma femme sous prétexte qu'ils couchent ensemble.

Dimanche.

Au début, comme Victor Hugo, je voulais être Chateaubriand ou rien. Et puis, en vieillissant, j'ai révisé mes prétentions. Je me suis dit : « Antoine Blondin ou rien ». L'année suivante, c'était « Frédéric Dard ou rien ». Ensuite, « Charles Bukowski ou rien », puis « Philippe Djian ou rien », et maintenant « Oscar Dufresne ou rien ». N'importe qui plutôt que rien.

Lundi.

Notre week-end à Amsterdam ? Nous descendons du train, nous mangeons un space bonbon, et brusquement nous nous réveillons dans le train du retour. Seul souvenir : l'herbe gagnante de la Cannabis Cup a un joli nom (MORNING GLORY).

Je ne me sacrifie pas pour t'être fidèle, et je ne te le demande pas non plus.

Mardi.

J'ai trois phrases de la semaine en compétition alors choisissez vous-même. Les nominées sont :

– Y a mon mec qui est là-bas, faut que j'aille le quitter. (d'Évodie, Suresnes)

– T'embrasses comme une machine à laver. (du mec d'Évodie, Paris VIe)

– C'est la Saint-Valentin demain, n'oublie pas de te laver les dents. (de la Pétasse Inconnue, Paris VIe)

Jeudi.

Oh mais la voilà qui entre et me cherche du regard dans ce restau bondé de cons, inquiète, en retard, je lui en voulais de m'avoir fait attendre, seul à ma table dans ce lieu enfumé, avec les wannabe's autour qui gloussent en se demandant pourquoi Oscar est tout seul à sa table, le pauvre il s'est fait poser un lapin, à quoi ça sert d'écrire des bouquins si c'est pour se faire humilier de la sorte, mais à peine entrée elle est pardonnée, et je prends plaisir à faire durer ce moment où je peux la regarder sans qu'elle le sache, ainsi c'est à cela que son visage ressemble quand elle est sans moi, perdue et concentrée, sérieuse et préoccupée, je t'attendrais des heures sans barguigner, je t'aime aussi pour ça : tu es la première femme qui m'a fait employer le verbe « barguigner ». Comment être jaloux de quelqu'un d'aussi joli ? Tous ceux qui te désirent sont normaux. Je ne mérite pas l'exclusivité. Priver les autres de profiter d'une telle beauté serait un excès d'égoïsme. On n'enferme pas les miracles. Je te demande instamment de rester toujours aussi belle pour que je puisse continuer de t'aimer jusqu'à ce que mort s'ensuive.

Vendredi.

J'enchaîne un déjeuner avec Jean-Roch à l'Avenue et un rendez-vous avec Robert Hue au siège du Parti Communiste Français. Un condensé de ma vie trépidante. Il y a sûrement une logique là-dedans, mais laquelle ? Que l'on peut être un people social ? (Actualisation de la vieille étiquette de « social-traître ».) L'immeuble d'Oscar Niemeyer me plaît beaucoup (entre Oscars on se serre les coudes). Robert Hue m'explique comment l'homme qui créa Brasilia (il est toujours vivant : 94 ans) a dessiné « gratis ! » à Copacabana ce bâtiment en forme de faucille et de marteau. Une rétrospective lui est consacrée au Jeu de Paume, place de la Concorde. Tous les architectes sont des dingues mégalos : Gaudí, Le Corbusier, Nouvel, Niemeyer. C'est que, contrairement aux hommes politiques, ils mesurent rapidement les conséquences de leurs actes.

Samedi.

Kafka a tout raté (amours, travail, famille) pour réussir son œuvre. Je sens que je n'aurai pas ce courage. Je ne veux pas être triste pour être grand. Je refuse d'être malheureux pour écrire des choses profondes. Je souffre d'un déficit de dépression. C'est assez ironique : pour me défendre, mes amis disent souvent que je ne suis pas celui que l'on croit, qu'il y a quelqu'un d'autre derrière le masque du clown mondain. Une solitude, une douleur, un appel au secours... Je leur en sais gré mais parfois je me demande : et s'il n'y avait rien derrière le masque ? Et si j'étais ce night-clubbeur gesticulant, cet histrion creux, ce pantin rigolard, et puis rien d'autre ? Parce que je n'ai pas le goût du sacrifice, je ne suis peut-être pas un écrivain. En tout cas, tant que je ne croirai pas que je suis un écrivain, personne d'autre ne le croira.

Dimanche.

Ann Scott m'apprend au téléphone la mort de Sex Toy, d'un « arrêt cardiaque dû à un mélange médicamenteux » à l'âge de 33 ans. Maintenant, ça y est, elle est vraiment une SUPERSTAR.

Lundi.

Le succès n'est qu'un échec raté.

Mardi.

Christine Orban publie un roman intitulé *Fringues* (Albin Michel). Reconnaissons-lui de l'à-propos quand elle me dit :

– Vous allez encore me tailler un short ?

(J'avais déjà en tête le titre du papier : *Flingue.*)

Mercredi.

Le cinéma est le contraire du théâtre : les films il faut les voir tout de suite, quand ils sortent, parce qu'après on est déçu (tout le monde vous en a parlé, vous connaissez les scènes principales par cœur, les médias vous ont soûlé avec la bande-annonce et la promo des acteurs, Patrick Besson vous a raconté la fin), tandis que les pièces il faut les voir le plus tard possible, jamais au début (les générales sont horribles, c'est le soir où les comédiens sont les plus mauvais, il faut leur laisser le temps de se roder, éventuellement à l'auteur de corriger quelques répliques). Le cinéma se consomme instantanément, alors que le théâtre a besoin de temps pour se bonifier, comme un vin. Le cinéma est un produit frais qui pourrit vite, alors que le théâtre est un plat qui se mange froid. Il faut voir de nouveaux films et de vieilles pièces. C'était le théorème de Giesbert-Dufresne, mis au point lors d'un dîner chez Jean-Luc Lagardère. Putain, c'est honteux que quelqu'un comme moi soit déjà au pouvoir.

Jeudi.

Parlons-en, de ce dîner. Ainsi nous étions réunis au George V par un marchand d'armes en l'honneur du best-seller d'un intellectuel opposé à la guerre. Toujours la théorie du ver qui pourrit le fruit dont il se nourrit ? Pascal

Bruckner se gausse de cette démarche dans *Misère de la prospérité* (Grasset) mais que fait-il d'autre ? La révolte à l'intérieur du système est ridicule mais c'est la seule où l'on puisse manger gratuitement des langoustines au caviar, tandis que José Bové est condamné à six mois de prison ferme pour avoir démonté un McDo. Christine Ockrent était assise à côté de Laurent Fabius, collègue de bureau de son mari, qu'elle interviewa le dimanche suivant sur France 3. Karl Zéro se fit beaucoup prier pour imiter Duras et Godard. Les sondages de Chevènement faisaient peur à DSK. Régis Debray n'était pas invité (Régis Debray, le seul écrivain qui n'a jamais dévié : cela fait bien quarante ans qu'il soutient le Che, pas vrai ?). Moi, je pense de plus en plus qu'il vaut mieux être coco que bobo.

Vendredi.

Le bordel inverse le rapport de force : ce sont les hommes qui foutent des râteaux.

Samedi.

Survivras-tu à ma midlife crisis ?

Dimanche.

Je sors chercher du malheur parce que du bonheur j'en ai trop chez moi.

Lundi.

Évodie fait rire Françoise :

– Non, non, moi je ne vais pas dans une boîte échangiste ce soir : je suis pas épilée.

Mardi.

Dans la société ultra-libérale, les gens ne se demandent plus comment ils vont mais :

– Combien tu vas ?

Mercredi.

Je passe devant un abribus de L'Oréal. C'est une publicité pour un nouveau shampooing : « Coiffure froissée, effet saut du lit ». J'ignorais que la société de consommation en arriverait là : nous vendre un produit pour cheveux hirsutes. Tous les matins, quand vous vous réveillez, vous avez la coupe à la mode et vous ne le saviez pas, espèce de Jourdain capillaire. Non, malheureux, surtout ne vous peignez pas ! vous ruineriez ce chef-d'œuvre ! L'Oréal est là pour sauvegarder ce miracle : cet épi splendide, ce hérisson punk involontaire, cette houppe nocturne, quelle fraîcheur, quelle spontanéité ! Votre oreiller est bien plus fort que Zouari, Biguine et Dessanges réunis ! Chaque matin vous ressemblez à Florian Zeller gratuitement. Je suggère à L'Oréal d'aller plus loin : lancer une gamme de maquillage pour conserver la marque des draps sur la joue, un dentifrice « haleine dégueu », et une mousse à pas raser. Parce que nous le valons bien, merde !

Jeudi.

Avec Bertrand Suchet, Bruno Richard et Voutch dont le vrai nom est tenu secret, nous décidons de créer le « Number One Club de France », une « association de mecs successful » qui organisera des dîners grossissants et des festivités vulgaires en compagnie de nymphomanes atomiques. Nous cherchons la baseline (signature en français) de ce cercle très privé. Je vous livre quelques suggestions de notre cru : merci de m'écrire si vous trouvez mieux, nous sommes preneurs.

NUMBER ONE CLUB DE FRANCE. Vous n'êtes pas membre, et pour longtemps.

NUMBER ONE CLUB DE FRANCE. Ils ont la winning attitude.

NUMBER ONE CLUB DE FRANCE. Cela aurait pu être le club de Curd Jurgens, malheureusement il est décédé.

NUMBER ONE CLUB DE FRANCE. J'aime bien le pognon, pas toi ?

NUMBER ONE CLUB DE FRANCE. Vous n'êtes pas à la hauteur ? Eux, si.

NUMBER ONE CLUB DE FRANCE. Quel acteur, ce Belmondo.

NUMBER ONE CLUB DE FRANCE. En cas de guerre, vous serez content de les connaître.

NUMBER ONE CLUB DE FRANCE. Encore mieux que la Nuit de la Glisse.

NUMBER ONE CLUB DE FRANCE. Arrête de jouir, j'entends plus Dick Rivers.

NUMBER ONE CLUB DE FRANCE. Aaah aahh ouuuiiii floutch ! Faut que j'y aille, je suis garé en double file.

NUMBER ONE CLUB DE FRANCE. They are. Not you ?

NUMBER ONE CLUB DE FRANCE. La médiocrité n'est pas une fatalité.

Vendredi.

Les cons aiment être flattés, les intelligents aiment être critiqués.

Samedi.

Hier soir, Canal Jimmy faisait une émission spéciale sur Nirvana. Patrick Eudeline était grandiose : comme d'habitude, on ne comprenait rien à ce qu'il disait mais c'était lui qui avait raison. À la fin, quand les rock-critics évoquèrent le suicide de Kurt Cobain, Laurence Romance et Philippe Manœuvre se retenaient de chialer. On avait du mal à savoir s'ils pleuraient la mort d'un grand songwriter, la disparition du rock'n roll ou bien leur jeunesse perdue.

Moi, ce qui me frappe chez Kurt Cobain, c'est qu'il est né en 1967. Je trouve toujours étonnant qu'un type puisse naître après moi et mourir avant.

Dimanche.

Parfois je vois les villes en plein jour. Depuis toujours je cherche un endroit où je me sentirais chez moi. Où nous irions vivre un jour. Je voyage alors pour visiter la planète, comme un appartement à louer. Certains lieux peuvent être des buts, presque des raisons de vivre, qui donnent confiance en un avenir possible.

Un parc à Wiesbaden, où j'ai regardé des enfants jouer au foot ; il faisait chaud assis dans l'herbe.

Une église de Cracovie, éclairée la nuit, que j'ai photographiée.

La colline vierge de Sivergues, où les moutons sèment de taches blanches le vert profond.

La petite place de Piran, la Venise slovène aux maisons roses et blanches, d'où l'on contemple le reflet chatoyant des bateaux sur la mer Adriatique.

Un autre jardin, le parc Cismigiu de Bucarest, où j'ai eu une conversation saoule avec un chat roumain.

Ou bien le jardin d'été de Pierre le Grand à Saint-Pétersbourg, une bière sur un banc de pierre, entre les façades baroques des immeubles, peintes en jaune pour faire croire qu'il fait beau, et les places trop larges, et la Neva gelée qu'on traverse à pied.

Un TGV vers le Sud où une petite fille s'est endormie, boudeuse, les sourcils froncés, sur mon épaule, en rongeant son pouce.

La pleine lune en plein jour, plantée sur la flèche de la tour de la télé, dans le grand ciel glacé de Riga.

Je n'aime l'Europe que nouvelle. Cela fait tellement étrange de rencontrer des gens qui sont fiers d'être européens.

Le Musée Rodin, où les statues sont plus vivantes que les visiteurs.

Un dîner en Russie où quelqu'un a dit : « Au fait, qui paie l'addition ? » et où le consul ivre mort a répondu : « La France. »

Tous ces Graal qui me donnent du courage.

Lundi.

Comme un imbécile, je me pointe à l'inauguration du Nirvana Lounge (avenue Matignon) avec deux jours d'avance et tombe sur un Claude Challe aux yeux cernés par les gravats ; des ouvriers en salopette percent les murs des chiottes ; les chaises sont retournées sur les tables ; bref, ce n'est pas la fête du siècle. Heureusement le maître de céans a pitié de moi et me fait visiter la boîte au sous-sol : une splendeur post-seventies, capitonnée comme la maison de Lenny Kravitz, avec des equalizers aux murs et un vinyle géant en guise de dancefloor. Des fauteuils ronds entourent la piste comme dans les magazines de déco finlandais.

Une lumière douce diffuse une envie de se jeter sur les coussins pour vomir sur des mannequins drogués. Tel Terminator, je quitte cet endroit en me promettant : « I'll be back. » (En fait, je n'y suis jamais retourné.)

Mardi.

Dîner d'Alain Chabat aux Bains : il fait exprès d'arriver en retard avec Ophélie. Pour le punir, Kad et moi faisons semblant de ne pas le reconnaître mais il s'en fout pas mal, avec ses quatorze millions de nouveaux amis. Depuis qu'il a des dents normales, Joey Starr est un excellent deejay : il passe Michael Jackson en beuglant dans le micro (on dirait moi au VIP Room). Je crie : « Michael ! » mais Françoise me supplie d'arrêter car il risque d'entendre « Ta gueule ! » et de me casser la bouche. Jamel Debbouze porte un chapeau idiot qui ne rebute pas la grande brune à sa droite. Je crois qu'il lui plairait même avec un presse-purée sur la tête. Quant à Farrugia, il n'est pas venu car il a du pain sur la planche et ce ne serait pas raisonnable de la savonner soi-même avec de la vodka.

Mercredi.

Pourquoi j'ai snobé la fête *Elle* ? Parce que je suis trop vieux pour sortir trois soirs de suite, vous voulez ma mort ou quoi ? J'ai préféré lire *C'est la gloire, Pierre-François !*, le recueil d'articles de Matzneff à la Table Ronde. J'y ai dégotté ma nouvelle devise : « Plus un artiste est grand, plus il est prisonnier de ses obsessions. »

Jeudi.

Et c'est reparti ! Quelle semaine endiablée : ce soir on inaugure le WAGG (ex-Whisky à Go Go) entièrement redécoré, avec une nouvelle entrée non pas rue de Seine mais Mazarine, sous l'Alcazar. On dirait un peu une boîte gay de province (caves voûtées, éclairage bleu qui donne mauvaise mine, clientèle « sympa », ambiance « bon enfant »). Ce n'est pas très « people ». À quoi reconnaît-on qu'une soirée n'est pas très « people » ? C'est quand je suis l'invité le plus connu.

Vendredi.

J'ai trouvé la solution pour vivre en société quand on est myope : sourire tout le temps. On a l'air d'un con mais au moins on ne se fait pas d'ennemis.

Samedi.

Tous les riches devraient voter communiste pour déculpabiliser. On trouve grotesques les milliardaires rouges mais je les trouve moins obscènes que les milliardaires qui se plaignent de payer trop d'impôts.

Dimanche.

« Réaliser ses fantasmes, c'est tuer l'espoir », dit Françoise. Et Françoise a toujours raison. Je voulais rejouer *Jules et Jim* en organisant un « ménage à trois » avec Ludo et elle. Mais il faut se garder quelques fantasmes inassouvis pour ne pas finir repu et blasé. Bénissons nos désirs insatisfaits, chérissons nos rêves inaccessibles : l'envie nous maintient en vie.

Lundi.

Dîner dans le restaurant d'Olivier Castel : les Compères (rue Léopold-Robert, Paris XIVe). Je lui demande des nouvelles de son frère Guillaume.

– Euh… Il est dans le pays entre l'Inde et le Pakistan, là… Zut, j'ai oublié le nom… C'est un truc qui se fume…

– Afghan ? Iran ?

– Non ! Au Cachemire !

– Mais tu fumes tes pulls, toi ?

– Eh ouais, quand t'as plus rien à fumer…

Mardi.

Fête de Stéphane Marais, rue Princesse. Nous sortons trop, ça devient inquiétant. Mais je ne veux pas manquer une occasion de pratiquer mon sport favori : faire semblant de ne pas avoir reconnu des gens que j'ai reconnus. Sauf quand Dominique Issermann me présente Linda

Evangelista. Je lui demande si elle n'en a pas marre de se prendre des flashs dans la gueule depuis l'âge de 16 ans. Elle ne rit pas à ma question : parce qu'elle ne l'a pas entendue ? Je suis agressif ce soir, car je pense à Jean-François Jonvelle qui était assis sur ce fauteuil à la dernière fête de Stéphane Marais. Et maintenant il est assis où ? À la droite du Sieff ? Je lui souhaite plutôt d'être allongé sous un Ange Provocateur, le cul sur un nuage doux, en longue focale sur tirage noir et blanc hypercontrasté. Victoire de Castellane ouvre ma chemise Éric Bergère pour coller des petits-fours sur mon torse glabre et je me laisse faire. Gérald Marie me demande mon numéro de téléphone : une carrière de mannequin s'ouvre-t-elle à moi ? Un jour, j'atteindrai mon but : être une image. Frédéric Sanchez passe *Rock it*, d'Herbie Hancock, et il faut trois personnes pour me retenir de smurfer dans le seau à glace.

Mercredi.

Brèves de la night : « J'aime bien cette nana mais elle n'a pas mangé depuis 1997. » « Tu veux surfer sur mon sperme ? » « You're so you ! » « Je sais pas si tu es au courant mais tu viens de me faire perdre dix secondes de ma life. » « Ma seule religion, c'est moi-même. »

PRINTEMPS

BONSOIR LES CHOSES D'ICI-BAS

« Une des grandes règles de l'art : ne pas s'attarder ! »

ANDRÉ GIDE
Journal (8 février 1927).

Jeudi.

Inauguration du Stringfellows à la place du Niel's : c'est pareil qu'avant, sans les vêtements. Avec le Pink Platinum, le Hustler et le Stringfellows, Paris retrouve sa réputation d'avant-guerre : la ville des gonzesses à poil qui lèvent la jambe. Nous sommes tous des fellows du string ! Je me drogue de corps luisants, de seins dardés, de foufounes lisses, de bouches roses, de dos cambrés avec le sillon à l'intérieur où dégouline la sueur et J'adore Dior. J'emménage dans un clip de R&B. Tromper avec les yeux est la plus agréable façon d'être fidèle.

Samedi.

« Je suis un créateur impliqué dans la stratégie commerciale. » Le mec le plus cool du monde se nomme Tom Ford. Pour que chaque moment de votre vie soit parfait, pensez à ce que ferait Tom Ford à votre place. Non, il ne serait pas habillé comme vous. Non, il ne dirait pas bonjour à ce monstre. Non, il ne sourit jamais à quelqu'un d'autre que Karl Lagerfeld. Non, il ne lirait pas cet article, car il serait dans le désert du Nouveau-Mexique en train de parcourir *Wall Paper* en bâillant, tout de noir vêtu, adossé au mur blanc de sa villa où il donnerait une partie privée, dans laquelle des gens qu'on voit d'habitude dans des livres de Bruce Weber se feraient très très très plaisir entre eux.

Dimanche.

Le problème de mes quarante prochaines années de vie ? Essayer d'être heureux sans être Tom Ford.

Lundi.

Sale réveil : Françoise a encore découché et je n'arrive pas tout à fait à m'en foutre. Je déjeune avec Jean-Paul Enthoven, mon éditeur et néanmoins ami.

– Ça va ? Vous en faites, une tête.

– C'est-à-dire... J'ai assez envie de me tuer.

– Ce serait excellent pour vos tirages. Vos carnets deviendraient cultes, comme ceux de Brautigan ou Sylvia Plath.

– Merci...

– Le problème avec le suicide, c'est qu'on n'est plus là pour en profiter.

Et voilà comment il m'a guéri de cette idée. On peut donc considérer que ce jour-là, sans le savoir, Jean-Paul Enthoven m'a sauvé la vie.

Mardi.

Val Pacino me fait goûter un nouveau cocktail qu'il a baptisé « Coke liquide ». Un tiers de vodka, un tiers de Get 27, un tiers de Perrier. Le Get 27 enlève l'amertume de la vodka, les bulles du Perrier accélèrent l'entrée de l'alcool dans le sang. Trois verres, engloutis rapidement, font de vous un stroboscope humain.

Mercredi.

Ayant consommé des litres de coke liquide à la fête de *VSD*, il m'est assez difficile de vous la relater ici. Comme d'habitude, ce magazine a eu la déplorable idée de me demander de faire le « warm up », c'est-à-dire de pousser les disques de 23 h à minuit pour saboter l'entrée en scène de la grande Eva Gardner au VIP Room. J'enchaîne fastidieusement les Supremes avec les Stooges en beuglant des grossièretés dans le micro : « Enculez ma chatte ! » étant ma favorite (je suis sexuel ce soir depuis que Marc Dorcel m'a présenté Mélanie Coste et que Patrick Besson drague ma femme). Les écrans plasma diffusent les images d'une séance photo d'Estelle Desanges en bikini, entourée de Hongroises lobotomisées. Je préfère ce qui se passe dans cet écran que dans la salle. Le public siffle mes blancs entre les disques, alors qu'ils constituent ma marque de fabrique : la Dufresne's touch, quoi. Cette façon bien à moi de crasher un set sans vider la piste. Mon secret ? Facile : je peux mettre n'importe quoi, les gens ne rentreront pas chez eux tant que le bar sera open. Un dingue m'offre un nouveau jeu : « Libertin' Art » (sorte de Trivial Pursuit pour échangistes). J'ai hâte de rentrer à la maison pour commencer une partie : « Votre partenaire et vous, vous bandez l'un à l'autre les yeux, et vous partez mutuellement à la recherche des senteurs variées qu'exhalent vos corps », dit la carte numéro 46. Le Scrabble va prendre un petit coup de vieux.

Vendredi.

À la soirée de Jean-No au Pulp, je lui demande comment s'appelle ce magnifique groupe punk qui chante une version trashmetal de *La Musique* de Nicoletta.

– On s'en fout, me rétorque-t-il.

Je vous recommande ce groupe excellent : les On s'en fout.

Dimanche.

Le plus bizarre à l'étranger, c'est le sérieux avec lequel les journalistes m'interrogent sur le sens de la vie. Ils me confondent avec Éric Emmanuel Schmitt ou quoi ?

Lundi.

Moments où je me sens bien : quand j'écoute de la musique en contemplant les nuages par le hublot d'un avion, ou quand je suis complètement bourré et qu'une fille que je ne connais pas me déshabille, ou quand je nage dans une piscine au soleil, ou quand on fait un 69 avec Françoise, ou quand je lis le journal de Barnabooth dans la collection « L'Imaginaire » en buvant du rhum-vanille de chez Madoudou.

Mardi.

Le truc que je ne peux pas supporter en ce moment, ce sont les gens qui écoutent la B.O. d'*Amélie Poulain*. Cet accordéon évoque pour moi les soirées où l'on ne boit que du gros rouge qui tache, où tout le monde a du vin séché autour des lèvres et les cheveux sales et où il n'y a pas une seule fille baisable. Il y a toujours un ringard collant qui vient te parler du livre qu'il est en train d'écrire, et qui t'envoie sa mauvaise haleine dans le nez. Je deviens maniaque : je ne supporte plus les ambiances barbe de trois jours, « et si on discutaillait dans un troquet jusqu'à pas d'heure en écoutant les Négresses Vertes », ça me fout la gerbe, y a pas d'autre mot. Cela me rappelle toutes les nuits que j'ai perdues à vouloir refaire le monde alors que c'était moi qui étais refait.

Mercredi.

Je suis à Barcelone depuis un quart d'heure et déjà je bois un premier gin-limon en matant les Catalanes de 18 ans. J'adore faire le tri dans ma tête : celle-là ce serait possible, celle-là non, celle-là oui, possible, pas possible, faisable, pas faisable, très très mignonne, très très moche... Ce que les femmes ne comprennent pas, c'est que les hommes passent leur vie à les comparer. Celle-là je crois que je pourrais, celle-ci c'est moins sûr... Est-ce insultant pour elles ? Peut-être. Mais il n'y a rien de plus humiliant que la condition masculine. Finalement, arrive une merveille avec un petit cul et de gros seins narquois, le problème c'est qu'elle me fait penser à Françoise, merde, elle lui ressemble vraiment, toutes les femmes qui me plaisent sont des plagiats de toi. Il n'y a pas plus raciste qu'un homme amoureux : il ne s'intéresse plus qu'à une seule personne et toutes les autres peuvent crever. Tromper sa femme, c'est se tromper tout court.

Mercredi (encore).

Ce qui est génial, c'est de ne plus changer d'argent. Avec l'euro, vous vous sentez chez vous dans ce pays étranger. Vous ne parlez pas l'espagnol, mais vous êtes habillé comme les autochtones. La mondialisation, c'est se sentir partout chez soi. Les voyages sont magnifiques sous le régime globalisé, à condition, bien sûr, d'être pété d'euros et totalement superficiel. Je voyage autour du monde mais je ne vois rien parce qu'il n'y a rien à voir. Tous les pays sont identiques au mien. Je vole du pareil au même. Les gens portent les mêmes vêtements pour se rendre dans les mêmes magasins. Seule conséquence positive de cette uniformité : le monde entier est chez moi, et puisque partir revient au même que rester, autant partir.

Jeudi.

Bravo à *Choke*, le nouveau roman de Chuck Palahniuk (l'auteur de *Fight Club*), où il écrit :

– La pire des fellations sera toujours meilleure que sentir la plus belle rose ou regarder le plus beau coucher de soleil.

De toute façon je n'ai plus de libido. Je ne veux plus baiser, je préfère flirter. À la rigueur je veux bien qu'on me branle ou me suce. La pénétration, non merci, j'ai arrêté : avec une capote, aucun intérêt ; sans capote, trop angoissant (dans les deux cas, je débande). Je ne comprends pas cette hiérarchie débile dans la tête des mecs : comme si faire l'amour était supérieur au flirt. À mon goût c'est le contraire : baiser est moins sexy que danser un slow. Un bisou dans le cou est préférable à un va-et-vient vaginal. Une main dans les cheveux est plus belle qu'une éjac dans un ballon Durex. Une lèvre sur la paupière, un doigt dans la bouche ou une langue sur le doigt sont plus agréables qu'un gland dans l'oreille, un poing dans le cul ou un anus sur le nez. Franchement, vrai ou pas vrai ?

Vendredi.

Dîner dans le Barrio Chino, à la Casa Leopoldo, fameuse gargote citée par André Pieyre de Mandiargues dans *La Marge*. Vásquez Montalbán, le Roi Juan Carlos et José Luis de Villalonga sont des habitués. Le Jabugo est exceptionnel, je me gave de fritures grasses à souhait, et nous inventons une nouvelle tendance : le « Poiling » (le look Demis Roussos va revenir à la mode selon mes amis virils : il faut absolument se laisser pousser la barbe et le torse, avoir une forêt entre le menton et le sexe, s'ils disent vrai mon été va être complètement foutu, de quoi vais-je avoir l'air sur les plages avec mon corps tout lisse ?). Ensuite, ils m'emmènent dans une rave au Musée d'Art Contemporain de Barcelone (le sublime MACBA dessiné par Richard Meier) :

– Tu verras, c'est une typique fête barcelonaise : personne ne danse et tout le monde regarde qui est venu.

– Ah tiens, dis-je. C'est le même principe que les typiques fêtes parisiennes.

Samedi.

La télévision hertzienne me fait les yeux doux : Lescure et Farrugia m'appellent. Ardisson me conseille de refuser. Si j'accepte, je vais être encore plus détestable, donc détesté.

J'accepte par curiosité masochiste et appât du gain.

Dimanche.

Pour obtenir le pouvoir, faites croire que vous êtes faible.

Lundi.

Je suis partisan de la création d'une « Carte de Pauvre » exigée à l'entrée des magasins Zara, Mango, H&M, Kookaï, Naf Naf, Gap, etc. Seules les détentrices de cette carte (accordée seulement aux personnes prouvant qu'elles gagnent moins de 1 500 euros brut par mois) auraient le droit d'entrer dans les magasins de fringues bon marché. Ainsi les riches seraient obligées d'acheter leurs bikinis chez Chanel à 2 000 euros pièce (ce qui rapporte 33 % de TVA reversée aux hôpitaux, aux crèches...). Je suis également favorable à l'interdiction des soldes à Christine Orban et Paris Hilton.

Mardi.

Ce soir-là, en allumant mon septième pétard, je me doutais bien que c'était celui de trop, mais il était trop tard et j'étais trop raide pour freiner. D'où une crise d'angoisse terrible qui m'a fait noter ceci sur mon carnet Muji : « Putain mais je suis où là ? Reflets du néon sur le bitume. Je dois me situer dans une ville. Mais laquelle ? Et dans quel pays ? Je voudrais retrouver ma patrie, si jamais j'en ai une. »

Conclusion : méfiez-vous du septième pétard. Il rend souverainiste.

Mercredi.

Alain Finkielkraut déteste la musique dans les bars, ce bruit incessant qui empêche de parler, de penser, d'exister. Il a raison, mais on peut comprendre l'intérêt d'une telle cacophonie : la musique est tellement forte (par exemple à la Fabrique ou au Sanz Sans) que personne n'entend son voisin. Du coup, votre seule chance d'être compris de la jolie femme à vos côtés n'est pas de lui hurler dans l'oreille, mais de l'embrasser directement sur l'épaule, de lui mordre le cou, de crier dans sa bouche. La musique à tue-tête dans les bistrots permet de sauter l'étape de la drague, et de passer directement aux rapprochements corporels, autre degré de communication.

Jeudi.

Le mieux est l'ennemi du bien. Le pire est l'ennemi du meilleur. Le nul est l'ennemi du génial. Le nase est l'ennemi du super. La merde est l'ennemie du top. Waow. On en apprend des choses dès qu'on cogite un peu.

Vendredi.

Pourquoi ma vie et mon œuvre sont-elles étroitement liées ? Parce que je fais des expériences sur moi-même, comme un savant fou, avant de les relater par écrit. Je suis mon propre cobaye.

Samedi.

Nouvelle scène de jalousie de Françoise. Si j'étais vraiment cynique, je ne rougirais pas aussi souvent. Elle nie tout double jeu avec Ludo. Je ne la crois pas, même si elle joue mieux la comédie que moi. J'en veux aux histoires d'amour d'être si prévisibles.

Dimanche.

Il y avait foule sur la piste de danse, alors je me suis réfugié dans le carré VIP. Mais le carré VIP était bondé, alors on m'a trouvé un coin encore plus private à l'étage, mais très vite le coin private était trop engorgé, alors le patron m'entraîna dans son bureau ultra-select. Après je n'avais plus qu'à rentrer chez moi. L'aboutissement du raisonnement VIP (de moins en moins de monde, de plus en plus trié sur le volet), le lieu ultime du snobisme climatisé, c'est le monastère. Le carré VIP idéal, c'est une cellule dans le désert.

Lundi.

Inauguration du restaurant Bon n° 2 dessiné par Philippe Starck (rue du 4-Septembre, Paris IIe). Au-dessus du bar défilent les cotations boursières. Le barman, un chauve drogué nommé Xavier, nous sert du bourbon infusé à la vanille et une vodka mexicaine contenant un ver à soie nourri au cannabis. Au bout de quelques shots, Guillaume Rappeneau éructe :

– Faites-moi ce que tu veux !

Les chiottes sont en carrelage blanc. Je croise la Pétasse Inconnue dans l'escalier. Elle me dit :

– Je t'embrasse là où ça sent fort.

Laurent Taïeb est le Big Bon. Il promet d'ouvrir bientôt un StarckHôtel comme le Mondrian à Paris. J'y aurai ma suite à l'année. Je vivrai dans un rêve glacé, le mirage d'un autre. Vous me haïrez encore plus en 2005.

Mardi.

Les gens me disent souvent : « T'es vachement plus sympa en vrai qu'à la télé » et autres sornettes. C'est faux ; je laisse ça à Jacques Chirac. Je suis gentil partout. Simplement, je fais semblant d'être méchant pour qu'on ne me dérange pas. En moi l'égoïste se dispute avec le romantique, et c'est toujours le deuxième (le nunuche, le fleur bleue, le naïf, le poli et l'optimiste) qui finit par l'emporter.

Mercredi.

Je regarde un documentaire sur Hugh Hefner. Le fondateur de *Playboy* vit avec six femmes à Hollywood. Les extrêmes se rejoignent : quand on symbolise la libération sexuelle, la décadence ultime, la pornographie totale, on se retrouve avec un harem – donc on devient musulman. L'idéal serait d'avoir la vie d'Hefner jusqu'à 50 ans mais d'arrêter après (en se mariant ou en se suicidant, ce qui revient au même). Car quoi de plus cafardeux qu'un play-boy de 75 ans ? Hugh Hefner rajuste sa moumoute et prend son Viagra. Et c'est ainsi qu'Allah est grand.

Jeudi.

La masturbation, c'est être homosexuel avec soi-même.

Vendredi.

L'échangisme n'est pas du communisme mais de l'ultralibéralisme sexuel. C'est pourquoi Françoise est contre. On va dans un club pour échanger la femme d'hier contre celle du lendemain. Bientôt, toutes les boîtes seront échangistes et le troc remplacera l'amour. Dans ce journal, j'écrirai : « Lundi. J'ai échangé Pauline contre Gisèle. Mardi. J'ai troqué Gisèle contre Noémie. Mercredi. J'ai négocié Noémie contre Pénélope. » On affichera (comme chez Bon nº 2) les cotations sexuelles des filles. « Ce soir, Pénélope en hausse de trois points : elle a mis du rouge à lèvres. Noémie chute de six points depuis qu'elle a pris six kilos. Gisèle stagne avec ses trop grands pieds. » La libération sexuelle n'était pas libertaire mais libérale : là-dessus, je rejoins l'auteur de *Plateforme*.

Samedi.

Voyage à Casablanca avec Françoise sous la pluie. Il n'y a plus Saint-Exupéry à l'hôtel Excelsior, ni Humphrey Bogart séduisant des femmes mariées dans des hôtels Art déco. Il y a une métropole anarchique et bruyante où l'on klaxonne sous le ciel blanc. Il y a la piscine sur le toit du Sheraton. Il y a la corniche, ses bars, ses restaus, ses filles aux dents blanches. Il y a Le Petit Rocher, sorte de Buddha bar marocain, où la jeunesse friquée rêve d'Amérique tout en détestant Israël. Il y a des frimeurs en BMW qui ont vu le « Loft 2 » à la télé. Impossible de fuir l'allumeuse Marlène : elle est déjà star by satellite. À la bodega du marché central, on ne parle que d'elle : la nymphowoman a gagné dix minutes après son entrée chez Big Brother. Pendant ce temps-là, les bombardements continuent.

Dimanche.

À Zurich, un admirateur reconnaît James Joyce dans un café.

– Puis-je embrasser la main qui a écrit *Ulysse* ?

Et Joyce répond :

– Non, elle a aussi fait beaucoup d'autres choses.

Lundi.

Richard Durn n'a rien d'original : il copie Érostrate, qui incendia le temple d'Artémis à Éphèse pour devenir immortel (c'était une des Sept Merveilles du monde et cela se passait en 356 avant Jésus-Christ). Comme lui, Richard Durn a tué des gens pour sortir de l'anonymat. Son journal intime, publié par *Le Monde*, ressemble à ce que j'écrirais si tout le monde ignorait ma gueule. « Et si je n'existais pas ? » aurait pu chanter le mass meurtrier comme Joe Dassin s'il avait été narcissique. C'est une des premières fois qu'en France le désir de célébrité assassine des êtres. Rappelons qu'Érostrate fut condamné au feu et que toute mention de son nom fut interdite sous peine de mort. Je suggère de ne plus jamais citer le nom de… comment s'appelait-il, déjà ?

Mardi.

Malade, fauché, sur l'avenue Jean-Jaurès, quand il me dit au revoir, Guillaume Dustan lève le bras et fait le v de la victoire.

Mercredi.

« Je suis l'homme qui parcourt les rues des villes, la nuit, à la recherche de filles, en disant son chapelet pour n'en pas trouver. » Le journal intime d'Archibald Olson Barnabooth raconte la vie d'un jeune riche, en Europe, il y a exactement un siècle. Si l'on fait abstraction du style, la comparaison avec mon carnet est passionnante : tout a tellement changé (uniformisation des cultures, réduction technique des distances, libération des mœurs...) et en même temps pas tant que ça (il y a toujours les mêmes injustices et déséquilibres sociaux, les mêmes œuvres exposées dans les mêmes musées, les mêmes églises, la même beauté, les mêmes « cocottes », quelques paysages pas encore défigurés...). Barnabooth se rendait en Italie, en Allemagne, en Russie et en Angleterre dans les premières années du XXe siècle. Oscar Dufresne le suit à la trace, trois guerres mondiales plus tard, et se comporte avec la même légèreté, la même tristesse émerveillée, les mêmes contradictions amoureuses... et si le temps n'existait pas ?

Jeudi.

Pendant que vous lisez ceci, Hugh Hefner vit en pyjama entouré de suceuses liftées et collagénées qui dépensent son flouze et espèrent grappiller des miettes de sa notoriété. Pendant que vous lisez ceci, il erre entre ses piscines vides et ses Jacuzzis tièdes. Pendant que vous lisez ceci, il reçoit des stars retraitées à des projections privées dans une salle de cinéma démodée. Sur l'écran défile leur jeunesse. J'aimerais tant avoir la preuve que Hugh Hefner et Tom Ford ne sont pas heureux.

Vendredi.

Billy Wilder : « Quand j'étais déprimé, je faisais des comédies. Quand j'étais très heureux, je faisais des tragédies. »

Samedi.

L'avantage d'être critique (par rapport à être artiste), c'est qu'on peut se réfugier dans la réalité des autres. Le film d'un autre, l'émission d'un autre, le livre d'un autre, le disque d'un autre sont autant de fuites pour éviter de penser à soi. Le critique n'aime pas vivre. Le critique n'a pas de souvenirs personnels : ceux des artistes les remplacent. Les œuvres des autres le protègent de l'existence. L'art remplace la vie qu'il n'a pas. De plus en plus d'habitants de la planète vivent ainsi dans le monde merveilleux des critiques : celui où les problèmes disparaissent, celui où la tristesse vient d'une chanson d'amour, celui où des personnages aussi élégants que fictifs souffrent à notre place.

Dimanche.

Il ne faut jamais rencontrer les gens qu'on déteste, parce qu'on finit par les aimer.

Lundi.

J'assume l'échec de la campagne de Robert Hue en me retirant de la vie politique. Bon débarras ! La démocratie est devenue une illusion d'optique, un concours de démagogie. Mon engagement aux côtés des communistes rénovés était mon dernier sursaut de romantisme échevelé. C'est fini, on ne m'y reprendra plus : la politique est impossible. Je me sens mieux dans le nihilisme, qui est bien plus confortable. Je ne crois plus en rien ni personne. Je suis dégoûté par le résultat du premier tour de l'élection présidentielle. Je renonce à tout espoir, tout désir de changement, tout rêve de révolution, tout besoin d'utopie. Je bats ma coulpe d'avoir cru au progrès. Je me considère désormais comme individualiste. Je ne voterai plus que pour le Parti Égoïste Français. Je serai hédoniste et décadent pour ne plus être ridicule et déçu. Je me contente à présent d'attendre la fin du monde en jouissant de mes privilèges au lieu de vouloir les partager. Pourquoi perdre du temps à s'intéresser aux souffrances d'autrui ? Le malheur des exclus me laisse indifférent. Il me suffira de penser à autre chose : Françoise, l'art, le soleil, le cul, mon compte en banque, un poème, la mer, la drogue. Le reste ne me concerne plus. Qu'on ne prononce plus le mot « optimisme » devant moi. Quant aux pétitions, envoyez-les à des benêts. C'était la dernière prise de position politique de ma vie.

Mercredi.

Les nouveaux clubs de strip-tease sont si frustrants que je leur propose de créer un forfait en s'associant avec des bars à hôtesses : ce serait comme la « formule Hippo-ciné » du sexe : Stringfellows + Baron, Pink Platinium + Japan Bar… Première partie de soirée : une bombasse te file la gaule. Deuxième partie de soirée : une prostipute te finit à la main dans une alcôve. Le désir dans les bordels est différent : on sait que toutes les filles sont d'accord donc on est totalement objectif. C'est uniquement mon attirance qui décide, pas l'objet de mon désir. Conclusion : les seules fois de ma vie où j'ai eu l'occasion de satisfaire mon désir (je veux dire comme un client qui choisit un fruit à l'étalage du marché) furent lors de mes visites au bordel. Seules occurrences où j'ai eu le choix. Seules fois de ma vie où j'ai connu le pouvoir qu'avaient les hommes d'avant le féminisme.

Ces derniers temps, c'est moi qui rentre le plus tard. Françoise s'éloigne et avec elle ma dernière chance. Ma mollesse la dégoûte. J'ai perdu la force de lutter. Je l'aime mais ne fais rien pour la rassurer. Je sais que c'est elle qui gouverne. Ses reproches sont une façon de me demander de la sécuriser. Elle m'a mal choisi, s'est trompée sur mon compte. On se trompe tous les deux parce qu'on s'est trompés dès le départ. Elle me quittera bientôt, je le sens. C'est le seul moyen pour elle de détruire la peur que je la quitte : prendre l'initiative de la rupture.

Jeudi.

Jacques Braustein, à propos du roman *Je l'aimais* d'Anna Gavalda :

– Mieux vaut vivre des choses tristes que de ne pas vivre des choses gaies.

Vendredi.

Nous partons nous faire voir chez les Grecs. À Athènes, tout commence à minuit mais nous sommes trop fatigués pour aller au Bee (Place Monastiras) ou au Gouronakia (rue Skoufa). Alors je me balance dans un fauteuil bulle suspendu au plafond du Frame (rue Kleomenous) et renonce, pour une fois, à inspecter la clubbisation du monde.

Samedi.

Britney Spears me poursuit jusqu'à Hydra. Impossible d'échapper à son dernier tube, même au fin fond d'une crique, après une heure de « flying dolphin » (aéroglisseur en grec). Je lui pardonne : c'est plutôt positif que les minettes du monde entier copient ses teeshirts trop courts. Le paysage n'en est que plus agréable.

Dimanche.

Car en ce temps-là, le nombril était devenu la seule utopie. Seul problème : il était percé de partout.

Lundi.

À un moment, j'étais devenu tellement bourge que je détestais tous les livres où ne figuraient pas les mots « enculé », « bite », « LSD », « putain de merde », « passe-moi la shooteuse », etc. Maintenant que je suis un vrai rebelle trash-hardcore-néopunk, je suis comme Virginie Despentes : je préfère les mots « bonheur », « enfant », « amour », « sincérité ».

Mardi.

Manifestation jet-set au Trocadéro : toutes les stars françaises sont rassemblées derrière des barrières pour chanter *La Marseillaise.* Avant d'arriver, je craignais le pire : une révolution people où des privilégiés apporteraient une fois de plus, involontairement, des voix à Le Pen en proclamant courageusement leur soutien aux gentils contre les méchants. Mais Édouard Baer et Atmen Khélif donnèrent tort à mes préjugés paranoïaques : « Le drapeau français bleu-blanc-rouge est à nous tous, *La Marseillaise* nous appartient, soyons fiers de ces symboles dont l'extrême droite a eu trop longtemps l'exclusivité. »

Ce serait bien si, en boîte, le nouveau truc branché était d'entonner l'hymne national. Ce serait bien si le deejay pouvait beugler « Vive la France ! », sans avoir l'air d'un ringard ou d'un facho. Zut, je reparle de politique, moi qui m'étais promis d'arrêter.

Mercredi.

Revenus d'Hydra tout bronzés et de nouveau épris. Françoise s'aperçoit que nous n'avons pas pris de photos là-bas. Ce n'est pas grave ; cela nous oblige à garder toutes les images dans la tête : les ânes qui remplacent les voitures, les petits restaurants sur le port où le pain est servi chaud, un immense yacht australien baptisé *Protect me from what I want*, la maison vide de Leonard Cohen, la chambre des Kennedy à l'Hôtel Orloff, le soleil, l'huile d'olive, la crème solaire sur tes seins, le vin grec, le ciel et la mer confondus. Les abeilles géantes en plastique suspendues au plafond du bar, qui nous ont fait rire une demi-heure non-stop (sous space cake). De retour au Pirée, la daurade grillée chez Jimmy and the Fish (à Mikrolimano). Avec toujours au ventre cette peur pénible d'être heureux, l'effroi que cela puisse s'arrêter un jour. Notre meilleur appareil-photo s'appelle la mémoire.

Jeudi.

Gustave Flaubert, quand il n'arrivait pas à écrire, en novembre 1862 : « Je suis bête et vide comme un cruchon sans bière. »

Vendredi.

C'est à cela que ressemble un écrivain qui n'écrit pas : un cruchon sans bière, un stylo sans encre, une voiture sans carburant. Un objet inutile et encombrant, un outil qui ne sert à rien et qu'il faut, malgré tout, entretenir. Rien de plus déprimé qu'un écrivain en panne. C'est mou et prétentieux, ça se repose sur ses lauriers, ça se conjugue à l'imparfait. Gary et Nourissier ont écrit des choses déchirantes là-dessus. À propos de Nourissier, je change de sujet : j'ai lu dans *Nova magazine* que la maladie de Parkinson pouvait se soigner avec du MDMA ! Si cette info se confirmait, cela nous promet de belles réunions chez Drouant ! Avec Nourissier sous ecstasy, j'ai peut-être même mes chances au Goncourt.

Samedi.

Ma vie se divise en deux périodes : jusqu'à l'âge de 20 ans je ne me souviens de rien ; après je préfère oublier.

Dimanche.

C'est la première fois que mon cœur n'est plus angoissé par le temps. J'ai l'impression que cette fois l'amour se renforce avec la durée. Seule l'absence d'angoisse m'angoisse.

Lundi.

Parle avec elle d'Almodovar ? Un mélo où deux homos refoulés font l'amour par le truchement d'une danseuse dans le coma. Ludo et moi ? J'aime la scène de total-body-fucking en noir et blanc muet : un homme de dix centimètres de haut entre dans le sexe d'une femme qui dort. Même Fellini n'avait pas osé ! Pour le reste, Almodovar me paraît fatigué. Je sens que les bobos vont tous acheter la bande originale avec la version unplugged de *Cucurucucu Paloma* par Caetano Veloso. De toute façon, chaque fois que je vais au cinéma avec Françoise, je préfère regarder son profil que l'écran. Tu me fais tourner la tête – vers toi. J'attrape des torticolis : il faut vraiment que le film soit très réussi pour être à ta hauteur. Je te regarde le regarder. Si tu ris, je le trouve drôle. Si tu pleures, je le trouve émouvant. Et si tu bâilles, je m'endors.

Mardi.

Dîner à l'Avenue avec Thierry Ardisson : c'est reposant quand toute la salle surveille quelqu'un d'autre que moi. L'homme en noir raconte :

– Marie-France Brière me l'avait prédit : « Thierry, tu seras bon à la télé le jour où tu y seras comme tu es au restaurant. » Quinze ans après, je suis bon à la télé mais je suis nul au restaurant !

Mercredi.

Et moi qui me croyais original avec mon « appareil-photo qui s'appelle la mémoire » ! Proust a dit la même chose (légèrement mieux) il y a un siècle : « Il en est des plaisirs comme des photographies. Ce qu'on prend en présence de l'être aimé n'est qu'un cliché négatif, on le développe plus tard, une fois chez soi, quand on a trouvé à sa disposition cette chambre noire intérieure dont l'entrée est "condamnée" tant qu'on voit du monde » *(À l'ombre des jeunes filles en fleurs).* Bon sang, quand La Bruyère a dit que « tout est dit », je suis sûr que quelqu'un l'avait déjà dit avant lui.

Jeudi.

Qu'est-ce que la vie ? Un long brainstorming pour répondre à cette question.

Vendredi.

Amsterdam est sous le choc de l'assassinat de Pim Fortuyn, le gay d'extrême droite. Il était pour l'euthanasie mais aussi pour la fermeture des frontières et la suppression de l'euro. Ce chauve qui roulait en Jaguar avec ses deux chiens faisait le salut militaire en s'exclamant « At Your service ! ». Sa mort va le rendre culte alors qu'il était juste dangereux. Le Pen devrait organiser son propre meurtre s'il veut que le Front national fasse rebelote aux législatives. Après ma conférence, je dîne allongé sur un matelas au Supper Club. Après je descendrai au sous-sol (la discothèque) : on mange et après on est mangé. J'adore le slogan publicitaire du Soul Kitchen (le club R&B d'Amsterdam) : « Nous passons une musique qui date du temps où Michael Jackson était encore noir. » Je suppose que Pim Fortuyn n'allait pas au Soul Kitchen. En tout cas il n'ira plus.

Samedi.

Dans l'avion qui me ramène à Paris, une hôtesse d'Air France m'a reconnu :

– Vous êtes écrivain, c'est ça ?

– Oui… (rouge de contentement).

– Excusez-moi mais… vous vous appelez comment ?

– Oscar Dufresne… (blanc de déception).

– Je sais ! Je vous ai vu chez Fogiel !

– Oui, j'y suis passé il y a longtemps… (vert de rage).

– Je suis désolée, je n'ai rien lu de vous.

Et voilà comment un petit prétentieux se retrouve humilié, remis à sa place comme s'il avait voulu se la péter, alors que pour une fois il n'avait sonné personne.

Dimanche.

On me reproche d'être un feu follet, une girouette, un Basque bondissant vers la moindre nouveauté, une victime de l'éphémère. Tout cela est exact. Mais je n'écrirais rien si je n'étais pas ainsi. Car j'écris pour savoir ce que je pense.

Lundi.

La peur de la solitude et la crainte de mourir sont les deux raisons qui me font sortir le soir. Ce qui est drôle, c'est que Ludo m'assure que ce sont aussi ses deux seules motivations pour avoir fait des enfants. Donc le night-clubbing et la reproduction ont la même source : la vie en société plutôt que la mort solitaire.

Mardi.

Tu ouvres les journaux et tu commences à sentir qu'Oscar Dufresne t'échappe. Il s'écrit à peu près n'importe quoi sur son compte et tu n'as pas le temps de rectifier le tir car tu es submergé par les mots « Oscar » et « Dufresne ». Ils sont omniprésents et appartiennent à tout le monde : il leur est nécessaire de les dégainer à tout bout de champ. Tu es cité et c'est de ta faute. Tu es un exemple, un contre-exemple, une tête de Turc, un bouc émissaire, un symptôme, un symbole, une maladie, une tare, une comète, un produit, une marque, bref, tout sauf un homme. Tu as gagné : des gens dont tu n'as rien à foutre disent des mensonges sur quelqu'un qui porte ton nom mais qui n'est pas toi. Youpi ! Tu es connu par des inconnus.

Mercredi.

Quand j'ai fait ma dépression nerveuse à 33 ans, je n'en ai parlé à personne : j'ai écrit un livre, c'est-à-dire que finalement j'en ai parlé à tout le monde.

Jeudi.

À Paris, les voitures rapides vont moins vite que mon scooter lent.

Vendredi.

Dialogue sympathique entre amis :

– Cela fait longtemps que je n'ai plus de nouvelles de V.

– Ah bon ? Tu crois qu'elle est morte ?

– Non, on l'aurait lu dans *Le Figaro*...

Samedi.

Nous passons le week-end à l'Hôtel Costes pour snober le Festival de Cannes. J'aime bien rester à Paris sans rester chez moi. Sur le comptoir de la réception, ils vendent l'eau de toilette Costes, le shampooing Costes, les bougies Costes, les compilations Costes (par Stéphane Pompougnac), le savon Costes, le bain moussant Costes, ce n'est plus un hôtel mais un mégastore ! J'ai envie de leur dire : « C'est un peu court, jeunes frères ! » On attend « Costes magazine » (mensuel avec tous les ragots de l'hôtel : avec qui Jamel a-t-il déjeuné, Palmade a-t-il dit bonjour à Patricia Kaas, quel est le prénom de la salope près de la cheminée, comment décrocher un sourire d'Emma au restaurant, faut-il commander les asperges mousseline ou vinaigrette, à quelle heure arrive Dominique Farrugia, à quelle heure s'en va Arno Klarsfeld, etc.), « Costes TV » (chaîne câblée retransmettant en direct tout ce qui se passe dans les chambres 24 h / 24 ainsi que dans la piscine du sous-sol, surtout le hammam, très important le hammam, avec ses mannequins nus et en sueur), « Costes le roman » (je veux bien servir de nègre si c'est payé en suites), « Costes le film » (classé X bien sûr), « Costes Car » (la première décapotable Napoléon III, série limitée designed by Garcia), comment se fait-il que personne n'y ait songé plus tôt ? Au boulot les gars ! Il faut décliner avant de décliner.

Dimanche.

Jérôme Béglé a composé un tube encore plus idiot que celui des Bratisla Boys : « The Final Condom » (à chanter sur la musique du groupe Europe : « The Final Countdown »). L'idée d'une chanson évoquant le « préservatif final » devrait séduire des millions de jeunes cet été. Pour l'instant, aucune maison de disques ne semble emballée par ce projet. Comment ça, « on l'a échappé belle » ?

Lundi.

Cela fait tellement longtemps que je fuis que je ne me souviens plus ce que je fuis.

Mardi.

Il est temps que j'avoue quelque chose de très grave. Quand j'avais 10 ans, j'étais complètement pédophile. J'étais fou de désir pour des fillettes aux petits seins en cours de formation sous des tee-shirts de marque *Fruit of the Loom.* J'étais énormément excité par leur visage innocent et leur petit bikini sur la plage de Guéthary. Je tombais amoureux de leur petit cul rose, qui me faisait fantasmer. Je vivais dans une photo de Larry Clark et j'en profitais à chaque seconde. Quel bonheur, le beach-volley ! J'en ai beaucoup profité pour peloter leur ventre plat et mordre leurs fesses minuscules. J'aimais nager contre leur corps pas fini. Je leur prenais la main pour gambader dans le sable, obsédé par leurs genoux aux écorchures violettes et leurs salières fragilement bronzées. Quand j'avais 10 ans, j'étais Marc Dutroux en toute légalité, puisque les lolitas avaient mon âge. Amis lecteurs de moins de 12 ans, vous ne connaissez pas votre chance ! Dépêchez-vous d'être Humbert Humbert tant que vous en avez le droit !

Mercredi.

Je voudrais disperser mes activités à un point tel que les gens finissent par croire que j'ai un homonyme. Ma schizophrénie n'est pas du dilettantisme mais un rêve d'ubiquité.

Jeudi.

Je viens de passer une après-midi délicieuse à la prison pour femmes de Fleury-Mérogis. J'étais le seul mec au milieu de toutes ces captives ! À ma grande déception, aucune ne m'a violé et je fus rendu à ma liberté en fin de journée… J'imaginais qu'on allait me séquestrer, me prendre en otage, me contraindre à satisfaire les appétits de centaines de nymphomanes, me gang-banguer brusquement ! Au contraire, j'ai été accueilli avec la plus grande gentillesse par les animatrices de Radio Meuf (la radio interne de la maison d'arrêt). Aude, Nawel, Yousra, Gilda, Zabou et toutes les « lofteuses de Fleury », dont j'ai oublié le prénom, merci pour ce moment d'évasion (si j'ose dire). Je vous promets d'arrêter de me plaindre de ma liberté. Je vous jure de ne plus jamais dire que je suis prisonnier du système. Tant qu'on n'est pas enfermé dans une cellule de 6 mètres carrés, on ne sait pas ce que c'est que d'être prisonnier du système.

Vendredi.

Aujourd'hui, j'ai énuméré ce que le monde me proposait. Il n'y avait pas grand-chose. Mais le monde me suffisait.

Samedi.

L'autre nuit, j'ai rêvé que j'étais au Stringfellows, et c'était mieux qu'en vrai pour trois raisons :

1/ La danse ne coûtait pas 20 euros ; 2/ la danseuse voulait bien que je la lèche entièrement ; 3/ mes cheveux ne puaient pas la clope quand je me suis réveillé.

Dimanche.

You must eat or you must die, dit Jim Harrison. Mais que faire si l'on n'a jamais faim ?

Lundi.

J'ai souvent dit qu'on ne pouvait pas détourner un avion sans monter dedans. Le problème, c'est qu'une fois dedans, on peut aussi changer d'avis et s'installer en First. Une coupe de champagne offerte par l'hôtesse et les pirates de l'air virtuels se transforment rapidement en braves businessmen ventripotents.

Mardi.

L'émission qui cartonne à la télé américaine s'appelle « The Osbournes » sur MTV. Elle relève d'un genre nouveau : le « Reality Celebrity Show ». On y voit Ozzy Osbourne, le chanteur du groupe Black Sabbath, en famille, suivi 24 h sur 24 par des caméras. On l'espionne en train de cuisiner avec sa femme ou de marcher pieds nus dans la pâtée du chien. Sur scène, pendant ses concerts, on était plutôt habitué à le voir décapiter une chauve-souris vivante avec les dents. Il s'est calmé : à présent, sa seule violence, c'est la normalité. Pourquoi cette émission marche-t-elle autant ? Parce que le public veut voir les coulisses mais aussi l'ennui. La plupart des stars préfèrent se cacher pour qu'on ne sache pas à quel point leur vie est chiante. Heureusement, on trouvera toujours quelques exhibitionnistes pour accepter de transformer leur vie en émission. Bientôt, peut-être, chaque célébrité deviendra une chaîne de télévision. Je rêve de zapper entre Chirac TV, Ben Laden Channel, Canal Zidane, De Niro Tivi, Clara Morgane XXX, et bien sûr, Oscar Dufresne Live. Ce journal intime sera un jour votre programme télé favori. J'ai déjà le slogan de lancement : « Je vis pour vous. »

Mercredi.

Roland Garros a commencé dans l'indifférence générale. Je ne connais plus les noms des joueurs depuis une quinzaine d'années. J'en suis resté à Vilas, Borg, Mc Enroe, Wilander et Noah. De toute façon je ne mets plus les pieds sur le

Central ; à la rigueur je vais déjeuner gratos au Village. C'est comme le Festival de Cannes : plus personne n'y va pour voir des films. À Roland Garros, de temps à autre, un jeune passionné débarque, qui s'intéresse à un match. C'est amusant, les petits nouveaux. On les reconnaît à ce qu'ils demandent les scores. Cela amène un peu de fraîcheur, entre la poire et le fromage.

Jeudi.

Il n'y a plus de voyages possibles. Le monde entier est rempli de touristes. Les paysages sont mieux à la télé qu'en vrai. C'est comme pour Roland Garros ou le Mundial : la retransmission a plus d'impact que la réalité. Tous les voyages sont décevants, sauf ceux que l'on fait sans sortir de chez soi.

Vendredi.

Vous connaissez la blague : à quoi reconnaît-on un Belge dans une partouze ? C'est le seul qui baise sa femme. Eh bien, pour l'avoir testée, je dois dire que j'ai une approche assez belge de l'échangisme. J'y peux rien si Françoise est toujours la mieux de la boîte !

Samedi.

« L'existence humaine ne devient une véritable souffrance, un enfer, que lorsque deux époques, deux cultures, deux religions, interfèrent l'une avec l'autre. [...] Parfois une génération entière se trouve prise entre deux époques, entre deux styles de vie ; à tel point qu'elle perd toute notion d'évidence, tout savoir-vivre, tout sentiment de sécurité et d'innocence. » Quand Hermann Hesse écrit ceci dans *Le Loup des steppes*, en 1927, il ne sait pas encore que la Seconde Guerre mondiale va lui donner raison. Il ignore aussi qu'il décrit le début du XXIe siècle. C'est bizarre, j'ai froid dans le dos. Il doit y avoir des courants d'air chez moi.

Dimanche.

Humour de la Pétasse Inconnue :

– Mon mec est si bien membré qu'avec lui je n'accepte de faire l'amour que sous péridurale !

Lundi.

J'atterris à Vilnius (Lituanie), dans le même aéroport que partout sur terre. Le monde est identique. On le traverse de façon rectiligne, sur des escalators éclairés au néon grésillant. Voyager, c'est comme écouter un disque rayé. Vivre ? Chaque jour ressemble au précédent. On connaissait le « déjà-vu » : vieillir c'est entrer dans le « déjà-vécu ». C'est un journal virtuel dans lequel on lirait toujours le même paragraphe.

Mardi.

J'atterris à Helsinki (Finlande), dans le même aéroport que partout sur terre. Le monde est identique. On le traverse de façon rectiligne, sur des escalators éclairés au néon grésillant. Voyager, c'est comme écouter un disque rayé. Vivre ? Chaque jour ressemble au précédent. On connaissait le « déjà-vu » : vieillir c'est entrer dans le « déjà-vécu ». C'est un journal virtuel dans lequel on lirait toujours le même paragraphe.

Mercredi.

J'atterris à Londres (Royaume-Uni), dans le même aéroport que partout sur terre. Le monde est identique. On le traverse de façon rectiligne, sur des escalators éclairés au néon grésillant. Voyager, c'est comme écouter un disque rayé. Vivre ? Chaque jour ressemble au précédent. On connaissait le « déjà-vu » : vieillir c'est entrer dans le « déjà-vécu ». C'est un journal virtuel dans lequel on lirait toujours le même paragraphe.

Jeudi.

Mon Dieu : depuis trois jours j'étais devenu Jack Nicholson dans *Shining*, recopiant éternellement la même phrase. Pourtant, du temps de Kubrick, la touche « copier-coller » n'existait pas encore. Quel précurseur ! Un écrivain qui répéterait éternellement le même paragraphe serait un sage. Tous nos malheurs viennent de ce que nous refusons de nous répéter. Comme s'il existait plusieurs vérités.

Samedi.

Dîner avec Vincent McDoom est toujours une expérience extraterrestre, surtout quand Motorola vous fait cadeau d'un portable qui ressemble à un pistolet laser. Vincent McDoom me parle de sa chatte, prénommée Charlie, laquelle ne comprend que l'anglais. Cela me rappelle Françoise Lacroix qui disait tout le temps « ma chatte est borgne ! ». Le dîner du Nobu est terriblement New Aristocracy. Tout le show-biz français est venu se faire offrir le nouveau mobile gratos (qui est très joli mais tombe en panne tout le temps) : Michel Blanc, Marc Lavoine, Nicole Garcia, Clotilde Courau, Laurent Ruquier, Jean-Charles de Castelbajac... Quelques jours plus tard, on m'a donné la nouvelle montre Raymond Weil au Korova, puis les lunettes de soleil Silhouette chez Castel. Avant, j'étais un pique-assiette ; maintenant, l'assiette me supplie de poser en photo en train de la laper. À quoi reconnaît-on qu'on est entré dans la Caste du PCF (People Corrompu à Fond) ? C'est Noël toute l'année, on est sponsorisé comme un pilote de F1, avec le même risque : terminer brûlé vif.

Dimanche.

Tous ces dons que j'avais quand j'étais enfant : rougir sur commande, me retenir de respirer sous l'eau pendant deux minutes, saigner du nez facilement, loucher d'un seul œil... Je m'intéresse beaucoup à ce carnet, car j'en suis le fidèle auteur, le personnage principal, et l'unique lecteur.

Lundi.

Pour m'empêcher d'écrire, le système a trouvé la parade : me promouvoir à la télévision. L'idée était simple : obtenir mon silence littéraire en le remplaçant par du bruit médiatique. Me donner la parole était le meilleur moyen de me faire taire. Bravo, je m'incline (en silence).

Mardi.

Lolita Pille est la preuve que l'à-valoir n'attend pas le nombre des années.

Mercredi.

Françoise ne cesse de me répéter que je ne l'aime pas. Logique : quand je ne les aimais pas, elles croyaient que je les aimais. Maintenant la situation s'est inversée.

Jeudi.

J'adore le refrain de la nouvelle chanson d'Eminem : *Now this looks like a job for me / So everybody just follow me / Cause we need a little controversy / Cause it feels so empty without me.*

Eminem, le Oscar Dufresne américain ? J'aime l'honnêteté de ce cracheur dans la soupe, qui ose faire un tube en analysant pourquoi il fait un tube. En gros, il nous traite de cons, nous explique qu'on s'emmerderait sans lui, qu'il se fout de notre gueule et que nous l'adorons pour ça. Autrefois les rock-stars étaient sincèrement révoltées, aujourd'hui elles le sont cyniquement. La lucidité a remplacé la rage. La lucidité est la nouvelle forme de rébellion. Une haine immobile, un miroir brisé.

Vendredi.

Continuons sur la lucidité, puisqu'elle semble devenue la qualité suprême de ma génération, la valeur ultime. En vérité, mes bien chers frères, la lucidité ne protège pas de la réalité. Théoriser son malheur ne l'empêche pas d'advenir. Un homme averti en vaut un autre. Par exemple, mon pessimisme amoureux ne m'aide pas à avoir moins peur de souffrir. Savoir pourquoi l'on est triste rend moins con, mais pas moins triste. Et c'est ainsi que nous avançons dans cette vie, bardés de nos problèmes irrésolus. Nous nous croyons géniaux parce que nous savons que nous ne le sommes pas. Jamais une génération n'a été aussi fière de dénoncer sa propre connerie, aussi vantarde de ses échecs et de sa vanité, finalement aussi contente d'elle-même. Le culte de la lucidité conduit à l'impuissance ; c'est une intelligence inutile. Jamais la terre n'a porté une jeunesse aussi résignée. Je passe mon temps à théoriser mes désastres politiques et sentimentaux. À quoi cela m'avance-t-il de connaître mon impuissance ? La lucidité ne me change pas.

Samedi.

À tous les critiques que je déçois, je voudrais, une fois pour toutes, dire que je suis d'accord avec eux. Moi aussi, j'aimerais bien que mes livres soient meilleurs.

Dimanche.

Ardisson a dansé avec Muriel Robin à l'anniversaire de Michèle Laroque chez Régine. En voilà de l'info. Niveau people, l'anniversaire de Laroque c'était comme la soirée Motorola sauf qu'il fallait offrir un cadeau au lieu d'en recevoir un.

Lundi.

Finalement, nous devrions être fiers de l'équipe de France. Géniale un jour, nulle le lendemain, elle incarne exactement notre pays. Nous sommes grands dans la réussite comme dans l'échec. La demi-mesure n'est pas notre spécialité.

Mardi.

Françoise rivalise avec Eminem. Hier soir, consternée par ma cyclothymie, elle m'a assené ceci : « Tu sais ce qui te ferait du bien ? Rien. »

Mercredi.

Pourquoi j'aime cette femme ? Parce qu'elle est full options.

Jeudi.

Un dicton vraiment stupide ? « On ne change pas une équipe qui gagne ». C'est ce proverbe qui a fait perdre l'équipe de France de football. Roger Lemerre répétait probablement cette ineptie dans sa tête en regardant s'effondrer sa sélection d'anciens combattants. La vie est en perpétuel mouvement. Tout change ; le monde évolue à toute vitesse. Il faut sans cesse tout réviser, tout modifier, tout adapter. Les survivants seront les caméléons, les Fregoli, les Barbapapa, les darwinistes ! Une équipe qui gagne est tentée de se reposer sur ses lauriers au lieu de se transformer en équipe qui regagne. Je propose d'annuler le proverbe paresseux et de le remplacer par : « Virez-moi tout de suite une équipe qui gagne. »

Samedi.

Avec la télé on devient une star nationale, avec un best-seller on devient un inconnu international. Me revoilà invité au pays des mille et une moustaches : la Turquie qualifiée pour les quarts de finale n'en finit pas de traduire mes œuvres. Tout au bout de l'Europe, sur les bords d'Istanbul, je contemple l'Asie qui brille, de l'autre côté de l'eau, derrière les brunes aux yeux noirs et aux dents blanches. Sur l'avenue de Bagdad (les Champs-Élysées de l'Asie), les Turques savent s'habiller sexy alors que pourtant il n'y a pas de X-rated channel à l'Hôtel Ciragan. Cela dit, il ne faut pas qu'elles mangent trop de keftas sinon elles s'élargissent aussi vite que le détroit de Marmara.

Dimanche.

Sur la rive asiatique, les façades des maisons en bois datant du XVIe siècle sont roses toute la journée ; ici on est baigné du matin au soir dans la lumière du crépuscule ; la vie est un permanent coucher de soleil. Constantinople ? une fresque de nos frasques. Laila, Reina, Angélique-Buz : les discothèques à ciel ouvert sont alignées le long du Bosphore. On peut donc danser en regardant croiser les cargos et les yachts. Leurs feux servent de rayons laser, que la mer renvoie vers la lune jaune, une boule à facettes installée par Dieu. Je suis un arbre de Noël et Françoise ma guirlande. (Paragraphe pondu en état d'ébriété.)

Lundi.

L'amour, c'est comme les montagnes russes : au début ça monte, puis soudain ça descend, puis ça remonte, ça redescend, et à la fin on se vomit dessus !

Mardi.

Avant le match Turquie-Sénégal, on entendait le chant des muezzins : la rencontre opposait aussi les marabouts aux imams. Après le but en or, la ville se mua en opéra rouge, une mer humaine de liesse sur fond de désastre inflationniste. Sous le ciel clair les sourires s'illuminent et le sport sert donc à quelque chose : redevenir les Sultans d'un soir sans fin. Un croissant de lune et une étoile blanche sur fond de firmament pourpre : ce soir, même le ciel imitait le drapeau turc.

Mercredi.

Le Prix Sade 2002 est attribué à Alain Robbe-Grillet au Castelas de Sivergues, sous forme d'un bilboquet suggestif créé par Fabrice Hybert. Un méchoui de porcelet s'imposait, tandis que Marie Morel était cravachée en écoutant *Pierrot lunaire* de Schönberg. Auparavant, le jury composé de Pierre Bourgeade, Guillaume Dustan, Catherine Millet, Emmanuel Pierrat, Chantal Thomas et ma pomme s'était vu refuser l'accès au château de Lacoste par son propriétaire Pierre Cardin, alors que pourtant Jeanne de Berg avait promis de ne punir personne. Tant pis pour ce triste sire ! En lieu et place, le conseil général du Vaucluse nous fit visiter le château de Saumane, où le Divin Marquis passa son enfance. La demeure publique était préférable à la ruine privée.

Vendredi.

Dîner à Londres avec Fred et Farid, les meilleurs créatifs publicitaires du monde (Lion d'or à Cannes cette année avec le film de la Xbox résumant la vie, de l'accouchement à la tombe, en trente secondes). Nous parlons du scandale comme média : comment s'en servir comme d'une arme, le cibler, l'organiser ? Ils ont dépecé Robbie Williams dans un clip. Je me suis mis à poil à la télé. Que faudra-t-il faire la prochaine fois ? Entarter Elizabeth II ? Le groupe Prodigy nous fournit un début de réponse : il suffit de faire l'éloge du Rohypnol. Leur dernier single, *Baby's got a temper*, vient d'être censuré par la BBC. Encore plus fort qu'Eminem ! Mais notre maître à tous reste Salman Rushdie : choisir les mollahs en guise de PR (Public relations), il fallait du cran.

Samedi.

À l'axiome de Bruno Masure : « La télé rend fou mais je me soigne », j'ajouterai une légère modification : la télé rend fou à condition de ne rien faire d'autre. Une bonne façon de se soigner consiste à s'éparpiller. Ma dispersion est une question de survie.

Dimanche.

Ce que je déteste le plus chez les Anglais, c'est leur politesse excessive : ce sont les Japonais de l'Europe. Au lieu de dire clairement « allez vous faire foutre », ils prennent un air désolé et s'écrient : « I'm awfully sorry Sir but I'm afraid it's not going to be possible at the moment ». Il y a toujours un moment où l'extrême politesse rejoint le mépris total. Je préférerais qu'ils me disent : « I'm awfully sorry Sir but I'm afraid you're going to have to go fuck your mother, indeed. »

Lundi.

Écrire un livre où il n'y aurait pas un mot de gratuit. Et le vendre très cher.

Jeudi.

On me dit : Angot a du rythme. Donc écrire une sottise une fois, c'est écrire une sottise. L'écrire deux fois, c'est une répétition. Et la répéter douze fois, c'est avoir du rythme.

Vendredi.

L'amitié entre hommes : est-ce un combat de coqs ? Une fascination jalouse ? Une rivalité déguisée ? Une solitude en bande ? Une homosexualité platonique ? Un concours de bites ? Ou bien un mystère qui apparaît, puis disparaît, spontanément, sans raison ?

Samedi.

Le principal intérêt du « Loft 2 » fut d'ordre sémantique. Faut-il dire « ça comme » ou « comme aç » ? Le débat n'est pas tranché dans le Grévisse et l'Académie ne s'est pas encore prononcée sur la question. Pourquoi ne dit-on pas « aç comme », ni « ça ommc » ? Que donnerait l'incipit du *Voyage au bout de la nuit* en verlan ? « Ça a débuté comme aç » ? Ou : « Ça a butédé comme ça » ? Ou : « Aç a tédébu ça ommc » ? Bon sang, le « Loft 2 », c'est plus complexe que l'Oulipo ! C'est pour ça que l'émission n'a pas fait d'audience : trop littéraire.

Dimanche.

En France, l'été, tout à coup, clac : il ne se passe plus rien pendant deux mois. Je suis fier de vivre dans un pays capable d'arrêter de vivre du 1er juillet au 31 août. Le reste de l'année, il ne s'y passe rien non plus, mais on fait semblant qu'il s'y passe quelque chose.

Lundi.

À quoi reconnaît-on qu'on est en Corse ? À la fin du déjeuner, que ce soit au Cabanon bleu (Saint-Cyprien) ou à Maora Beach (Santa Manza), on vous sert de la myrte. C'est le digestif local, évidemment, on le boit sans faire de manières, ni de vannes mal placées du genre « ah oui, c'est vraiment de la myrte ». Comme le soleil ne bouge pas, on suit son exemple.

Mardi.

Hier soir c'était l'anniversaire du Via Notte, la boîte de nuit ultime (près de Porto-Vecchio). L'aboutissement de ces deux années de clubbisation mondialisée. Toute ma vie j'ai attendu cette fête. Six mille personnes dans une hacienda mexicaine, comme le Village de Juan-les-Pins mais à ciel ouvert, et Philippe Corti qui arrive suspendu à un filin, en hélicoptère, et les naïades qui se frôlent dans la piscine émeraude, rien que des Cécile Simeone aux strings phosphorescents, des Laetitia Casta n'ayant pas eu d'enfants, qui enlèvent leur soutif en battant des cils, et une douche de caipiroska, c'était l'apothéose noctambule, le Graal festif, le Walhalla foufounal... Je peux enfin arrêter de sortir.

Mercredi.

Pierre-Louis Rozynès a raison : la Phrase de la Semaine est sans conteste celle de Paul-Loup Sulitzer. « Je me trouve dans un mauvais roman que j'aurais pu écrire. » Imbattable.

Jeudi.

Hier un abruti néonazi a tiré sur Jacques Chirac pour devenir un célèbre abruti néonazi. Encore une victime du syndrome d'Érostrate. Sur un e-mail, Maxime Machin écrit « regardez la télé demain, je serai la star ». Notre devoir est de ne pas lui faire ce plaisir : il ne faut pas écrire son nom. Hervé Minable a sorti son 22 long rifle. Jean-Pierre Crétin a épaulé son arme. « Hourra, on va enfin parler de moi ! » s'est crié Serge Pipeau. La carabine de Philippe Ducon a fait « pan » dans le vide.

Vendredi.

Je trouve, dans *La Chute* de Camus, une phrase qui parle de Marc Bidon : « Pour être connu, il suffit en somme de tuer sa concierge. » *A fortiori*, le concierge de l'Élysée.

Samedi.

Déjeuner à Sperone, chez des publicitaires pognonnés, dont la maison en cèdre canadien domine une baie turquoise. Inutile de leur envoyer une carte postale : ils vivent dedans. La Corse offre des paysages miraculeusement préservés, en tout cas chez les riches : pas d'hôtels en béton pour défigurer la côte, ni d'affiches « Bricorama » dans le maquis. C'est pour ça que les publicitaires adorent Sperone : c'est le seul endroit qu'ils n'ont pas réussi à abîmer. La beauté du site repose leurs yeux de toute la laideur qu'ils fabriquent le restant de l'année.

Dimanche.

Invasion de brio dans *Vingt ans avant*, le recueil de chroniques de Bernard Frank (Grasset).

Durant l'été 2002, les Phrases de la Semaine dataient de l'automne 1981 : « La prière de l'écrivain, c'est le souvenir » ; du printemps 1982 : « Ce n'est pas tous les jours Chateaubriand » ; de l'automne 1982 : « Notre intimité est trop précieuse pour ne pas être connue du plus grand nombre » (admirable justification de ce journal intime) ; du printemps 1984 : « Paradoxe de la télévision : elle vous fait connaître de vos voisins dans le même temps où elle vous ridiculise à leurs yeux ».

Lundi.

À la Via Notte, le bar est open, moi non plus. Quel gâchis ! J'ai fini par trouver l'apothéose nocturne, et me voilà hors d'état de nuire. Françoise s'interrogeait :

– Pourquoi n'y a-t-il pas un alcool zéro calorie ?

Philippe Corti nous présentait son ami Canarelli qui organisait notre « prise en main » : trois mètres de vodka-pastèque (trois fois dix « shots » à boire cul sec). Jérôme Béglé releva le défi, puis ne se releva plus du tout. Florence Godfernaux tuait les guêpes à mains nues. Quant à moi, j'ai dansé avec une mouche de trois mètres de haut. Une seule question me taraudait : Yvan Colonna se cachait-il dans le carré VIP ?

Mardi.

La chute de la Bourse est une excellente nouvelle. Elle punit les radins, qui ont voulu mettre leur pognon de côté. Elle récompense les cigales et ruine les fourmis. Claquez vite votre fric tout de suite ! Car même les épargnants cessent d'être épargnés.

Mercredi.

Le Red Bull est la seule boisson prémonitoire : elle sent déjà le vomi. J'ai vu hier des jeunes donzelles se détruire au Chivas-Red Bull : Dieu sait que je suis pour le métissage, mais là, on pousse le bouchon trop loin. Du Red Bull dans ce Régal ! Raison de plus pour rester chez soi : je ne veux pas voir s'écrouler ce monde en lequel j'ai cru.

Jeudi.

Chaque fois que je bouffe du homard, je me dis que, par un juste retour des choses, le crustacé pourrait écrire sur le barbecue : « Oscar m'a tuer ».

Vendredi.

Tout le monde admire le « Ah bon ! » présidentiel. Apprenant qu'il vient d'échapper à un attentat, Jacques Chirac s'est écrié : « Ah bon ! » Je me demande ce que les chroniqueurs politiques auraient écrit si Chirac avait dit : « Ouh là ! là ! », ou « Ça m'en touche une sans faire bouger l'autre ! », ou « La vache ! », ou « Chaud pour ma gueule ! », ou « Mazette ! » Moi, le « Ah bon ! » me rappelle plutôt le « Que d'eau, que d'eau ! » de Mac-Mahon.

Samedi.

Quand une adolescente dit qu'un truc est mortel, cela veut dire que c'est bien. Quand une femme de plus de 30 ans dit qu'un truc est mortel, cela veut dire que c'est chiant. Donc l'usage du mot « mortel » permet de connaître l'âge de la fille qui vous parle. Le mot « mortel » est le carbone 14 de la femme moderne.

Dimanche.

Emmanuel Carrère vient de tenter une expérience extraordinaire de « littérature performative ». Il a envoyé un texte à paraître demain dans *Le Monde* qui est une lettre à sa petite amie où il lui demande de faire un certain nombre de gestes érotiques dans le train Paris-La Rochelle. Il utilise un grand quotidien pour faire fantasmer sa nana. Personnellement, je suis assez heureux d'apprendre que je fais ici depuis deux ans de la « littérature performative ». J'ai hâte de savoir si son coup va marcher.

Lundi.

La nouvelle d'Emmanuel Carrère, intitulée *L'Usage du monde* est un chef-d'œuvre. Dans ma maison corse, toutes les filles lui ont obéi au doigt et à l'œil (c'est le cas de le dire). Malheureusement, Sophie n'a pas pris le TGV Paris-La Rochelle ! J'espère que ce rendez-vous manqué n'a pas causé de scène de ménage :

– Pourquoi n'as-tu pas pris le train ?

– Mais je pouvais pas deviner !

– Bon sang, j'avais tout prévu, sauf ça !

– T'es pas obligé de raconter nos histoires de cul dans les journaux, merde !

– Connasse ! C'était de la littérature performative !

– Tu sais où je me la mets, ta littérature performative ?

Mardi.

Tout va bien, mais l'enfer est pavé d'autofiction. Raconter sa vie privée en direct dans la presse est l'expérience la plus violente qui soit. Françoise en a ras le bol d'être mentionnée ici. Nous nous chamaillons sans cesse à ce propos. Je suis en panne d'arguments pour défendre ce carnet. S'il était plus brillant, il se défendrait tout seul…

Mercredi.

Retour à Paris pour faire semblant de travailler. Au lieu de nous endormir bercés par le ressac, nous sommes réveillés par les alarmes des berlines. J'arbore une chemise ouverte, coupée près du corps par Tom Ford pour YSL. Ma célébrité est à présent aussi intégrale que mon bronzage : quel dommage d'être fidèle ! Quel gâchis de blocasses ! Il n'y aurait qu'à se baisser pour les ramasser, ces minettes fraîches, aux yeux de biche, qui battent des cils devant mon flouze ! Avec cette chaleur, les idées remontent du pantalon au cerveau : quitte à transpirer, autant que ça serve à quelque chose, par exemple à remplir des bouches ! Je m'impose une diète au moment où tout le monde se goinfre. L'été est dangereux pour le bonheur, c'est pourquoi tous les couples se séparent en août. L'été est une partouze annuelle organisée par Dieu ! Et Paris en ce moment, c'est *L'Île de la tentation.* Qu'à cela ne tienne : je snobe la facilité. Les hommes fidèles offrent à leur femme un beau cadeau : leur refus de toutes les autres. La fidélité est un sacrifice rituel : j'immole les fusées, les avions et les canons sur l'autel de notre amour atomique. (Cela me rappelle la réponse du Prince de Ligne à sa femme : « M'avez-vous été fidèle ? – Oui, souvent. »)

Jeudi.

Bertrand Delanoë a mis du sable et trois palmiers sur les quais, et tout le monde de s'émerveiller. Bravo ! C'est la plage à Paris. On s'allonge sur des transats pour humer l'air le plus pollué d'Europe, au bord d'un fleuve toxique. Quand je pense que Chirac avait promis de s'y baigner ! S'il ne tenait qu'une seule de ses promesses, j'aimerais que cela fût celle-ci : c'est de loin la plus rigolote. J'imagine le Président trempé et radioactif, avec un préservatif usagé sur le nez ! Je rappelle qu'il existait autrefois une piscine à ciel ouvert, nommée Deligny, et une autre dans le XVIe, la piscine Molitor, et que ces deux établissements de bains ont été détruits sans que la municipalité ne réagisse. Tant pis, je me contente de la piscine du Polo, qui est la plage du Tout-Paris. Mais oui, Monsieur le Maire, ce qui manque à votre plage, c'est un carré VIP...

Vendredi.

Je pose pour une couverture de magazine. Tout ce temps que je ne passe pas à écrire. Je suis pris en otage autant qu'en photo.

Samedi.

L'avantage des vacances, pour un critique littéraire, c'est qu'il a le temps de lire des vieux trucs, et d'y dénicher des fulgurances qui relèvent son niveau : « J'étais enfermé dans le présent, comme les héros, comme les ivrognes ; momentanément éclipsé, mon passé ne projetait plus devant moi cette ombre de lui-même que nous appelons notre avenir. » C'est de Proust, bien sûr. « Proust, bien sûr. » On dirait le slogan de Vivagel ! Sauf que lui, ne produit pas du surgelé.

Dimanche.

L'autre jour France 2 rediffusait *Le Temps retrouvé* de Raoul Ruiz. C'est ce film qui m'a donné envie de retrouver Proust. À tous les réticents, il montre que Proust, ce sont des riches qui se tapent des putes et des pédés mondains qui se font fouetter. Tout d'un coup Proust n'est plus chiant du tout ! Il y a même un personnage (Saint-Loup) qui se moque de ceux qui disent « coco » pour cocaïne. J'ai beau me creuser la tête, je ne vois pas pourquoi on me compare tout le temps à Bret Easton Ellis. C'est Proust qui a lancé la mode du noctambulisme trash.

Lundi.

Il se passe une chose bizarre avec Françoise : c'est la première fois que j'aime quelqu'un *de plus en plus*.

Mardi.

Avec ma mine bronzée, tous les soirs, je refuse du monde. J'aimerais bien tromper Françoise, mais le défaut des autres femmes c'est qu'elles ne sont pas elle.

Mercredi.

Retour au Pelicano, à Porto Ercole (Toscane maritime). Mathilde et Roberto Agostinelli batifolent dans l'eau avec Victoire de Castellane et Thomas Lenthal. Lee Radziwill me dit : « Nice to meet you », alors qu'elle me connaît déjà. Remarque, c'est mieux que « Disgusted to meet you ». La mer est mauve comme le maillot une pièce de la sœur de Jackie O. Patrick Bruel répète *Le Limier* au bord de la piscine sans son orgue de Barbarie. Dans la mer, sans le faire exprès, Françoise a fait pipi sur Patrice Chéreau : les aléas de la vie de palace… « Delighted to meet you. »

Jeudi.

Impression pénible que publier des livres ressemble de plus en plus à un numéro de claquettes, une démonstration de forain, trois petits tours et puis s'en vont.

Vendredi.

J'ai senti que je devenais un peu trop matérialiste quand je me suis surpris à avoir un début d'érection en feuilletant *The World of Interiors.*

Samedi.

Quelle plaie d'avoir raté le festival Sonar de Barcelone. Il paraît qu'une nouvelle drogue y est apparue : le « liquid acid ». Contrairement aux buvards sales du début des années 90, le LSD liquide provoque une sensation légère et douce. « J'avais l'impression que mon cerveau était lavé de toutes ses impuretés, me raconte Émilio au téléphone. Comme dans les démos en 3D des pubs pour les lessives ! » Finalement j'ai peut-être bien fait de rater le Sonar : j'aurais trop besoin d'une lessive du cerveau.

Dimanche.

Je lis les romans du mois : un nombre de merdes incalculables. Cela me rappelle ce que Pietro Citati disait à « Bouillon de culture » en me fixant d'un air apitoyé : « La littérature est fatiguée, alors elle se repose. » Et si cette belle au bois dormant ne se réveillait jamais ?

Lundi.

Il va sans dire que je soutiens sans hésiter la proposition de Françoise de Panafieu pour la réouverture des maisons closes. Quand on est incapable de résoudre un problème, autant en faire une industrie. De toute façon, tout le monde est pute dans ce monde de lucre : « Lots of money ? Love story. Got no money ? I am sorry. » (Adage du Night Flight à Moscou.)

Mardi.

Cela me donne une idée. Il existe des femmes prostituées, des hommes prostitués, pourquoi n'y a-t-il pas de couples prostitués ? On louerait un couple pour le week-end ou la semaine. Eurêka ! Pourquoi n'y ai-je pas pensé plus tôt ? Voilà qui va financer mes vacances avec Françoise !

Mercredi.

« C'est la fin du monde et je me sens bien », chante le groupe REM, et la situation actuelle est résumée. Le climat se dérègle, un nuage brun couvre l'Asie, partout les sécheresses alternent avec les inondations, l'été ressemble à un long hiver, les tempêtes ravagent les villes. Et tout le monde semble trouver cela normal, les entreprises continuent de produire, les usines d'enfumer la planète, la croissance de gouverner, la pollution d'augmenter. « It's the end of the world and I feel fiiiiine » : Michael Stipe est le plus grand philosophe contemporain. Nous contemplons notre propre destruction avec appétit. L'homme moyen du XXIe siècle est un dandy stoïque très fier de ses exploits nihilistes. Auparavant, cette posture élégante ne concernait qu'une élite d'écrivains pessimistes (Leopardi, Schopenhauer, Amiel, Benjamin, Cioran, Jaccard, Rosset...). Désormais c'est la masse qui revendique sa propre annihilation en reprenant deux fois du dessert. Le suicide collectif, ça creuse.

Jeudi.

Un jour, peut-être qu'un éditeur inconscient rassemblera ces chroniques. On relira alors ces carnets avec l'indulgence réservée aux grands handicapés mentaux, ou bien avec une sévérité proportionnelle à ma paresse.

Vendredi.

Dominique Farrugia insiste pour être à nouveau cité ici. Enfin un vœu facile à exaucer. Pour entrer dans mon journal intime, il suffisait de me confier une émission sur Canal + sans m'obliger à coucher. Je note à ce propos que je suis moi aussi de plus en plus souvent cité dans les œuvres de mes confrères : dans *Pourquoi le Brésil ?* de Christine Angot, dans *One Man Show* de Nicolas Fargues, dans *Journal d'un oisif* de Roland Jaccard, dans *Autogamie* de Thomas Bouvatier, dans *La Peau dure* d'Élisabeth Quin. À défaut d'être un écrivain, j'aurai au moins réussi à devenir un personnage de roman.

Dimanche.

En l'absence de révolutions, on se rebelle sur de menus détails. Par exemple, je refuse de mettre ma ceinture de sécurité en voiture, je roule en scooter sans casque, je fume de l'herbe dans les avions, je pisse dans la piscine de mes amis – ma façon de mettre de l'eau dans leur vin –, je prends le bus sans ticket, je ricane dès que je vois une photo de Jean-Pierre Raffarin, etc. Bientôt le comble de la subversion consistera à traverser en dehors des clous. On croit que le « bobo » cumule les avantages du confort bourgeois et du look bohème alors qu'il additionne deux résignations ; la honte d'être riche s'ajoutant au ridicule de la révolte.

Lundi.

Avant qu'elle ne soit interdite, profitons de la pornographie moderne. Hier soir, j'ai fait l'amour avec des DVD japonais et allemands d'une suave dégueulasserie. Quand je pense que Dominique Baudis se plaint que notre jeunesse fasse son éducation sexuelle en regardant ça... Au contraire, j'espère qu'il dit vrai !

Mardi.

Mon éducation sexuelle au Lycée Montaigne : des diapos pourries, un schéma fléché, une prof boutonneuse en blouse blanche qui prononce des mots atroces comme « pénis », « verge », « utérus », « matrice » et « trompes ». J'aurais préféré apprendre comme la génération d'avant (au bordel) ou comme celle d'après (en vidéo).

Mercredi.

Entre 1935 et 1957, c'est-à-dire pendant les 22 dernières années de sa vie, Valery Larbaud n'a prononcé qu'une seule et même phrase : « Bonsoir les choses d'ici-bas ». Terrassé par une attaque cérébrale rue du Cardinal Lemoine en novembre 1935, il s'est retrouvé hémiplégique. Assis dans son fauteuil, il répétait inlassablement « Bonsoir les choses d'ici-bas » à ses rares visiteurs. (Ses biographes attribuent son attaque à une syphilis contractée lors de visites répétées dans les maisons closes en compagnie, notamment, de Léon-Paul Fargue.)

Jeudi.

« Bonsoir les choses d'ici-bas » ? J'ai ma petite idée là-dessus. Je pense que Larbaud faisait semblant d'être malade. En réalité, il ne voyait rien d'autre à dire d'intéressant. Il avait écrit les plus belles poésies, les plus magnifiques romans sur les jeunes femmes, sur Rome, sur l'amour et les milliardaires, il avait voyagé, il était fatigué, alors il restait assis chez lui. Il ne radotait pas du tout : simplement, « Bonsoir les choses d'ici-bas » lui paraissait la phrase ultime, celle qui résume tout, la vie, la mort, la beauté du monde, les oiseaux, les fleurs et les forêts, le cul, le fric, la course du temps, les joies et les douleurs, et qu'un jour tout cela va nous être enlevé. Je vois la trajectoire de Valery Larbaud comme celle de l'écrivain parfait : il faut noircir beaucoup de pages toute sa vie à la recherche d'une seule phrase, et, le jour où on l'a trouvée, il ne faut plus jamais en prononcer une autre (comme Nicholson dans *Shining*). « Bonsoir les choses d'ici-bas » n'est donc pas la phrase de la semaine : c'est la phrase d'une vie.

Samedi.

Les serveuses des restaurants sont de plus en plus canon : cela devient un problème difficile à gérer. L'autre soir, nous dînions avec des camarades et les femmes de notre table haïssaient la somptueuse. Pardon : elles haïssaient la serveuse, mais vous aviez rectifié de vous-même. Au moment de passer la commande, j'avais envie de lui demander des choses qui n'étaient pas sur la carte : une fellation, trois cunnilingus, deux éjacs, un café et l'addition s'il vous plaît merci d'avance à bientôt je vous en prie mais bien entendu à votre service il n'y a pas de quoi. Ah, si seulement j'avais autant de courage dans la vie que dans mon journal...

Dimanche.

La sévérité des critiques à mon endroit s'explique sans doute par le fait qu'on n'a pas envie de faire des cadeaux à un enfant gâté.

Lundi.

Pas dormi de la nuit, scène horrible, rupture définitive... Cette fois, Françoise est partie pour de bon, je l'ai perdue. Je suis dévasté. Elle est tombée amoureuse d'une fille que nous avions draguée ensemble. Cela fait des mois qu'elles se voient en secret et elles veulent s'installer ensemble. Et moi qui soupçonnais Ludo ! Elle m'a parlé avec une terrifiante froideur, comme si j'étais déjà de l'histoire ancienne. « Je renonce à toi et à tous ceux de ton sexe. » Toute la nuit j'ai tenté de la faire fléchir, d'obtenir un sursis, une autre chance. Elle m'a demandé pardon au téléphone, par SMS et sur internet, mais pas en face.

Elle m'était étrangère. J'ai du mal à respirer. Est-il possible que nous soyons passés à côté l'un de l'autre pendant toute cette année ? Comme si nous habitions deux mondes parallèles ? Les deux moments où les amoureux étouffent : quand ils aiment et quand on ne les aime plus.

Mardi.

Dans un monde qui promeut l'égocentrisme comme vertu cardinale, l'homosexualité est logiquement la norme du futur. C'est l'hétérosexualité qui est contre-nature dans cette époque. Il faut aimer ceux qui nous ressemblent le plus. N'être attiré que par soi-même. Moi aussi je devrais m'y mettre. Il faut absolument que j'épouse un grand mec myope. Ainsi deviendrais-je un véritable « romantic egotist ».

Bonsoir les choses d'ici-bas.

Dans trente ans, l'hétérosexualité sera minoritaire, scandaleuse, malsaine et choquante. Il y aura des agressions hétérophobes dans les rues. On sera dégoûté de voir un homme rouler une pelle à une femme sur un banc. Les homoparents cacheront les yeux de leurs enfants *in vitro*. Quelle horreur d'embrasser sur la bouche un être aussi différent de soi-même ! Comment veux-tu que ces couples-là aient une vie équilibrée et normale alors qu'ils sont si lointains l'un de l'autre ? Bonsoir les choses d'ici-bas. Bonsoir les choses d'ici-bas. Bonsoir les choses d'ici-bas.

Mercredi.

Rien mangé depuis trois jours. Je m'abrutis de bruit. Le Nobu et le Korova ont fait faillite mais le Cab et le VIP sont toujours là… J'ai retrouvé la foule des noctambules, les soirées du lundi au Queen, les strip-teaseuses, les fêtards du Doobie's… Tous assis à la même place, dans les mêmes endroits, comme s'ils m'avaient attendu… Je me croyais supérieur, pauvre de moi. Ils me tiennent chaud, ils sont ma vraie famille. Ma vie sans Françoise commence et elle est laide. Je n'ai jamais autant souffert de toute mon existence et pourtant je sentais le coup venir : on s'était installés dans une normalité, j'avais perdu ma fantaisie, j'étais indécis, elle m'a méprisé. Je l'aimais avant de l'aimer, et je l'aime après. Je ne l'ai pas assez aimée *pendant*. On n'aime les êtres que quand ils nous rejettent ou nous échappent. J'aurais pu l'aimer sans la connaître ni la toucher, ni même entrer dans sa vie. Tout est ma faute : cette histoire se termine parce qu'un jour je l'ai inaugurée. C'est l'histoire d'un homme seul qui se demande qui il est et ce qu'il fout là. Il se croit libre, tombe amoureux, découvre le bonheur, puis le bonheur s'en va, et il s'aperçoit qu'il hait sa liberté. Même le pitch de ma vie est banal.

« Rien ne change, et la vieillesse du monde grandit sur moi. » Valery Larbaud, *Journal d'A.O. Barnabooth.*

Et moi qui la prenais pour une folle ! Pas du tout : Françoise est très équilibrée. Une femme qui ne me supporte pas est une femme équilibrée. Elle ne m'a pas largué mais vidé. Je décide de n'être plus jamais égoïste ni romantique. Je pense que je ferai un bel ivrogne.

Jeudi.

C'est impossible ce que tu me demandes. Je n'arriverai jamais à ne plus t'aimer.

La pire des drogues reste l'amour. Tu m'as rendu à la vie, redonné goût aux émotions. Partout où j'allais, je ne voyais que ta bouche fraîche et mes yeux s'embuaient en ton absence. Un reste d'innocence me donnait le rouge aux joues. À partir de maintenant et jusqu'à ma mort, chaque fois que quelqu'un prononcera ton prénom devant moi, il est possible que mon regard se perde un petit peu dans le vague. Les autres diront : « il a trop bu, il a des absences », mais moi, je m'en moquerai, je serai déjà loin, contre toi, à Los Angeles entre tes bras dorés, ou à Porto Ercole perdu dans tes longs cheveux salés, à Istanbul et Moscou et Amsterdam contre tes seins crémeux, dans le paradis de l'amour réciproque, ce rêve impossible auquel tu m'as un jour, de nouveau, donné accès.

Vendredi.

Je vais arrêter de tenir mon journal car le reste de ma vie ne présentera pas d'intérêt. Aviez-vous remarqué les initiales d'Oscar Dufresne : O.D. ? J'en ai marre de moi-même. On frise l'Over-Dose, l'Outre-Dégoût. Normalement, pour faire joli, maintenant que je suis riche et célèbre, donc presque beau, je devrais mettre fin à mes jours. Mais je préfère vivre car c'est plus pratique pour voir ce qui se passe. Je choisis donc de disparaître en pleine gloire. Dans la société du spectacle, les absents ont toujours raison. Vous ne lirez plus Oscar Dufresne, comme ça vous le chercherez partout. Vous me désirerez d'autant plus que je vous aurai fui. Je suis le premier suicidé vivant depuis Isaac Albeniz (l'ancêtre de Cécilia Sarkozy, musicien espagnol qui fit croire à sa propre mort pour lire les éloges funèbres de ses pires détracteurs). Oscar Dufresne ? Le zombie littéraire. Pas besoin de tuer Chirac, Bush ou Madonna pour entrer dans l'Histoire. Il suffit de se cacher. Ne vous inquiétez pas, je continuerai de vous surveiller, en respectant les distances de sécurité. Il y a bien un moment où ça va merder. Le jour de la fin du monde, j'espère être aux premières loges.

Samedi.

De temps en temps, je regarde par la fenêtre de mon hôtel, et à chaque fois le soleil se lève sur une ville différente. Bonne nuit les choses d'ici-bas. Parfois, très tard, je crois que mon portable vibre dans ma veste, je me jette dessus en espérant que c'est toi, mais ce sont juste les basses de la sono qui le faisaient trembler dans ma poche... Je sais que cette histoire d'amour ratée est la seule que je ne regretterai jamais. Même quand je serai à l'hosto, attendant la mort avec les tuyaux de morphine plantés dans les bras, je continuerai d'y penser, d'être fier d'avoir vécu cela.

Dimanche.

On croit que l'amour peut changer les gens mais son hypnose ne dure qu'un temps. Il est préférable pour moi d'être quitté ; pour une fois que j'ai le beau rôle et qu'on vient me plaindre... Par moments, je deviens généreux, je proclame que si tu revenais, je te dirais « reste avec ton amante, je te faisais du mal, tu n'as plus besoin de moi, je te préfère heureuse sans moi » et autres billevesées (c'est moi que je préfère malheureux, et je ne peux pas me quitter). À d'autres instants, ses « amis » viennent me dire du mal de Françoise et de sa petite amie. Quand ils me jurent qu'elle va se lasser de ma rivale vulgaire, mon cœur détruit ronronne comme un moteur de berline anglaise.

– Vous croyez ? Vous croyez qu'elle reviendra ? Même s'il y a une chance sur un million, vous croyez que ce serait possible ? Oh mon Dieu pourquoi l'ai-je laissée partir ?!

Alors ils détournent les yeux
Devant mes sanglots piteux.

Lundi.

Ludo me croise dans un lounge et m'agresse :

– Alors c'est vrai que tu arrêtes ton journal ?

– Ben ouais... J'ai plus le cœur...

– Trahison ! T'étais plus sincère que Bridget Jones, merde !

– Non : plus masculin. Il fallait bien qu'un mec se dévoue pour lui répondre, à cette petite grue. Pour lui dire que si les hommes veulent niquer toutes les femmes, cela ne les empêche pas d'aimer, Dieu merci, parce que c'est ce qu'il y a de plus beau dans une société désintégrée...

– ... mais on veut quand même toutes les niquer !

– Eh oui.

– C'est ça qui va me manquer : ton cynisme.

– Ce n'était pas du cynisme mais de l'honnêteté. Et je peux te dire que ça m'a attiré pas mal d'emmerdes. « Honnêteté, mon beau souci... »

– Allez, t'es sûr que t'arrêtes ?

– De tenir mon journal ? Non. Mais de le publier, oui. Maintenant que je suis sur l'hertzien, faut que je me cache. On frise déjà la surexposition ! Et puis, comme disait Marcel Dalio dans *La Règle du jeu* : « J'ai comme une vague idée que maintenant j'ai assez ri. »

– Tu parles ! C'est juste que tu préfères la télé ! Tu abandonnes l'écrit pour l'image ! Tu abdiques ! Tu veux qu'on te reconnaisse dans la rue ! Mégalo ! Déserteur !

– Oh, si ce n'était que cela. Mais c'est encore plus grave… C'est décidé : j'arrête les femmes. Ni Dieu, ni maîtresse ! Dis-moi… T'as de beaux yeux tu sais… Qu'est-ce que tu fais ce soir ?

– Écoute, Oscar, je veux bien être pédé avec toi mais à une condition : qu'on ne couche jamais ensemble.

– OK, ça me va. Mais tu vas me faire le plaisir de raser cette ridicule barbe de trois jours : j'ai horreur d'embrasser une joue qui pique.

– Pas question. En revanche, je veux bien qu'on se promène main dans la main devant les paparazzi.

– Oui, ce serait bon pour ton image. Tiens, c'est bizarre, tu sens cette odeur ? Non ? Tu ne sens rien ?

Mardi.

Au moment de conclure cette épopée, que me reste-t-il ? Une odeur. Le parfum du cuir dans les voitures anglaises de mon père. Une puanteur de luxe qui m'écœurait. Jaguar, Daimler, Aston Martin, Bentley : elles schlinguent toutes autant. Je me souviens de mon dégoût pour ces banquettes beige qui sentaient trop fort. Je voulais plaire à ce play-boy qui conduisait vite. Donc plaire à toutes les femmes, comme lui. Et pour cela, il me fallait devenir *quelqu'un*. Il me fallait être aimé du monde entier parce que cet homme faisait partie du monde entier. Alors il m'aimerait comme les autres. Oscar Dufresne n'était pas un célibataire qui cherchait l'amour ; c'était un petit garçon qui attendait son père. La grande injustice littéraire : c'est ma mère qui m'a élevé mais j'écris toujours sur mon père. Dans les familles, les absents ont toujours raison, et l'on n'écrit que sur ses fantômes.

Lundi 9 septembre 2002.

J'ai tant de tristesse en moi que, parfois, elle déborde comme la Seine. La lumière des réverbères se reflète dans l'eau noire, transformant ce vieux fleuve en voie lactée.

Je m'aperçois de tout ce que j'ai perdu, et que je ne retrouverai pas. Ma veste de smoking est tachée. Je gratte la saleté qui refuse de partir.

Si personne n'appartient à personne, alors personne ne s'occupe de personne, et ce sera chacun pour soi pour l'éternité. De nouveau me voilà seul ; je remonte la vitre noire avant de cacher mon visage dans mes mains, à l'arrière de cette limousine silencieuse qui roule vers ma fin.

Frédéric Beigbeder tient à remercier Franck Maubert, Marc Dolisi et Jean-Marie Burn sans qui ce livre n'existerait pas.

DU MÊME AUTEUR

Aux Éditions Gallimard

NOUVELLES SOUS ECSTASY, collection L'Infini, 1999 (Folio nº 3401).

Chez d'autres éditeurs

L'ÉGOÏSTE ROMANTIQUE, *roman*, Grasset, 2005 (Folio nº 4429).

JE CROIS... MOI NON PLUS, dialogue avec monseigneur Di Falco, Calmann-Lévy, 2004.

RESTER NORMAL À SAINT-TROPEZ, *bande dessinée*, avec Philippe Bertrand, Dargaud, 2004.

WINDOWS ON THE WORLD, *roman*, Grasset, 2003. Prix Interallié (Folio nº 4131).

RESTER NORMAL, *bande dessinée*, avec Philippe Bertrand, Dargaud, 2002.

DERNIER INVENTAIRE AVANT LIQUIDATION, *essai*, Grasset, 2001 (Folio nº 3823).

99 FRANCS (14,99 €), *roman*, Grasset, 2000 et 2002 (Folio nº 4062)

L'AMOUR DURE TROIS ANS, *roman*, Grasset, 1997 (Folio nº 3518).

VACANCES DANS LE COMA, *roman*, Grasset, 1994 et Livre de Poche, 1996.

MÉMOIRES D'UN JEUNE HOMME DÉRANGÉ, *roman*, La Table Ronde, 1990, La Petite Vermillon, 2001.

COLLECTION FOLIO

Dernières parutions

4108. George Sand	*Consuelo II.*
4109. André Malraux	*Lazare.*
4110. Cyrano de Bergerac	*L'Autre Monde.*
4111. Alessandro Baricco	*Sans sang.*
4112. Didier Daeninckx	*Raconteur d'histoires.*
4113. André Gide	*Le Ramier.*
4114. Richard Millet	*Le renard dans le nom.*
4115. Susan Minot	*Extase.*
4116. Nathalie Rheims	*Les fleurs du silence.*
4117. Manuel Rivas	*La langue des papillons.*
4118. Daniel Rondeau	*Istanbul.*
4119. Dominique Sigaud	*De chape et de plomb.*
4120. Philippe Sollers	*L'Étoile des amants.*
4121. Jacques Tournier	*À l'intérieur du chien.*
4122. Gabriel Sénac de Meilhan	*L'Émigré.*
4123. Honoré de Balzac	*Le Lys dans la vallée.*
4124. Lawrence Durrell	*Le Carnet noir.*
4125. Félicien Marceau	*La grande fille.*
4126. Chantal Pelletier	*La visite.*
4127. Boris Schreiber	*La douceur du sang.*
4128. Angelo Rinaldi	*Tout ce que je sais de Marie.*
4129. Pierre Assouline	*État limite.*
4130. Élisabeth Barillé	*Exaucez-nous!*
4131. Frédéric Beigbeder	*Windows on the World.*
4132. Philippe Delerm	*Un été pour mémoire.*
4133. Colette Fellous	*Avenue de France.*
4134. Christian Garcin	*Du bruit dans les arbres.*
4135. Fleur Jaeggy	*Les années bienheureuses du châtiment.*
4136. Chateaubriand	*Itinéraire de Paris à Jérusalem.*
4137. Pascal Quignard	*Sur le jadis. Dernier royaume, II.*
4138. Pascal Quignard	*Abîmes. Dernier Royaume, III.*
4139. Michel Schneider	*Morts imaginaires.*
4140. Zeruya Shalev	*Vie amoureuse.*

4141. Frédéric Vitoux	*La vie de Céline.*
4142. Fédor Dostoïevski	*Les Pauvres Gens.*
4143. Ray Bradbury	*Meurtres en douceur.*
4144. Carlos Castaneda	*Stopper-le-monde.*
4145. Confucius	*Entretiens.*
4146. Didier Daeninckx	*Ceinture rouge.*
4147. William Faulkner	*Le Caïd.*
4148. Gandhi	*La voie de la non-violence.*
4149. Guy de Maupassant	*Le Verrou et autres contes grivois.*
4150. D. A. F. de Sade	*La Philosophie dans le boudoir.*
4151. Italo Svevo	*L'assassinat de la Via Belpoggio.*
4152. Laurence Cossé	*Le 31 du mois d'août.*
4153. Benoît Duteurtre	*Service clientèle.*
4154. Christine Jordis	*Bali, Java, en rêvant.*
4155. Milan Kundera	*L'ignorance.*
4156. Jean-Marie Laclavetine	*Train de vies.*
4157. Paolo Lins	*La Cité de Dieu.*
4158. Ian McEwan	*Expiation.*
4159. Pierre Péju	*La vie courante.*
4160. Michael Turner	*Le Poème pornographe.*
4161. Mario Vargas Llosa	*Le Paradis — un peu plus loin.*
4162. Martin Amis	*Expérience.*
4163. Pierre Autin-Grenier	*Les radis bleus.*
4164. Isaac Babel	*Mes premiers honoraires.*
4165. Michel Braudeau	*Retour à Miranda.*
4166. Tracy Chevalier	*La Dame à la Licorne.*
4167. Marie Darrieussecq	*White.*
4168. Carlos Fuentes	*L'instinct d'Inez.*
4169. Joanne Harris	*Voleurs de plage.*
4170. Régis Jauffret	*univers, univers.*
4171. Philippe Labro	*Un Américain peu tranquille.*
4172. Ludmila Oulitskaïa	*Les pauvres parents.*
4173. Daniel Pennac	*Le dictateur et le hamac.*
4174. Alice Steinbach	*Un matin je suis partie.*
4175. Jules Verne	*Vingt mille lieues sous les mers.*
4176. Jules Verne	*Aventures du capitaine Hatteras.*
4177. Emily Brontë	*Hurlevent.*
4178. Philippe Djian	*Frictions.*
4179. Éric Fottorino	*Rochelle.*

4180. Christian Giudicelli	*Fragments tunisiens.*
4181. Serge Joncour	*U.V.*
4182. Philippe Le Guillou	*Livres des guerriers d'or.*
4183. David McNeil	*Quelques pas dans les pas d'un ange.*
4184. Patrick Modiano	*Accident nocturne.*
4185. Amos Oz	*Seule la mer.*
4186. Jean-Noël Pancrazi	*Tout est passé si vite.*
4187. Danièle Sallenave	*La vie fantôme.*
4188. Danièle Sallenave	*D'amour.*
4189. Philippe Sollers	*Illuminations.*
4190. Henry James	*La Source sacrée.*
4191. Collectif	*«Mourir pour toi».*
4192. Hans Christian Andersen	*L'elfe de la rose et autres contes du jardin.*
4193. Épictète	*De la liberté* précédé de *De la profession de Cynique.*
4194. Ernest Hemingway	*Histoire naturelle des morts* et autres nouvelles.
4195. Panaït Istrati	*Mes départs.*
4196. H. P. Lovecraft	*La peur qui rôde* et autres nouvelles.
4197. Stendhal	*Féder ou Le Mari d'argent.*
4198. Junichirô Tanizaki	*Le meurtre d'O-Tsuya.*
4199. Léon Tolstoï	*Le réveillon du jeune tsar* et autres contes.
4200. Oscar Wilde	*La Ballade de la geôle de Reading.*
4201. Collectif	*Témoins de Sartre.*
4202. Balzac	*Le Chef-d'œuvre inconnu.*
4203. George Sand	*François le Champi.*
4204. Constant	*Adolphe. Le Cahier rouge. Cécile.*
4205. Flaubert	*Salammbô.*
4206. Rudyard Kipling	*Kim.*
4207. Flaubert	*L'Éducation sentimentale.*
4208. Olivier Barrot/ Bernard Rapp	*Lettres anglaises.*
4209. Pierre Charras	*Dix-neuf secondes.*
4210. Raphaël Confiant	*La panse du chacal.*
4211. Erri De Luca	*Le contraire de un.*

4212. Philippe Delerm — *La sieste assassinée.*
4213. Angela Huth — *Amour et désolation.*
4214. Alexandre Jardin — *Les Coloriés.*
4215. Pierre Magnan — *Apprenti.*
4216. Arto Paasilinna — *Petits suicides entre amis.*
4217. Alix de Saint-André — *Ma Nanie,*
4218. Patrick Lapeyre — *L'homme-sœur.*
4219. Gérard de Nerval — *Les Filles du feu.*
4220. Anonyme — *La Chanson de Roland.*
4221. Maryse Condé — *Histoire de la femme cannibale.*
4222. Didier Daeninckx — *Main courante* et *Autres lieux.*
4223. Caroline Lamarche — *Carnets d'une soumise de province.*
4224. Alice McDermott — *L'arbre à sucettes.*
4225. Richard Millet — *Ma vie parmi les ombres.*
4226. Laure Murat — *Passage de l'Odéon.*
4227. Pierre Pelot — *C'est ainsi que les hommes vivent.*
4228. Nathalie Rheims — *L'ange de la dernière heure.*
4229. Gilles Rozier — *Un amour sans résistance.*
4230. Jean-Claude Rufin — *Globalia.*
4231. Dai Sijie — *Le complexe de Di.*
4232. Yasmina Traboulsi — *Les enfants de la Place.*
4233. Martin Winckler — *La Maladie de Sachs.*
4234. Cees Nooteboom — *Le matelot sans lèvres.*
4235. Alexandre Dumas — *Le Chevalier de Maison-Rouge.*
4236. Hector Bianciotti — *La nostalgie de la maison de Dieu.*
4237. Daniel Boulanger — *Tombeau d'Héraldine.*
4238. Pierre Clémenti — *Quelques messages personnels.*
4239. Thomas Gunzig — *Le plus petit zoo du monde.*
4240. Marc Petit — *L'équation de Kolmogoroff.*
4241. Jean Rouaud — *L'invention de l'auteur.*
4242. Julian Barnes — *Quelque chose à déclarer.*
4243. Nerval — *Aurélia.*
4244. Christian Bobin — *Louise Amour.*
4245. Mark Z. Danielewski — *Les Lettres de Pelafina.*
4246. Marthe et Philippe Delerm — *Le miroir de ma mère.*
4247. Michel Déon — *La chambre de ton père.*

4248. David Foenkinos — *Le potentiel érotique de ma femme.*
4249. Éric Fottorino — *Caresse de rouge.*
4250. J. M. G. Le Clézio — *L'Africain.*
4251. Gilles Leroy — *Grandir.*
4252. Jean d'Ormesson — *Une autre histoire de la littérature française, I.*
4253. Jean d'Ormesson — *Une autre histoire de la littérature française, II.*
4254. Jean d'Ormesson — *Et toi mon cœur pourquoi bats-tu.*
4255. Robert Burton — *Anatomie de la mélancolie.*
4256. Corneille — *Cinna.*
4257. Lewis Carroll — *Alice au pays des merveilles.*
4258. Antoine Audouard — *La peau à l'envers.*
4259. Collectif — *Mémoires de la mer.*
4260. Collectif — *Aventuriers du monde.*
4261. Catherine Cusset — *Amours transversales.*
4262. A. Corréard/H. Savigny — *Relation du naufrage de la frégate la* Méduse.
4263. Lian Hearn — *Le clan des Otori, III : La clarté de la lune.*
4264. Philippe Labro — *Tomber sept fois, se relever huit.*
4265. Amos Oz — *Une histoire d'amour et de ténèbres.*
4266. Michel Quint — *Et mon mal est délicieux.*
4267. Bernard Simonay — *Moïse le pharaon rebelle.*
4268. Denis Tillinac — *Incertains désirs.*
4269. Raoul Vaneigem — *Le chevalier, la dame, le diable et la mort.*
4270. Anne Wiazemsky — *Je m'appelle Élisabeth.*
4271. Martin Winckler — *Plumes d'Ange.*
4272. Collectif — *Anthologie de la littérature latine.*
4273. Miguel de Cervantes — *La petite Gitane.*
4274. Collectif — *«Dansons autour du chaudron».*
4275. Gilbert Keeith Chesterton — *Trois enquêtes du Père Brown.*
4276. Francis Scott Fitzgerald — *Une vie parfaite* suivi de *L'accordeur.*
4277. Jean Giono — *Prélude de Pan* et autres nouvelles.

4278. Katherine Mansfield — *Mariage à la mode* précédé de *La Baie.*
4279. Pierre Michon — *Vie du père Foucault — Vie de Georges Bandy.*
4280. Flannery O'Connor — *Un heureux événement* suivi de *La Personne Déplacée.*
4281. Chantal Pelletier — *Intimités* et autres nouvelles.
4282. Léonard de Vinci — *Prophéties* précédé de *Philosophie et aphorismes.*
4283. Tonino Benacquista — *Malavita.*
4284. Clémence Boulouque — *Sujets libres.*
4285. Christian Chaix — *Nitocris, reine d'Égypte T. 1.*
4286. Christian Chaix — *Nitocris, reine d'Égypte T. 2.*
4287. Didier Daeninckx — *Le dernier guérillero.*
4288. Chahdortt Djavann — *Je viens d'ailleurs.*
4289. Marie Ferranti — *La chasse de nuit.*
4290. Michael Frayn — *Espions.*
4291. Yann Martel — *L'Histoire de Pi.*
4292. Harry Mulisch — *Siegfried. Une idylle noire.*
4293. Ch. de Portzamparc/Philippe Sollers — *Voir Écrire.*
4294. J.-B. Pontalis — *Traversée des ombres.*
4295. Gilbert Sinoué — *Akhenaton, le dieu maudit.*
4296. Romain Gary — *L'affaire homme.*
4297. Sempé/Suskind — *L'histoire de Monsieur Sommer.*
4298. Sempé/Modiano — *Catherine Certitude.*
4299. Pouchkine — *La Fille du capitaine.*
4300. Jacques Drillon — *Face à face.*
4301. Pascale Kramer — *Retour d'Uruguay.*
4302. Yukio Mishima — *Une matinée d'amour pur.*
4303. Michel Schneider — *Maman.*
4304. Hitonari Tsuji — *L'arbre du voyageur.*
4305. George Eliot — *Middlemarch.*
4306. Jeanne Benameur — *Les mains libres.*
4307. Henri Bosco — *Le sanglier.*
4308. Françoise Chandernagor — *Couleur du temps.*
4309. Colette — *Lettres à sa fille.*
4310. Nicolas Fargues — *Rade Terminus*
4311. Christian Garcin — *L'embarquement.*
4312. Iegor Gran — *Ipso facto.*

4313. Alain Jaubert	*Val Paradis.*
4314. Patrick Mcgrath	*Port Mungo.*
4315. Marie Nimier	*La Reine du silence.*
4316. Alexandre Dumas	*La femme au collier de velours.*
4317. Anonyme	*Conte de Ma'rûf le savetier.*
4318. René Depestre	*L'œillet ensorcelé.*
4319. Henry James	*Le menteur.*
4320. Jack London	*La piste des soleils.*
4321. Jean-Bernard Pouy	*La mauvaise graine.*
4322. Saint Augustin	*La Création du monde et le Temps.*
4323. Bruno Schulz	*Le printemps.*
4324. Qian Zhongshu	*Pensée fidèle.*
4325. Marcel Proust	*L'affaire Lemoine.*
4326. René Belletto	*La machine.*
4327. Bernard du Boucheron	*Court Serpent.*
4328. Gil Courtemanche	*Un dimanche à la piscine à Kigali.*
4329. Didier Daeninckx	*Le retour d'Ataï.*
4330. Régis Debray	*Ce que nous voile le voile.*
4331. Chahdortt Djavann	*Que pense Allah de l'Europe?*
4332. Chahdortt Djavann	*Bas les voiles!*
4333. Éric Fottorino	*Korsakov.*
4334. Charles Juliet	*L'année de l'éveil.*
4335. Bernard Lecomte	*Jean-Paul II.*
4336. Philip Roth	*La bête qui meurt.*
4337. Madeleine de Scudéry	*Clélie.*
4338. Nathacha Appanah	*Les rochers de Poudre d'Or.*
4339. Élisabeth Barillé	*Singes.*
4340. Jerome Charyn	*La Lanterne verte.*
4341. Driss Chraïbi	*L'homme qui venait du passé.*
4342. Raphaël Confiant	*Le cahier de romances.*
4343. Franz-Olivier Giesbert	*L'Américain.*
4344. Jean-Marie Laclavetine	*Matins bleus.*
4345. Pierre Michon	*La Grande Beune.*
4346. Irène Némirovsky	*Suite française.*
4347. Audrey Pulvar	*L'enfant-bois.*
4348. Ludovic Roubaudi	*Le 18.*
4349. Jakob Wassermann	*L'Affaire Maurizius.*
4350. J. G. Ballard	*Millenium People.*

4351. Jerome Charyn	*Ping-pong.*
4352. Boccace	*Le Décameron.*
4353. Pierre Assouline	*Gaston Gallimard.*
4354. Sophie Chauveau	*La passion Lippi.*
4355. Tracy Chevalier	*La Vierge en bleu.*
4356. Philippe Claudel	*Meuse l'oubli.*
4357. Philippe Claudel	*Quelques-uns des cent regrets.*
4358. Collectif	*Il était une fois... Le Petit Prince.*
4359. Jean Daniel	*Cet étranger qui me ressemble.*
4360. Simone de Beauvoir	*Anne, ou quand prime le spirituel.*
4361. Philippe Forest	*Sarinagara.*
4362. Anna Moï	*Riz noir.*
4363. Daniel Pennac	*Merci.*
4364. Jorge Semprún	*Vingt ans et un jour.*
4365. Elizabeth Spencer	*La petite fille brune.*
4366. Michel tournier	*Le bonheur en Allemagne?*
4367. Stephen Vizinczey	*Éloge des femmes mûres.*
4368. Byron	*Dom Juan.*
4369. J.-B. Pontalis	*Le Dormeur éveillé.*
4370. Erri De Luca	*Noyau d'olive.*
4371. Jérôme Garcin	*Bartabas, roman.*
4372. Linda Hogan	*Le sang noir de la terre.*
4373. LeAnne Howe	*Équinoxes rouges.*
4374. Régis Jauffret	*Autobiographie.*
4375. Kate Jennings	*Un silence brûlant.*
4376. Camille Laurens	*Cet absent-là.*
4377. Patrick Modiano	*Un pedigree.*
4378. Cees Nooteboom	*Le jour des Morts.*
4379. Jean-Chistophe Rufin	*La Salamandre.*
4380. W. G. Sebald	*Austerlitz.*
4381. Collectif	*Humanistes européens de la Renaissance.* (à paraître)
4382. Philip Roth	*La contrevie.*
4383. Antonio Tabucchi	*Requiem.*
4384. Antonio Tabucchi	*Le fil de l'horizon.*
4385. Antonio Tabucchi	*Le jeu de l'envers.*
4386. Antonio Tabucchi	*Tristano meurt.*
4387. Boileau-Narcejac	*Au bois dormant.*
4388. Albert Camus	*L'été.*
4389. Philip K. Dick	*Ce que disent les morts.*

4390. Alexandre Dumas	*La Dame pâle.*
4391. Herman Melville	*Les Encantadas, ou Îles Enchantées.*
4392. Pidansat de Mairobert	*Confession d'une jeune fille.*
4393. Wang Chong	*De la mort.*
4394. Marguerite Yourcenar	*Le Coup de Grâce.*
4395. Nicolas Gogol	*Une terrible vengeance.*
4396. Jane Austen	*Lady Susan.*
4397. Annie Ernaux/ Marc Marie	*L'usage de la photo.*
4398. Pierre Assouline	*Lutetia.*
4399. Jean-François Deniau	*La lune et le miroir.*
4400. Philippe Djian	*Impuretés.*
4401. Javier Marías	*Le roman d'Oxford.*
4402. Javier Marías	*L'homme sentimental.*
4403. E. M. Remarque	*Un temps pour vivre, un temps pour mourir.*
4404. E. M. Remarque	*L'obélisque noir.*
4405. Zadie Smith	*L'homme à l'autographe.*
4406. Oswald Wynd	*Une odeur de gingembre.*
4407. G. Flaubert	*Voyage en Orient.*
4408. Maupassant	*Le Colporteur* et autres nouvelles.
4409. Jean-Loup Trassard	*La déménagerie.*
4410. Gisèle Fournier	*Perturbations.*
4411. Pierre Magnan	*Un monstre sacré.*
4412. Jérôme Prieur	*Proust fantôme.*
4413. Jean Rolin	*Chrétiens.*
4414. Alain Veinstein	*La partition*
4415. Myriam Anissimov	*Romain Gary, le caméléon.*
4416. Bernard Chapuis	*La vie parlée.*
4417. Marc Dugain	*La malédiction d'Edgar.*
4418. Joël Egloff	*L'étourdissement.*
4419. René Frégni	*L'été.*
4420. Marie NDiaye	*Autoportrait en vert.*
4421. Ludmila Oulitskaïa	*Sincèrement vôtre, Chourik.*
4422. Amos Oz	*Ailleurs peut-être.*
4423. José Miguel Roig	*Le rendez-vous de Berlin.*
4424. Danièle Sallenave	*Un printemps froid.*

Composition Facompo
Achevé d'imprimer
par l'imprimerie Maury
à Malesherbes, le 13 septembre 2006
Dépôt légal : septembre 2006
Numéro d'imprimeur : 123967

ISBN 2-07-031956-3 / Imprimé en France.